迦陵讲演集

人间词话七讲

〔加〕葉嘉瑩 著

北京大学出版社
PEKING UNIVERSITY PRESS

图书在版编目（CIP）数据

人间词话七讲／(加) 葉嘉瑩著．—北京：北京大学出版社，2014.5

(迦陵讲演集)

ISBN 978-7-301-24062-5

Ⅰ．①人… Ⅱ．①叶… Ⅲ．词（文学）－诗词研究－中国－古代 ②《人间词话》－研究 Ⅳ．①I207.23

中国版本图书馆 CIP 数据核字 (2014) 第 064418 号

书　　　名：人间词话七讲
著作责任者：〔加〕葉嘉瑩 著
责 任 编 辑：徐丹丽
标 准 书 号：ISBN 978-7-301-24062-5/I · 2739
出 版 发 行：北京大学出版社
地　　　址：北京市海淀区成府路 205 号　100871
网　　　址：http：//www.pup.cn　新浪官方微博：@ 北京大学出版社
电 子 邮 箱：编辑部 wsz@pup.cn　　总编室 zpup@pup.cn
电　　　话：邮购部 010-62752015　发行部 010-62750672
　　　　　　编辑部 010-62752022　出版部 010-62754962
印　刷　者：北京中科印刷有限公司
经　销　者：新华书店
　　　　　　890 毫米 ×1240 毫米　16 开本　15.75 印张　191 千字
　　　　　　2014 年 5 月第 1 版　2024 年 12 月第 21 次印刷
定　　　价：49.00 元

目录

扫码观看
本书精彩视频

第一讲

本讲涉及词话

词以境界为最上。有境界，则自成高格，自有名句。五代、北宋之词所以独绝者在此。

有造境，有写境，此理想与写实二派之所由分。然二者颇难分别。因大诗人所造之境，必合乎自然，所写之境，亦必邻于理想故也。

有有我之境，有无我之境。“泪眼问花花不语，乱红飞过秋千去”、“可堪孤馆闭春寒，杜鹃声里斜阳暮”，有我之境也。“采菊东篱下，悠然见南山”、“寒波澹澹起，白鸟悠悠下”，无我之境也。有我之境，以我观物，故物皆着我之色彩。无我之境，以物观物，故不知何者为我，何者为物。古人为词，写有我之境者为多，然未始不能写无我之境，此在豪杰之士能自树立耳。

无我之境，人惟于静中得之。有我之境，于由动之静时得之。故一优美，一宏壮也。

自然中之物，互相关系，互相限制。然其写之于文学及美术中也，必遗其关系、限制之处。故虽写实家，亦理想家也。又虽如何虚构之境，其材料必求之于自然，而其构造，亦必从自然之法则。故虽理想家，亦写实家也。

境非独谓景物也。喜怒哀乐，亦人心中之一境界。故能写真景物、真感情者，谓之有境界，否则谓之无境界。

“红杏枝头春意闹”，着一“闹”字，而境界全出。“云破月来花弄影”，着一“弄”字，而境界全出矣。

境界有大小，不以是而分优劣。“细雨鱼儿出，微风燕子斜”，何遽不若“落日照大旗，马鸣风萧萧”。“宝帘闲挂小银钩”，何遽不若“雾失楼台，月迷津渡”也。

严沧浪《诗话》谓：“盛唐诸公，唯在兴趣，羚羊挂角，无迹可求。故其妙处，透澈玲珑，不可凑拍，如空中之音、相中之色、水中之影、镜中之象，言有尽而意无穷。”余谓北宋以前之词亦复如是。然沧浪所谓“兴趣”，阮亭所谓“神韵”，犹不过道其面目，不若鄙人拈出“境界”二字为探其本也。

王国维先生是一位很了不起的学者。他之伟大，他之了不起，他之所以得到很多人的尊敬，是因为他所追求的东西跟我们当前一般所谓的“学者”所追求的东西有所不同——当前很多人之研究学问其实是出于一种功利的目的。像现在大学博士班里的有些学生，他们的目的是要得到一个博士学位，然后就可以得到比较好的工作、比较高的等级和比较高的待遇。所以，现在有很多人读书其实完全是出于功利的目的，这在中国内地的教育界、学术界，是很普遍的现象。而且现在很多读书人所追求的，其实还不是真正的学问，而只是一个学问的外表。但王国维先生是真正追求学问的，而且他所追求的还不仅仅是一般的学问，我曾写过一本书叫《王国维及其文学批评》，我在那里边曾经提到：王国维先生所追求的是真理。

王国维先生所追求的，怎么说是真理呢？这个是陈寅恪先生在给王国维写的碑文里首先指出的。清华大学有王国维先生的一座衣冠冢，冢前有一个“海宁王静安先生纪念碑”，上边就刻有陈寅恪写的这篇碑文。碑文比较长，我只节录里边的两段话读给大家听：

士之读书治学，盖将以脱心志于俗谛之桎梏，真理因得以发扬。思想而不自由，毋宁死耳。

先生之著述，或有时而不彰。先生之学说，或有时而可商。惟此独立之精神，自由之思想，历千万祀，与天壤而同久，共三光而永光。

什么是“士”？士就是读书人。在我们中国古代的“士农工商”中，“士”是排在第一位的。《论语》上曾提到过“士志于道”。士的理想是什么？他们的理想是追求一个真正的道理、一个做人的基本原则。所以，士之读书治学的最高目的，不应该是为了一个学位，也不应该是为了以学问当作工具来求得私人的利益。那么应该为了什么呢？这就是陈寅恪先生所说的王国维读书治学的目的了，他是“盖将以脱心志于俗谛之桎梏”。读书治学的目的是要把我们的心思、理想解放出来。从哪里解放出来？从俗谛里边解放出来。俗，就是世俗；谛，就是道理；桎梏，是枷锁。那什么是世俗道理的枷锁呢？除了刚才说的要得到一个高的学位，得到一个高职的工作之外，还有像中国古代所说的“扬名声显父母”，说你要成为一个有名的人就可以使你的父母因为你而得到尊荣，这同样也是世俗的目的。陈寅恪先生说,我们真正的读书人读书治学的目的是为了追求真理。也就是说，读书是为了明理，是在追求真理。所以“思想而不自由，毋宁死耳”，如果不能够自由地追求真理，那么生活就成为一种痛苦。这就是陈寅恪先生所认为的王国维为什么自杀的原因了。

王国维生于1877年，死于1927年，死的时候只有50岁。50岁对于一个学者来说，正是研究学问的黄金时代，是思想最成熟精力最饱满的时代，是会有很大收获的时代，而王国维居然就自杀了。在颐和园里有一个地方叫鱼藻轩，他就是在那里跳进昆明湖自杀的。王国维为什么自杀啊？那我们就须要讲一讲时代的背景了。孟子说得好，“颂其诗，读其书，不知其人可乎？”这是一个提示：读一个人的作品，你如果对他的时代并不了解，不知道他为什么成为这样一个人，你怎么能够明白他的作品呢？

没有一个人能脱离他生活的时代。所以我要讲一讲王国维身处的时代。王国维生活的时代，是我们中国最后一个王朝清政权正在走向衰亡的时代。晚清时代订立了很多割地赔款的不平等条约，当时中国的土地，是列强急于想要瓜分的一片土地。1840 年第一次鸦片战争爆发，1842 年就订立了《南京条约》。1860 年（咸丰十年）英法联军占领北京，又签订了《北京条约》。而王国维就出生在那样的一个时代背景之下，他是 1877 年 12 月 3 日（旧历十月廿九）在浙江海宁出生的。

参考材料中，除了我在清华大学王国维先生纪念碑前的照片之外，还有一张照片，那是 1987 年王国维先生最小的儿子王登明约我去海宁拜访王国维先生故居时照的。因为 1981 香港出版了我的《王国维及其文学批评》，然后中国大陆的广东人民出版社、河北教育出版社、北京大学出版社先后重印了这本书。王登明先生看了我这本书，特别约我到他的老家去访问。那张照片，就是我在他们的海宁故居跟王国维先生铜像的合影。然后还有一张，那是 1988 年我到台湾讲学，王国维先生的女儿王东明女士约我到她家里去，我们访谈的时候拍下来的合影。

我刚才所说的，是王国维出生以前的时代背景。那么，王国维出生以后呢？王国维 18 岁的时候，就是 1894 年，光绪二十年，那一年发生了中日甲午战争，中国海军完全失败，然后 1895 年中日签订了《马关条约》。1898 年（光绪二十四年），历史上又发生了一件大事，在座的朋友们有谁知道？那是一件非常有名的大事。戊戌变法就是在 1898 年王国维 22 岁的时候发生的。而这一次试图挽救国家的变法，不幸失败了。

在列强的侵略之下，国家虽然贫弱，政府虽然堕落，可是中华民族这个民族，却也有不少有血性有理想的年轻人在寻求办法挽救我们的国家。当时有一个人叫罗振玉，在上海办了个农学会。为什么办农学会呢？因为农业是一个国家立国的根本。孔子在《论语》上说过，要治理好一个国家必须“足食，足兵，民信之矣”。是你先要有足够的粮食使老百姓吃饱了，还要有足够的军事力量抵御外寇，然后还要使老百姓对你这个政府有信心。所以，粮食的生产是非常重要的事情。而中国过去的旧社会，饥荒、战乱、土匪频起，老百姓常常是吃不饱的。我是 1924 年出生，今年实岁 85，虚岁 86。在我小的时候，常常在报纸上看到某某省市发生了饥荒，有的是蝗虫的蝗灾，有的是雨水的涝灾，有的是天旱的旱灾。老百姓那时候真是流离失所。没有粮食吃就吃草根，吃树皮，吃泥土——他们管那个叫作“观音土”，吃了以后会得“臌胀”，很多人都死去了。所以为了振兴农业，让老百姓吃饱，罗振玉就成立了农学会。——其实那个时代的年轻人，有很多人都在寻求如何使我们的国家富强起来的办法。像我的伯父也曾到日本去留学，我的父亲考入北大的外文系，后来又学了航空。他们的选择，都是要学习新的学问来为国家效力。

> 子贡问政。子曰：足食，足兵，民信之矣。子贡曰：必不得已而去，于斯三者何先？曰：去兵。子贡曰：必不得已而去，于斯二者何先？曰：去食。自古皆有死，民无信不立。
>
> ——《论语》颜渊第十二

1898 年戊戌变法之时，维新派在上海办了一个报纸叫《时务报》。王国维先生就在这一年他 22 岁的时候从海宁这样一个比较偏僻的地方来到了上海这样一个热闹的都会，进入《时务报》的报馆做校对的工作。

而这个时候的罗振玉呢？他在上海办了农学会。农学会本来是提倡农业的，可是当时我们中国科学落后，需要向西方和日本学习，而想要向西方和日本学

> （1898 年）2 月，先生进入上海《时务报》馆任书记。同学许默斋原任《时务报》书记，以事返家，请先生代为之，遂于夏历正月二十六日，在父亲陪同下至上海，担任《时务报》书记，在经济方面虽所得甚微，但接任此职却是先生一生事业的开端。
>
> ——《王国维年谱长编（1877—1927）》，袁英光、刘寅生编，天津人民出版社 1996 年版

习，首先不就得翻译人家的书吗？——其实这也是我父亲之所以当年进外文系学习翻译航空书籍的缘故——要翻译人家的书，就要培养翻译人才。所以罗振玉就配合着他的农学会，又成立了一个学社，叫作东文学社。“东文”是东方的语文，当时这个是指日文。因为日本明治维新以后比较进步，学了很多西方新的科学知识。罗振玉成立了东文学社，聘请了一些日本人来做教授。那么当时的王国维先生就跟《时务报》报馆的领导汪康年要求说：我除了校对的工作以外，也需要自己进修，我要学一点新学科的知识，你能不能允许我每天下午用两个小时到罗振玉的东文学社去学习？汪康年答应了。于是王国维就进了罗振玉主办的东文学社，开始研习西方近代文化。

祖父因翻译农书、《农报》，需要招聘翻译人员。丁酉（光绪二十三年，公元1897年）聘来日本文学士藤田剑峰（丰八）。剑峰毕业于东京文科大学汉文科，娴习中国语文。这时毕业未久，得了学位，任教于东京专门学校及哲学馆。为了献身中日友好事业，翻然就聘……认为宜先沟通语言，语言不隔，意志才能相通。于是第二年戊戌（光绪二十四年，公元1898年）五月朔创设东文学社于上海新马路的梅福里，招生入学。

——《我的祖父罗振玉》，罗继祖著，百花文艺出版社2002年版

刚才我说了，是日本先翻译介绍的西方文化。日本的明治维新就是向西方学习，我们是再透过日本来学习西方文化的。当时东文学社有两个日本教师，一个叫藤田丰八，一个叫田冈佐代治。日本的这位田冈佐代治先生是研究德国的康德、叔本华哲学的。王国维本来是因为看到国家的积弱而来寻求新学，谁知他进了东文学社之后，接触了这位日本教师，读到了康德、叔本华的哲学，从此就对西方哲学发生了兴趣。

哲学所要解决的是人生的问题。一个人来到这个世界几十年，活着的意义和价值是什么呢？发财享乐难道就是活着的目的和意义了吗？何况发财享乐的人也不一定都是快乐的，有了钱以后也

仍然会有很多烦恼。欧阳修的《秋声赋》说："人为动物，惟物之灵。"在所有的动物之中，只有我们人是最有灵性的。猫、狗，你养的宠物，对你可能有感情，但是它们有思想吗？它们会不会想到人生的种种问题？这我还真是不知道。但孟子说"人之所以异于禽兽者几希"，如果你只有饮食男女的欲望，你跟动物相差多少？所以，人生的意义和价值是一个大问题。王国维就这样一下子被哲学给吸引了，就开始对于康德、叔本华的哲学产生兴趣了。

人之所以异于禽兽者几希。庶民去之，君子存之。

——《孟子·离娄下》

王国维在他的《静安文集》里面讲了很多关于叔本华的哲学，我的《王国维及其文学批评》对此有详细的剖析。那么王国维他受了叔本华哲学的什么影响呢？我现在要念王国维引叔本华的一段话，给大家做参考：

> 一切俗子……彼等自己之价值，但存于其一身一家之福祉，而不存于真理故也。惟知力之最高者，其真正之价值不存于实际，而存于理论，不存于主观，而存于客观，耑耑焉力索宇宙之真理而再现之。……彼牺牲一生之福祉，以殉其客观上之目的，虽欲少改焉而不能。（王国维《静安文集·叔本华与尼采》）

"俗子"就是一般世俗的人，这些人所追求的是个人一身的幸福，或者再推广一下是他自己一家的幸福，他们追求的不是真理。只有真正有智慧的人，他追求的是真理，而不是眼前物质上的利益，他不是说我要怎么样我要怎么样，他的目的是要探寻宇宙间真正颜回（前521—前481），字子渊，名回。孔子最得意的弟子，极富学问。孔子对他称赞最多，不仅赞其“好学”，而且还以“仁人”相许。自汉代起，颜回被列为七十二贤之首。自汉高帝刘邦以颜回配享孔子、祀以太牢以来，历代统治者封赠有加，尊奉其为颜子。文人学士对他也极为推尊，寻求孔颜之乐甚至成为宋明理学的一段公案。

的真理是什么。一个追求真理的人，他对现实的物质享受是不会很重视的。孔子说他的学生颜回“一箪食，一瓢饮，在陋巷，人不堪其忧，回也不改其乐”，那是孔颜之乐。孔子和颜回他们所乐的是什么东西呢？就是他们的“道”。真正有智慧有理想的人，是绝不会对物欲孜孜以求的，为了“道”的理想，他们甚至可以放弃那些一般人孜孜以求的东西。

王国维后来在《哲学丛刊》的序文中还说过一段话：

> 余正告天下曰：“学无新、旧也，无中、西也，无有用、无用也。凡立此名者，均不学之徒，即学焉而未尝知学者也。”

又说：

> 事无大小，无远近，苟思之得其真，纪之得其实，极其会归，皆有裨于人类之生存福祉。

王国维先生对于学术并没有什么中外古今之区分的狭隘成见，而且他认为，无论你所做的事情是大是小，是远是近，只要你真是追求一个真理，就一定要忠实于你所追求的真理。什么是“思之得其真，纪之得其实”啊？这就是我以前常常引我的老师所说的，“余虽不敏，然余诚矣”。我不是一个有学问的人，我的文章也不见得好，但至少我说的话是真实的，都是发自我内心的话。一个人，不要总是欺世盗名，不要总是说好听的话。欺人欺己不但得不到真理，自己内心也不会平安。只要你忠实于真理，忠实于你自己，最后都会对人类的幸福有好处的。

现在我们返回来接着讲陈寅恪先生所认识到的王国维，在碑文的最后一段他说："先生之著述，或有时而不彰。先生之学说，或有时而可商。"现在有很多人不知道王国维，不知道王国维的学说是什么，不知道王国维《人间词话》的好处和缺点是什么，更何况，王国维先生的说法有的时候也不见得是完全正确的。我刚才说了，我说的话也不见得完全是对的，但至少我说的时候很诚实，并没有想要欺世盗名，说谎话去骗人。王国维先生也是同样。他的其他的学问是不是可商，我没有资格说，但王国维的《人间词话》我认为可商之处甚多。就是说，王国维的《人间词话》不一定是完全正确的，他可以有他的缺点和可以商讨的地方。但是王国维他说词的时候是非常真诚的，他写的完全是他自己的见解，不像现在有些人写的那些书，常常是拿来骗人的。所以陈寅恪先生说："惟此独立之精神，自由之思想，历千万祀，与天壤而同久，共三光而永光。"他认为王国维先生这种追求真理的、忠实于自己也忠实于学问的这种精神，可以与天地同期长久，可以和日月星三光永远地共明。以上我们所说的是王国维的时代与王国维先生这个人。下面我们就要说王国维的《人间词话》了。

王国维的《人间词话》，是在什么时候发表的呢？《人间词话》最初是在 1908 年 11 月，在《国粹学报》上发表的第一批，然后在 1909 年的 1 月和 1909 年的 2 月，发表了第二批和第三批。我们现在是 2009 年，距离王国维最初发表《人间词话》，整整一百年之久。

王国维在《宋元戏曲史》里边有这样一段话，他说："凡一代有一代之文学：楚之骚、汉之赋、六朝之骈语、唐之诗、宋之词，皆所谓一代之文学，而后世莫能继焉者也。"每一个时代都有它表现得特别有光彩的文学成就，其实我还要说，人总是受时代的影响，不仅不同的时代有不同的文学作品，而且一个时代也要有一个时代的文学批评啊。如果你生活在2009年，却没有2009年这个时代所应有的眼光和见解，那你就对不起这2009年！

一个时代有一个时代的文学，一个时代也应该有一个时代的文学批评。王国维生在1877年，死在1927年，所以他的《人间词话》受到了时代的局限，有很多我们现在可以看到的和我们现在可以说明的，王国维先生当时没有看到，没有说明。那么对于这种时代的局限，我们今天就应该有一个反思——王国维《人间词话》问世百年的词学反思。但这样一个反思，讲起来实在是很复杂的题目，为什么呢？因为没有词，哪里有词学？没有词，哪里有词话？如果你对什么是词还不认识呢，那么对词学你能够反思到哪里去？所以，在讲王国维的《人间词话》以前，我们一定先要对词和词话有一个基本的认识。

所谓“词话”，就是谈论评说词的著作。评论诗的叫诗话，评论词的叫词话。我们中国一向缺少有系统的、有逻辑的理论性著作，古人常常是点到为止。所以有人说，我们中国的学问，是为利根人——就是思想非常敏锐的人——所说，你只要点到，他就明白了。所以古人谈诗论词常常没有一种逻辑的、思辨的模式，写出来的都是比较零乱的诗话、词话。

《法华经·妙音菩萨品》：“精进勇猛摄诸善法，利根智慧善答问难。”利根，佛教用语，指有慧性。

你说我喜欢一首诗，这首诗“高古”，那首诗“自然”。什么是“高古”？什么是“自然”？什么是“神韵”？这都太抽象了，这是什么东西嘛？更何况，中国的词学又是非常容易引起人们困惑的一门学问。你要问为什么？那现在我们就不得不回头来先讲一讲词。

中国的各种文学体式之中，最让人困惑的就是词。比较一下就知道，中国的文，有一个悠久的历史，上古的《书经》，就是散文的记述，是当时商周时代的那些个政府的公文、公告、典章的整理。中国的诗呢，我们有《诗经》，那是一个把各地的歌谣都编辑在一起的collection。而且，它被编辑的时候有一个目的，在周朝的时候有采诗之官，他们采集各地的歌谣，以观民风。就是说，透过各地的歌谣来知道当地人们的风俗习惯，用来给周天子的政府作参考。这个诗集里的诗歌有三百篇上下，所以叫作"诗三百篇"。可是从汉朝开始，诗三百篇就变成《诗经》了。就是说它被尊称为经，被当作一个有法度的、可以模仿可以尊崇的一部典籍、一部经书。而这就给诗抬高了地位。

《书经》，儒家经典之一。主要记载虞夏商周时一些帝王的言行，是我国最古老的历史文献。战国时期称为《书》，汉代改称《尚书》，即"上古之书"。战国时儒家经典即有"六经"之称，但《乐》已亡佚，汉武帝时便以《易》《诗》《书》《礼》《春秋》"五经"立于学官，独尊儒术。因此，《尚书》又称《书经》。

我们说诗是怎么样？诗是"情动于中而形于言"。你内心的情意有所感动，但是你没有写下来，那不是诗，那只是你内心有一点儿诗意就是了。要"情动于中而形于言"，你把它用言语写出来，那就是诗了。

读了这些个诗，就可以知道你那个地方的人生活是快乐还是不快乐，是幸福还是不幸福，还可以知道你为什么快乐为什么不快乐，为什么幸福为什么不幸福。你的这些感情都在诗里边反映出来了嘛！而且《诗经》里面所编辑的还不只是各地方的民歌，《诗经》里边还有雅，还有颂。雅和颂，就与国风不同了，它不是各地老百姓的作品，而是政府官员的作品，是士大夫的作品。他们作一首诗是为了什么目的？有的是为了歌颂这个王朝而作的，有的是为了讽刺这个王朝而作的，是因为国家出了奸佞与小人而作的。所以诗就有了一些基本的功能，首先当然是要表达你自己内心的情意，那么另外呢？诗还有教化的目的。所以《毛诗 · 大序》说：“感天地、动鬼神，莫尚于诗也。”能够感动天地，能够感动鬼神，这诗歌的作用，真的是了不起的。

所以，诗与文都有很悠久的历史传统，文章可以用于载道，诗可以用于言志。

可是，词就很奇妙了。词，它师出无名，你找不到它的价值跟意义在哪里。好的诗我们会分辨：杜甫的忠爱缠绵，那是好诗；陶渊明的任真固穷，那是好诗。可是大家不知道什么是好的词，什么是坏的词。

我以前其实讲过多次了。词本来没有什么了不起的意思，它就是歌唱的歌辞。在隋唐之间有一种 popular music，就是当时流行的音乐，叫作燕乐。大家都按燕乐的曲调来歌唱，但是每个人都可以写自己的歌辞。你喜欢哪个曲子，你就自己给那个曲子作一首歌辞；他喜欢哪个曲子，他也可以作一首歌辞。贩夫走卒、各行各业的人都可以写歌辞。而这些个最早的歌辞呢，它们没有被印刷，没有被搜集整理，所以大家都不知道有这个东西。一直到晚清时代，才从敦煌那个洞窟的墙壁里边发现了这些手抄的歌辞。那么在这之前所流传的最早的歌辞是什么呢？是晚唐五代的《花间集》。西方译为 *songs among the flowers* ——在花丛里唱的歌。《花间集》是什么时候编的？它是在五代的后蜀广政三年编订的。广政三年，是公元的 940 年，而王国维的《人间词话》最早发表的时间是 1908 年，这差不多相距有一千年之久了。因此我们要把《人间词话》做一个反思的回顾，就要知道自从《花间集》出现以后，直到王国维以前，都发生了什么事。比如说在王国维以前有没有人评论《花间集》啊，王国维的评论跟他们有什么不同啊等等。而且，在一千年之久的时间里，仅以词这种文学体式的本身来说，就发生了很多的变化。

最初的那些个歌辞，本来是社会大众、贩夫走卒，什么人都可以写的。可是《花间集》里的歌辞就不是那些人写的，而是有文化的士大夫们创作的了。而且《花间集》的编订是有目的的，这在这本词集的序言里边说得很清楚，《花间集》的序言说：

> 因集近来诗客曲子词……庶使西园英哲，用资羽盖之欢；南国婵娟，休唱莲舟之引。

说是我们编订这些个歌辞，是为了使诗人文士饮酒聚会的时候，有美丽的歌辞给歌女们唱，有了这些歌辞，就不必再唱以前那些庸俗的粗浅的歌辞了。这本书里所编辑的，是诗客的曲子词。在诗人文士们聚会的时候，他们可以亲自为燕乐的曲子填写歌辞，然后就给那些年轻美丽的歌女拿去演唱。即所谓“递叶叶之花笺，文抽丽锦；举纤纤之玉指，拍按香檀”（欧阳炯《花间集序》）。所以你们看，这就是最早的文人词，它们是诗人文士在歌酒筵席上给歌女写的歌辞。而在歌酒筵席上，你能够写杜甫的“朱门酒肉臭，路有冻死骨”吗？那当然不能，所以早期的文人词写的都是美女跟爱情，整个《花间集》中五百首歌辞，大都是写美女跟爱情。

而有一件很微妙的事情，那就是一般情况下中国人对男女的事情是避讳不谈的，对爱情、情欲的事情是避讳不谈的。虽然也许他满心都是情欲，但是作为一个士大夫应该道貌岸然，嘴巴上是不能够谈这些的。诗要言志，文要载道，诗文里边当然不方便谈爱情。那么现在，由于出现了歌辞这种体裁，它以美女爱情为主要抒写对象，所以士大夫们就可以大胆地把自己内心中对于美女跟爱情的向往都写出来了。而正因为如此，大家对词这种体裁的意义和价值就产生了困惑，很多人认为，小词是没有意义也没有价值的。在很长一段时间里，小词是被轻视的。宋朝人编集子，很多人不把自己写的词编到里边去。陆放翁编进去了，但是他说：我小的时候年轻不懂事，所以就写了这些歌辞，我现在非常后悔。可见他也不以为这些歌辞有什么意义和价值。我有一个很有才华的学生，从小就喜欢诗词，可是他报考大学的时候，考哲学系不考文学系。他说："我虽然喜欢诗词，但是我不学它。尤其词，词是小道，这东西都写美女和爱情，没有价值，没有什么意义。"他后来做了我的博士生，出的第一本书是关于词学的，因为现在他忽然间觉悟改变了，他提出来说："词是圣贤之学。"这又把词抬得太高了，词怎么从爱情歌曲的小道又变成圣贤之学了？他有点好为大言。

予少时汩于世俗，颇有所为，晚而悔之。然渔歌菱唱，犹不能止。今绝笔已数年，念旧作终不可掩，因书其首，以识吾过。

——陆游《渭南文集》卷一四《长短句序》

楚襄王与唐勒、景差、宋玉游于阳云之台。王曰："能为寡人大言者上座。"王因唏曰："操是太阿剥一世，流血冲天，车不可以厉。"至唐勒，曰："壮士愤兮绝天维，北斗戾兮太山夷。"至景差，曰："校士猛毅皋陶嘻，大笑至兮摧覆思。锯牙云，晞甚大，吐舌万里唾一世。"至宋玉，曰："方地为车，圆天为盖，长剑耿耿倚天外。"王曰："未也。"玉曰："并吞四夷，饮枯河海；跋越九州，无所容止；身大四塞，愁不可长。据地分天，迫不得仰。"

——宋玉《大言赋》

但是词里面果然有一种很微妙的东西，就是说，你本来没有心写什么圣贤的学问，你本来写的就是男女的爱情，可是，居然就有了圣贤的意思了！这就是其所以微妙的地方了，那为什么呢？王国维的《人间词话》说了一段话：

宋人诗不如词，以其写之于诗者，不若写之于词者之真也。

你看，宋代人自己都看不起词。像陆放翁之类的，连苏东坡都算上，苏东坡把词放在他的集子的最后作为附录，他前面长篇大论的都是载道的文章和言志的诗篇，词是不放在正经的卷数里的。宋朝只有一个人专力写词，那就是我在两个礼拜前讲的辛稼轩。

词人里边，如果说有一个人可以和诗人中的陶渊明、杜子美、屈原相媲美的，那就只有辛稼轩。辛稼轩是专力来写词的，他当然也写美女和爱情，但并非仅仅是美女和爱情。

我那次关于辛弃疾的讲演，是从西方的意识批评（Criticism of Consciousness）谈起的，意识批评曾经受近代西方哲学中的现象学（Phenomenology）的影响。西方的意识批评提出说：每个人都有意识，但并不是每个诗人都有一个意识的 pattern。也就是说，并不是每个诗人都有一个意识的基本形态。

文学批评,在西方经过了几个不同的阶段。就以二十世纪这百年来说，从十九世纪后期到二十世纪初期，欧美所流行的是 New Criticism，就是新批评。新批评是承认作品，否认作者，认为作品的好坏与作者为人的好坏没有关系。杜甫的诗好，不是因为他的忠爱才好，是因为他的诗的本身好。新批评主张，你一定要从诗歌本身的艺术来评定诗的好坏，而艺术与作者的人品无关。

可是后来，西方的文学批评，就有现象学出现了。现象学认为，是我们的意识跟外界的现象接触了以后，我们从这些种种的活动认识了世界。世界没有我们的意识，就不成其为世界。因此这一派就重视到意识的活动。好，那当然，我们的诗歌都是 consciousness（意识）的活动，情动于中而形于言嘛！可是，你的意识的活动不一定有一个 pattern——一个基本的形态呀。我认识两个很会写诗歌的小朋友，是姐妹两个人，一个 11 岁，一个 9 岁，已经出了诗集了，写得非常好。她们看见什么就说什么，看见花开就说花开了，看见叶落就说叶落了，听见鸟叫就写鸟叫了。每个人接触了现象就一定会有意识活动。但这里边有没有一个 pattern？没有一个 pattern。

而意识批评就说了，说每个诗人都有 consciousness，每个人都情动于中就形于言了，但只有伟大的作者有一个 pattern of consciousness。杜甫的忠爱与缠绵，这是杜甫的 pattern。陶渊明的任真固穷，这是陶渊明的 pattern。这些伟大的诗人，每个人都有他的 pattern。

而在词人里面呢？词人写的好像都是美女跟爱情。他们今天看见小莲，说小莲很漂亮，明天看见小苹，说小苹也很漂亮；今天跟你喝酒，觉得很快乐，明天跟他喝酒，也觉得很快乐；今天看见这朵花开，说它很美丽，明天看见那朵花开，说它也很美丽。他们见什么就说什么，见人说人，见物说物，见花说花，见草说草。但是，虽然没有一个 pattern，你也可以是诗人，也可以写不错的诗，但你不会是一个伟大的诗人，伟大的诗人是有一个 pattern 的。屈原有一个 pattern，陶渊明有一个 pattern，杜甫有一个 pattern。而在词人里边，只有辛稼轩是有 pattern 的。

词和诗大有不同，词人和诗人也大有不同。当然，我们现在不能把野马跑得那么远。我刚才说到，词就是写美女跟爱情的，为什么有人居然说词里面有圣贤的道理，而且王国维还说宋人的诗不如宋人的词？要知道，词本来是不正经的，是作者听歌看舞时给美女写的歌辞；诗才是言志载道，是作者的理想、作者的道德、作者的志意。为什么王国维认为宋人的那些个内容很正经的诗反而不如词呢？

王国维说得非常好，他说："以其写之于诗者，不若写之于词者之真也。"因为宋人他们写在诗歌里边的不像写在词里边的真诚。在写诗的时候，诗要言志嘛，一定要端起一个架子来，一定要说得很好，要说得冠冕堂皇的。每当有一个政治上的大题目，或者社会上的大事件，你也写一首诗，他也写一首诗，所说的话都是冠冕堂皇的，但是，他们内心中最真实的、最底层的那种活动，是不肯暴露出来的。王国维说，宋人写在词里边的比写在诗里边的更真诚，为什么？就是因为词脱去了“言志”的约束——我就是给歌女填一个歌辞，它不代表我的“志”嘛！

我屡次讲过一个故事，说黄山谷常常写美女跟爱情的歌辞，有一个学道的人法云秀跟黄山谷说：黄山谷先生啊，你多作点诗多么好呀，这词都是写美女和爱情的，你就不要写了。因为中国传统向来认为写这些东西是不正经的。可是黄山谷怎么回答？他说，这是“空中语耳”。什么叫“空中语”？空中语就是没有事实根据的话。我写我跟一个美女有爱情，并不代表我黄山谷在现实中真的做了这样的事，我之所以这么写，不就是为了在歌酒筵席上饮酒作乐吗？

法云秀关西铁面严冷，能以理折人。鲁直（黄庭坚）名重天下，诗词一出，人争传之。师尝谓鲁直曰：“诗多作无害，艳歌小词可罢之。”鲁直笑曰：“空中语耳，非杀非偷，终不至坐此堕恶道。”

——释惠洪《冷斋夜话》

可是，你要知道，正是由于你一心饮酒作乐，正是由于你不必写那些冠冕堂皇的言志的话，所以你的内心松弛下来。你写美女跟爱情，虽然你不见得有美女跟爱情的真正的故事，但你内心深处对于美女跟爱情的向往，那可是真实的啊！这正是词的第一个微妙的价值之所在：因为作者脱除了外在的约束跟限制，所以在词里反而常常能够把内心中最真诚的本色表现出来。

可是，美女跟爱情，怎么会让后来的词学家看到了圣贤的意思呢？这是更奇妙的一件事情，更微妙的一种作用。谁看出来了？王国维他就看出来了，所以他说，宋人的诗不如词。

当然王国维没有说圣贤，王国维从来都不说词里边有圣贤。说圣贤的是我的一个学生，他喜欢夸大其词。但是，词里面确实有一种非常微妙的东西。那东西是什么？我的学生说它是圣贤，这太夸大了。王国维也体会到了那个东西，王国维都没有敢说是圣贤，王国维说词里面有一种“境界”。

可是呢，王国维的“境界”这两个字用得太模糊了。什么是境界，王国维自己说得不清楚。不但他没有把它说明白，而且他把它弄得非常混乱。这是王国维的缺点。王国维是忠实于他自己的，“苟思之得其真”——他确实体会到词里边有一种东西。这个东西他为什么要用“境界”来说？因为他没有找到一个更合适的词语来描述那个东西，他是不得已，才用了“境界”两个字。

王国维提出来说，词里边有个东西，他管那个叫作“境界”。好，现在我们就开始看他在《人间词话》里是怎么说的。大家看讲义提纲。我选了《人间词话》里一些比较重要的条目，把它们归为四类：第一部分是关于词之境界的九则词话；第二部分是关于词之特质的五则词话；第三部分是论温、韦、冯、李四家词的十二则词话；第四部分是论代字及隔与不隔的四则词话。现在我们先看关于词之境界的九则词话，这其实也就是通行本《人间词话》的开头九则。

我们看第一则：

> 词以境界为最上。有境界，则自成高格，自有名句。五代、北宋之词所以独绝者在此。

他说词里边要有境界，有了境界你的品格就自然高了，有了境界你的句子自然就好了。五代的词跟北宋的词为什么特别好呢？就是因为它有境界。这是王国维说的。好，我们姑且不管他的“境界”到底是什么意思，但他的这句话我们是可以接受的。他说，词里边有一种境界，而且好的词如五代、北宋的词就有这种境界。

王国维毕竟是曾跟那些日本老师学了很多西方哲学、文学的理论，所以下面第二则词话他又说了 ：

> 有造境，有写境，此理想与写实二派之所由分。然二者颇难分别。因大诗人所造之境，必合乎自然，所写之境，亦必邻于理想故也。

所谓“造境”，就是说词里边那个境界呀，有的是你假造出来的，它根本不存在。我从前年轻的时候很喜欢看卡夫卡的小说。卡夫卡的小说没有一个是真的、现实的，都是他自己编造想象出来的。一个人，早上起来，变成了一只大甲虫。哪儿有这样的事情？人怎么能变成虫子？还有一个绝食的艺术家，这个人从来不吃饭，不吃东西。一个人不吃东西怎么能活？但这个人就是不吃东西，要是勉强吃，他就会呕吐。于是，这个人被马戏团请去了，当作一个怪物，关在一个笼子里，并告诉大家 ：“这个人是不吃饭的。”没有一个观众相信这种事情，都说他一定是白天关在笼子里面不吃东西，晚上就会有人偷偷给他送饭吃。可是，小说上说他确实就是不能吃东西，只要一吃东西就会呕吐。但没有一个人相信他。这个世界上有这样的事情吗？不可能的啦。所以，这个卡夫卡所写的小说，就都是“造境”，这个故事里的环境啊、事件啊，都是他造出来的。那什么是“写境”呢？就是现实中真的有这个境界，是我真的写出来的。像杜甫的诗“朱门酒肉臭，路有冻死骨”，那是杜甫从长安回奉先去，在骊山的路上看见有冻死饿死的人。那就是“写境”了。王国维说这是“理想与写实二派之所由分”。但是他又说了，“然二者颇难分别”，因为“大诗人所造之境，必合乎自然，所写之境，亦必邻于理想故也”。 他说哪一个是纯粹的“理想”，哪一个是纯粹的“写实”，这个其实很难分辨的。

因为大诗人所造出来的境界，一定合乎自然。卡夫卡《变形记》写一个人变成一个大甲虫，早晨怎么样不能够翻身起床，后来有一只苹果打中他，他躲在墙角里又怎么样怎么样的。那墙角啊，苹果啊，床啊，都是现实的。他假造的东西，其实都是根据他现实的认识编造出来的。你尽管写理想，但你是根据自然的现实造出来的，所以“所造之境，必合乎自然”。至于“所写之境，亦必邻于理想”，那是因为你所写的这个东西，虽然是写实的，但是也含有理想。杜甫的“朱门酒肉臭”是写实，“路有冻死骨”也是写实，但两个形象一对比，就有他的理想在里边了，他是在讲这个时代的灾难，讲那些个帝王和贵族们不顾老百姓的死活。所以，写实之中也有理想，理想之中也有写实，这两个是很难分别的。那么王国维说词里边有境界，这境界里边又有“造境”有“写境”，造境和写境很难分别，他说的这个我们也可以接受。

下面再看第三则词话：

> 有有我之境，有无我之境。“泪眼问花花不语，乱红飞过秋千去”、“可堪孤馆闭春寒，杜鹃声里斜阳暮”，有我之境也。“采菊东篱下，悠然见南山”、“寒波澹澹起，白鸟悠悠下”，无我之境也。有我之境，以我观物，故物皆着我之色彩。无我之境，以物观物，故不知何者为我，何者为物。古人为词，写有我之境者为多，然未始不能写无我之境，此在豪杰之士能自树立耳。

“泪眼问花花不语，乱红飞过秋千去”，谁的句子？欧阳修的《蝶恋花》。“可堪孤馆闭春寒，杜鹃声里斜阳暮”，谁的句子？秦少游的《踏莎行》。王国维说像这样的句子,就是“有我之境”。那“有我之境”是怎样的呢？他后面就说了，有我之境，是从我的主观感情来看万物，所以万物都带庭院深深深几许？杨柳堆烟，帘幕无重数。玉勒雕鞍游冶处，楼高不见章台路。　雨横风狂三月暮。门掩黄昏，无计留春住。泪眼问花花不语，乱红飞过秋千去。

——欧阳修《蝶恋花》

雾失楼台，月迷津渡。桃源望断无寻处。可堪孤馆闭春寒，杜鹃声里斜阳暮。　驿寄梅花，鱼传尺素。砌成此恨无重数。郴江幸自绕郴山，为谁流下潇湘去。

——秦观《踏莎行》

着我自己主观的感情色彩。因为我悲哀，所以我看花也是悲哀的；因为我孤独寂寞，所以我觉得这孤馆斜阳的景色中也都有孤独寂寞。王国维说这就是“有我之境”，是“以我观物，故物皆着我之色彩”。那么后面还有“采菊东篱下，悠然见南山”，这是谁的句子啊？陶渊明的句子。陶渊明没有说他的感情，他说我在东篱之下采菊，一抬头就看到了南山。“寒波澹澹起，白鸟悠悠下”是谁的句子呢？这是元遗山的句子。元遗山他看见秋天寒冷的水波澹澹地在那里起伏，空中有白色的鸥鸟慢慢地飞下来。陶渊明和元遗山，他们都没有写自己的悲欢喜乐，都没有写主观的、强烈的感情。王国维说这就是“无我之境”，是“以物观物，故不知何者为我，何者为物”。什么叫“以物观物”？就是说：白鸟就是白鸟，寒波就是寒波，我没有说寒波就是悲哀，也没有说白鸟就是悲哀。所以你看不出来哪个是我，哪个是物。王国维又说：“古人为词，写有我之境者为多，然未始不能写无我之境，此在豪杰之士能自树立耳。”他说古人写词大半都是有我，大半都是主观感情表现得很明显的。可是古人也不是不能写无我之境啊，

结庐在人境，而无车马喧。
问君何能尔，心远地自偏。
采菊东篱下，悠然见南山。
山气日夕佳，飞鸟相与还。
此中有真意，欲辨已忘言。

——陶潜《饮酒》其五

故人重分携，临流驻归驾。
乾坤展清眺，万景若相借。
北风三日雪，太素秉元化。
九山郁峥嵘，了不受陵跨。
寒波澹澹起，白鸟悠悠下。
怀归人自急，物态本闲暇。
壶觞负吟啸，尘土足悲咤。
回首亭中人，平林淡如画。

——元好问《颍亭留别》

像陶渊明、元好问都写出了无我之境嘛。所以，豪杰之士是什么境界都可以写出来的。

那接下来王国维又讲了：

> 无我之境，人惟于静中得之。有我之境，于由动之静时得之。故一优美，一宏壮也。

“无我之境”，你内心是平静的，所以才看见这“寒波澹澹起，白鸟悠悠下”。其实，我们还可以举王维为例，王维有很多诗真是无我之境。就是说，你内心里没有你自己强烈的悲欢喜乐的感情，你现在完全是客观的，所以你能看到那“人闲桂花落”，能看到那“白鹭惊复下”。那什么是“由动之静”呢？这个就比较复杂了。由动之静中间那个“之”字是个动词，是“往”的意思。“之”是往，是往那里去。

人闲桂花落，夜静春山空。
月出惊山鸟，时鸣春涧中。
——王维《鸟鸣涧》

飒飒秋雨中，浅浅石溜泻。
跳波自相溅，白鹭惊复下。
——王维《栾家濑》

我给小孩子讲诗时，还写过这个象形字“ㄓ”字，古人造出这个“之”字表示用脚行走的意思。在“之”字下边加上个象形字的“心”字，就成了“志”字。这个字是会意的字，是“心之所之”，就是说，你的心往那里去，那就是你的“志”。

我问小孩子：“你的心会走路吗？”一个孩子回答说：“心不走路，我的脚才会走路呢。”我说：“你从哪里来？”他说：“我从台北来。”我说：“你住哪里呀？”他说：“我住潮州街。”我说：“你记得潮州街吗？”他说：“记得。”我说：“潮州街家里有什么人？”他说：“有我爷爷奶奶。”我说：“你想他们吗？”小朋友说：“想啊。”我说：“现在，你的心就在走路了，你都走到潮州街去了啊！”

而这个“由动之静”呢，就是由动转到静的时候。这就很奇怪了，为什么“有我之境”是要由动转到静呢？其实这也不难理解。比如说我小的时候，十几岁我母亲就去世了，我就写了几首哭我母亲的诗；在我50岁左右的时候，我女儿和女婿去世了，我又写了几首哭我女儿和女婿的诗。我当时内心是非常激动、非常悲哀的，但这诗的奇妙的地方，就是说，尽管你是悲哀的，可是当你写诗的时候，你就把你的感情当成了一个客体的东西，和它有了一个艺术的距离。你本来的感情是激动的，可是当你坐下来要写诗的时候，你就把这个悲哀的感情，变成一个对象去写它了，而且中间有了一个艺术上的距离了。这个时候就是你“由动之静”的时候，这时你才能够写出来“有我”的境界。如果你只是激动，一直在那里恸哭，你没有办法静下来，那就没有诗了。而当你能坐下来写诗的时候，这已经是由动到静，你已经把悲痛当作一个客体来观察它描写它了。王国维还说，这“无我之境”和“有我之境”，它们一个是优美，一个是宏壮。这当然是王国维受了西方康德他们那些哲学家的影响。所谓优美，就是你能够很平静很客观地观赏它；所谓宏壮，就是在巨大的强烈的刺激之下，而你也能够来观赏它。

好，以上这个还都不是王国维特别有见解的好处之所在，而只是他受了西方哲学的影响。只是他借用了一些别人的话来分析我们中国的诗词而已。下面我们看第五则词话，他说：

> 自然中之物，互相关系，互相限制。然其写之于文学及美术中也，必遗其关系、限制之处。故虽写实家，亦理想家也。又虽如何虚构之境，其材料必求之于自然，而其构造，亦必从自然之法则。故虽理想家，亦写实家也。

他说，自然里的东西，都是互相有关系的，都是互相有限制的，可是你写到文学中和表现在美术中的时候，你要把它独立出来，把它原来与现实的关系摆脱掉。到那个时候，你虽然是写实家，但同时也就是理想家了。所以写实都是会接近理想的。就是说当你把现实写到艺术里边去，它就成了一个单独的艺术的东西。你写那个“朱门酒肉臭，路有冻死骨”，你把它独立出来，画成一个悲惨的饥民的图画，你就创造了一个艺术品，它就摆脱了现实的具体的限制，而反映了一个战乱的时代，于是写实家也就变成理想家了。

“又虽如何虚构之境，其材料必求之于自然，而其构造，亦必从自然之法则。故虽理想家，亦写实家也。”这就是刚才我所说的像卡夫卡的小说，他写人变成了虫子，这是不可能的。可是他写那个虫子所看见的一切，生活上所感受到的一切，都是在现实中存在的。所以他的材料都是求之于自然的，而且他的构造也符合自然的法则。因此他虽然是理想家，但也是写实家。那么这一段，也不能算是王国维特别的长处，也只是他接触了西方的哲学，用一些西方哲学的理论来分析和谈论诗词的创作而已。

我们再看下边的一则：

> 境非独谓景物也。喜怒哀乐，亦人心中之一境界。故能写真景物、真感情者，谓之有境界，否则谓之无境界。

“境界”两个字，大家容易弄误会，以为只有现实中的景物才是境界。王国维说，你不要只以为一个教室、一个花园才是一个境界。其实喜怒哀乐，也是人心之中的一个一个的境界。只要是你能够写出真的景物，或者是写出真的感情，都叫作有境界，否则就是无境界。词，要有境界才是好的。但是，你写喜怒哀乐是境界，你写大自然的风花雪月也是境界，到底什么是“境界”呢？他其实还是没有说明白。

我们接着看第七则：

> “红杏枝头春意闹”，着一“闹”字，而境界全出。“云破月来花弄影”，着一“弄”字，而境界全出矣。

王国维他的意思是说，如果你只说“红杏枝头有春意”，就不好，“红杏枝头春意闹”，用了一个“闹”字，这个境界就活动起来了。如果你说“云破月来花有影”，这是废话，云破月来，花当然有影了。但是“云破月来花弄影”，一个“弄”字，那个感受、那种意味就跑出来了。这就是说，在诗词里面，你要能够真切而且生动地把你的感受传达表述出来；只需有那样的一个活泼的字，整个句子就有了境界了。这是王国维说的。

下面我们再看第八则：

> 境界有大小，不以是而分优劣。“细雨鱼儿出，微风燕子斜”，何遽不若“落日照大旗，马鸣风萧萧”。“宝帘闲挂小银钩”，何遽不若“雾失楼台，月迷津渡”也。

他说，可以写大的境界，场面很大；也可以写小的境界，场面很小。但诗词的好坏，并不因为你写大的境界就是好，也不因为你写小的境界就是不好。比如杜甫有两句诗：“细雨鱼儿出，微风燕子斜。”杜甫他很悠闲地坐在那里，看见鱼在细雨之中倏地跳出水面；在春天的微风之中，有一只燕子斜斜地飞下来了。这当然是小的境界。可是杜甫还写过两句诗：“落日照大旗，马鸣风萧萧。”这是战场上的景色，是非常广大的场面。落日斜晖，照在大旗上，北风吹过来，听见那萧萧马鸣的声音，他说，境界不去郭轩楹敞，无村眺望赊。
澄江平少岸，幽树晚多花。
细雨鱼儿出，微风燕子斜。
城中十万户，此地两三家。
——杜甫《水槛遣心》其一

朝进东门营，暮上河阳桥。
落日照大旗，马鸣风萧萧。
平沙列万幕，部伍各见招。
中天悬明月，令严夜寂寥。
悲笳数声动，壮士惨不骄。
借问大将谁，恐是霍嫖姚。
——杜甫《后出塞》其二

因为写得大就好，也不因为写得小就坏，“细雨”两句和“落日”两句同样都是好诗。在这里他的意思说得也很明白，我们也能够接受。但是你要注意，他举的例证是词吗？不是呀，他举的例证是诗呀！还有刚才他说“无我之境”的时候所举的“采菊东篱下”两句和“寒波澹澹起”两句，也是诗而不是词啊。所以从一开始，王国维他就给大家带来混乱了。因为在《人间词话》的第一条里他就说：“词以境界为最上。”那么诗呢？诗中不是也有境界吗？你为什么说只有词以境界为最上呢？所以这是王国维从一开始定义的时候就没有说清楚的地方。请大家注意：我是说王国维没有说清楚，我并不是说王国维没有弄清楚。王国维他看到了，他确实是了不起的，他果然体会到词里面有一个东西。可是那个东西是什么呢？他找不到一个合适的词语来说明那个东西，因为在中国传统的文学批评里面，没有一个字是合适的，所以，他就借用了“境界”这两个字。但“境界”这个词太宽泛了，什么都可以说，诗也可以，词也可以，所以就造成了混乱。

那么我就要来“添字注经”了。什么是添字注经啊？你看那《十三经注疏》，经书里边的句子才有十个字，注解就有一百个字，那就是添字注经嘛。而现在我要把“境界”这两个字说明白，我的说明就也是添字注经，就是想办法把王国维所领悟到的那个东西表达清楚，如果我说清楚了，我们这个系列讲座的目的也就达到了。不过现在，我们还是先把这第八则看完。

后面他又举了一组例证，这一回举的是词了。“宝帘闲挂小银钩”是秦少游的《浣溪沙》,“雾失楼台,月迷津渡”是秦少游的《踏莎行》。你看,前者写得是多么清淡闲静，后者写得是多么苍茫凄惨，但这两个都是有境界的，这两个都是好词。所以说，不管是诗是词，你只要能够把你的感受生动真切地表述传达出来，就是好的作品。

漠漠轻寒上小楼，晓阴无赖似穷秋，淡烟流水画屏幽。　自在飞花轻似梦，无边丝雨细如愁，宝帘闲挂小银钩。
——秦观《浣溪沙》

可是如果你回头再看他的第一则词话，就发现不对了啊。词有境界，诗也有境界；词有有我的和无我的境界，诗也有有我的和无我的境界；词有大境界小境界，诗也有大境界小境界。你干嘛说“词以境界为最上”呢？这是王国维第一点说得不清楚的，引起了很多人的争议。后面第九则提及严沧浪的这段诗话涉及对历代词学家说法的比较，我们到最后再看。现在我还是要谈王国维所说的“境界”到底是什么。

刚才我们说了，诗是言志的。杜甫写诗说“剑外忽传收蓟北，初闻涕泪满衣裳”。他有一个题目《闻官军收河南河北》。他说，我听见说我们政府的军队已经把那些个被乱贼所占据的地方都收复回来了，所以我很高兴，高兴得泪流满面。这个我们从题目就已能知道他写的是什么。可是词没有题目，词里面都写美女和爱情，而且那美女跟爱情还不见得是真的，他就只是给歌女写个歌辞而已。然而真正好的词它里面就有一个“境界”，一个让你很难说清楚的东西，因此王国维他才说“词以境界为最上”。

剑外忽传收蓟北，初闻涕泪满衣裳。
却看妻子愁何在？漫卷诗书喜欲狂。
白日放歌须纵酒，青春作伴好还乡。
即从巴峡穿巫峡，便下襄阳向洛阳。
——杜甫《闻官军收河南河北》

（张怡菊整理）

第二讲

本讲涉及词话

词之为体，要眇宜修。能言诗之所不能言，而不能尽言诗之所能言。诗之境阔，词之言长。

词之雅郑，在神不在貌。永叔、少游虽作艳语，终有品格。

南唐中主词“菡萏香销翠叶残，西风愁起绿波间”，大有众芳芜秽，美人迟暮之感。乃古今独赏其“细雨梦回鸡塞远，小楼吹彻玉笙寒”，故知解人正不易得。

王国维在《人间词话》中提出了“境界”的说法。但是“境界”这个词却使读者产生了许多困惑。王国维在用这个词的时候,有时指的是诗,有时指的是词，而且他还说 :“词以境界为最上。”那么他这个“境界”到底是什么意思？是单指词还是也指诗？词和诗到底有没有分别呢？

要想明白王国维的“境界”，我们首先需要了解词的美感特质。我以为，王国维对词的美感特质是有体会的，但是他找不到一个更恰当的词来指称他所体会到的东西，所以就使用了“境界”这个词。在我讲完第一讲之后，就有不止一位听课的朋友来问我境界到底是什么，但是我现在还不能告诉你们，因为你们现在对词的真正好处——它的美感特质——还没有体会，王国维说的是对是错，你们分不清楚。如果我现在就谈我的看法，这看法是对是错，你们也分不清楚。所以，我要把大家的困惑暂时先存放在这里，等我把词的美学特质讲完了，等大家都能够看到词里边果然有一种不同于诗的独特的东西，到那时我再谈我的看法，你们再来判断我说的有没有道理。

好，上一讲我们看了《人间词话》中关于词之“境界”的八则词话，现在我们接下来要看《人间词话》中关于词之特质的五则词话，先看其中的第一则 :

词之为体，要眇宜修。能言诗之所不能言，而不能尽言诗之所能言。诗之境阔，词之言长。

这“要眇”和“宜修”都是《楚辞·九歌》里边的语言，是形容湘水上的一位女神，说她不但有一种深微幽隐的美，而且还有一种修饰的美。王国维说词也具有这样的一种美，说词的这种美能够传达出诗所不能够传达的内容，但不能够完全传达出诗所能够传达出来的内容。我在上次也曾简单地说过，像杜甫的《自京赴奉先县咏怀五百字》和《北征》这样的长诗，记录了天宝的乱离，反映了一个时代的历史，词是没有这种容量的。词只是给燕乐的曲子所配的歌辞，一首歌曲只要几分钟就唱完了，所以它不能够像杜甫那样长篇大论地叙写历史。然而词却能够写出诗所不能够传达出来的东西，那是些什么东西呢？今天，我们要用晚清的一位遗民词人陈曾寿的一首《浣溪沙》词做例子，来看一看词能够传达出哪些个诗所不能传达的东西。我先读一下这首词：

> 君不行兮夷犹，蹇谁留兮中洲，美要眇兮宜修。
>
> ——屈原《九歌·湘君》

修到南屏数晚钟。目成朝暮一雷峰。缠黄深浅画难工。　千古苍凉天水碧，一生缱绻夕阳红。为谁粉碎到虚空？

诗都有一个题目，比如杜甫的《闻官军收河南河北》，那是在唐代的安史之乱中，杜甫在剑门关外听到官军收复了河南河北的消息，喜极而作。诗的标题就已经把要说的意思说得很明白了。而词呢？词的妙处在于它常常没有题目，《浣溪沙》是音乐的词牌而不是题目。陈曾寿这首词写的是什么？好，有一位朋友说：“他写的难道不是一幅西湖美景的图画吗？”那我们现在就来看一看，他是否只是在写一幅美景图画。

“剑外忽传收蓟北，初闻涕泪满衣裳”是比较容易讲的；而“修到南屏数晚钟”就不那么容易讲了，你要注意它的每一个语言的符号都起着很微妙的作用。比如，他为什么不说他“住到”了南屏山下，而要说

“修到”了南屏山下？你要知道，陈曾寿经历了晚清的灭亡，经历了国民革命，经历了东北的伪满，经历了种种的乱离的苦难，而这些还仅仅是外在环境的苦难，其实最苦的是他的内心：作为一个汉族人，他却甘心做遗民，对已经灭亡的清朝有这么深厚的感情，这不是很难被人理解吗？

陈曾寿的祖先在清朝做过官，他的曾祖陈沆是很有名的学者，曾写过一本书叫《诗比兴笺》，这本书是学古典诗词的人都必须要读的。因为，从《诗经》开始就讲赋比兴，“比兴”这个词已经成为中国论诗常用的术语。我们学古典诗词不是都要从《诗经》学起吗？你打开《诗经》看第一首诗《周南》的《关雎》，它后边的注释就说这首诗是“兴也”；你看《魏风》的《硕鼠》，注释说那是“比也”；《郑风》的《将仲子》，注释说那是“赋也”。什么是赋比兴呢？这得先了解诗是怎么来的。《毛诗·大序》上说了，诗是“情动于中而形于言”，是你的感情在你的内心之中感动了，你把它用语言表达出来，那就是诗。但你的感情又是怎么被感动的呢？那我还要提到后来的一本很重要的著作——钟嵘的《诗品》。钟嵘在《诗品序》中说：“气之动物，物之感人，故摇荡性情，形诸舞咏。”人为什么要作诗？他说那是天地的阴阳之气催动了万物，而这万物的变化就感动了你内心中的性情，表现出来就形成了诗。比如说“春风春鸟，秋月秋蝉，夏云暑雨，冬月祁寒”，这是四季的气候变化给你的感动；“楚臣去境，汉

关关雎鸠，在河之洲。窈窕淑女，君子好逑。参差荇菜，左右流之。窈窕淑女，寤寐求之。求之不得，寤寐思服。悠哉悠哉，辗转反侧。参差荇菜，左右采之。窈窕淑女，琴瑟友之。

——《诗经·周南·关雎》

硕鼠硕鼠，无食我黍！三岁贯女，莫我肯顾。逝将去女，适彼乐土。乐土乐土，爰得我所。

硕鼠硕鼠，无食我麦！三岁贯女，莫我肯德。逝将去女，适彼乐国。乐国乐国，爰得我直。

硕鼠硕鼠，无食我苗！三岁贯女，莫我肯劳。逝将去女，适彼乐郊。乐郊乐郊，谁之永号？

——《诗经·魏风·硕鼠》

妾辞宫”，这是世间人事的变化给你的感动。当然了，这是古人对诗兴之由来的一种概念。我们是二十一世纪的人，所以我们应该把它归纳得更清楚些。我以为，古人所讲的从根本上说其实就是一个“心”与“物”之间的关系问题。而这心与物之间的关系基本上有三种形式：由物及心、由心及物、即物即心。这也就是《诗经》中赋、比、兴三种方法的由来。《关雎》是诗人听到了关雎鸟和美的叫声，那是外物给他内心的感动，由此使他联想到了“窈窕淑女”是“君子”的“好逑”。这种感动的方式是“由物及心”，属于“兴”的方法。而《硕鼠》是作者真的看见了一只大老鼠吗？不是的，那是他内心先有一种被剥削的感觉，然后找来一个大老鼠的形象把他的感觉表达出来。他说：你就像一只大老鼠一样把我的粮食都吃光了，因此我要离开你，去寻找一处真正安定快乐的所在。这当然是“由心及物”，属于“比”的方法。《诗经》里除了比和兴之外还有一种方法是“赋”，这个我们要看《郑风》的《将仲子》。“将仲子兮，无逾我里，无折我树杞”，“将”字读音 qiāng，它只是一个发语词，没有意义；“兮”字也是表示语气的词，也没有意义。那么这“将仲子兮”四个字中就有两个字没有意义，这是为什么？其实它表示了一种口吻。因为，这是一个恋爱中的女子呼唤她所爱的人，如果不用那两个虚字而只喊“仲子”，那像什

> 若乃春风春鸟，秋月秋蝉，夏云暑雨，冬月祁寒，斯四候之感诸诗者也。嘉会寄诗以亲，离群托诗以怨。至于楚臣去境，汉妾辞宫；或骨横朔野，或魂逐飞蓬；或负戈外戍，杀气雄边，塞客衣单，孀闺泪尽；或士有解佩出朝，一去忘返，女有扬蛾入宠，再盼倾国：凡斯种种，感荡心灵，非陈诗何以展其义，非长歌何以骋其情。故曰：诗可以群，可以怨。
>
> ——钟嵘《诗品序》

> 将仲子兮，无逾我里，无折我树杞。岂敢爱之？畏我父母。仲可怀也，父母之言亦可畏也。
>
> 将仲子兮，无逾我墙，无折我树桑。岂敢爱之？畏我诸兄。仲可怀也，诸兄之言亦可畏也。
>
> 将仲子兮，无逾我园，无折我树檀。岂敢爱之？畏人之多言。仲可怀也，人之多言亦可畏也。
>
> ——《诗经·郑风·将仲子》

么？像父亲在喊儿子：“老二！”而“将仲子兮”的口气就委婉多了，所以有人把这句翻译为：“哎呀我的小二哥啊！”而且还不只如此，由于两个人在谈恋爱，这个仲子每天就跳墙过来和女子相会，于是这女孩子就说：仲子啊，你不要老是跳我家的里门，你不要在跳墙的时候把我家种的杞树都折断了。——说你不要这样不要那样，接连两个否定，这在恋人之间不是很伤感情的吗？所以这女孩子赶快就把话拉回来说：“岂敢爱之？畏我父母。”我难道舍不得这棵杞树吗？当然不是，我是怕我的父母骂我啊！接下来她又表白说，“仲可怀也”——我当然很想和你相会了；可是“父母之言亦可畏也”——父母的责备我也是很怕的啊。你们看，这就是“赋”的方法。它不用借一个外物来作比喻，只从说话的语气和口吻中就表现了感动，女孩子内心那种想爱又不敢爱的矛盾感情就传达出来了。

以上我简单地介绍了中国最古老的《诗经》所提供给我们的三种作诗的方法——赋、比、兴。不过大家一定要注意：它们是作诗的方法，而不仅仅是作诗的技巧，它们所揭示的，其实是作诗的时候你内心感动的由来：一个是由外物引起你内心的感动，一个是你内心先有了感动然后用一个外物的形象来表现，一个是你就直接用你说话的口吻和语气把你的感动表现出来。这就是古人所总结出来的诗歌中三种表现兴发感动的方式。刚才我说了，陈曾寿的曾祖陈沆写了《诗比兴笺》。这个“比兴”，就是从《诗经》发展下来的中国传统的诗歌理论，但他更注重的是比的方法，即所谓“言在此而意在彼”。上面我所说的都是诗，那么词呢？

赋者，敷也，敷陈其事而直言之者也。

比者，以彼物比此物也。

兴者，先言他物以引起所咏之词也。

——朱熹《诗集传》

如果说，词也常常在表面上说的是一种东西，却引起读者联想到另外的东西，那也是“比兴”吗？我以为，那与传统的诗论所说的“比兴”是不一样的。这我们还是要看完了陈曾寿的这首词，才能知道它们是怎样的不一样。

如前所说，陈曾寿经历了清朝的灭亡、军阀的混战、日本的挟持，经历了这种种的乱离与灾难，终于从东北回到了杭州，住在了西湖边上南屏山下，所以他说：我真是“修到南屏数晚钟”。这“修到”两个字之中实在有太多的感慨在里边。而且你看，他还不是“听晚钟”而是“数晚钟”。这个“数”字也很妙，是那每一声每一声的晚钟，其实都是他内心的寂寞和哀感啊。这就是词的要眇幽微了。一首好词中的每一个字，都起着非常微妙的作用。

下一句，“目成朝暮一雷峰”的“目成”两个字，就仅仅是“看见了”这么简单吗？读中国古典诗歌是需要有古典的修养做基础的，你的古典修养越丰富，你从中体会到的意思就越多。“目成”两个字有出处，出于《楚辞》的《九歌》。《九歌》本来是楚地祭祀鬼神时所唱的歌，最初可能是比较粗浅的，但是它经屈原改写过，其中包含了屈原的感觉和感情，所以就有了很深厚的意思。按楚地的习惯，祭神如果请的是男神仙就要用女巫，如果请的是女神仙就要用男巫。《九歌》里有一首《少司命》，是男性神仙，所以用了女巫的口吻。其中有两句说：“满堂兮美人，忽独与余兮目成。”说是在祭祀的大厅里虽然有这么多美人，可是那降临的神仙只对我看了一眼，我们两个就一见倾心了。这就是古人所说的“目成心许”啊！所以“目成”这个词，

“九歌”之名，来源于“九天”。古代传说上天有九重，所以称天乐为“九歌”。后人承用为祭神之乐，以九个乐章充其数。

它是包含有感情的投入这样一种意味在里边的。“目成朝暮一雷峰”——我抱着如此专一的感情，从早晨到晚上就看着这唯一的雷峰塔，我已经把我所有的感情都寄托在它上面了。而这雷峰塔呢？它真是美丽极了，黄昏时的满天晚霞染就了从橙红到浅黄之间错综复杂的、深深浅浅的多层颜色，没有一个画家能够用人工的色彩把它画出来，那真是“缥黄深浅画难工”。

雷峰塔是北宋初期建造的，而陈曾寿来到这里是什么时候？已经是民国初期。从北宋到民国，千年往事都已经过去了，这雷峰塔就一直矗立在青山绿水的西湖边，阅尽了人间千古兴亡。所以是“千古苍凉天水碧”。那么这个“天水碧”，看起来不就是说上边是青天下边是绿水吗？可是你一定要知道中国古典诗词的妙用。写旧体诗和写新诗是完全不一样的，写新诗可以由你自己想出一个新的语汇，找出一个你认为恰当的语言；而写旧体诗就有一个古典的背景，它的文本里边的每一个符号都是带有古典传统的。这“千古苍凉天水碧”里边其实藏着一个故事。大家都知道五代十国里的南唐，南唐的李后主是很有名的，他是一个有才华的诗人，却不是一个好皇帝。这个人非常喜欢歌舞宴乐，养了一大批歌儿舞女，这些歌儿舞女需要做漂亮的衣服来穿，那么有一次，他们就把一匹丝绸染成浅蓝的颜色，晾在外面，到夜间忘记了收进来，第二天早上一看，经夜间的露水浸染过的这匹丝绸，它的颜色比他们以前染过的任何一匹丝绸都漂亮。于是，这种蓝色就被起名叫作“天水碧”。可是你要知道，古人认为很多盛衰兴亡的事情都是有预兆的。宋朝的皇帝不是姓赵吗？赵姓的郡望就是天水——所谓“郡望”就是指一个姓

天水碧，因煜之内人染碧，夕露于中庭，为露所染，其色特好，遂名之。

——五代无名氏《五国故事》卷上

氏中最有名望的家族的所在。而这个“碧”字呢，在古代是个入声字，读音同“逼”字。所以，“天水碧”就预示了南唐将要亡于北宋的这样一个史实。

南唐是亡于北宋了，那么现在陈曾寿所经历的，又是清朝的败亡。所以他说：雷峰塔在西湖边阅尽了多少朝代的盛衰兴亡，而我陈曾寿在西湖边上，和雷峰塔一起，也看到了那么多的盛衰兴亡。所以你们看，这首词表面上都是风景，但内里却隐藏着很多的感慨悲哀。在历史上，对待盛衰兴亡和改朝换代，不同的人有不同的态度。像五代的冯道，曾历仕后唐、后晋、后汉、后周四朝，还得意洋洋地自称“长乐老”。那么陈曾寿呢？清朝已经灭亡了，而且他自己是一个汉人，为什么要做清朝的遗民，为什么对那个已经成为日本傀儡的溥仪还有那么深的感情呢？这就是古人所说的“看得破，忍不过”了。陈曾寿本来是溥仪皇后婉容的老师，溥仪非常信任他，在离开天津时把天津的一切事情都交托给他，到了东北以后又几次叫他去。他不愿意在伪满做官，不肯去，最后溥仪说，你来管我们祖先的陵墓吧，他不得已才去了东北，但溥仪祖先的陵墓后来好像也被日本人霸占了。陈曾寿为什么不能够断然离开溥仪？因为溥仪是个小皇帝啊，他即位的时候才是个三岁的孩子，清朝的腐败和灭亡并没有他的责任。其实像王国维、陈宝琛他们也是一样的，但他们这种感情放到现在确实是很不容易说清楚。正是由于陈曾寿从内心摆脱不了，所以他无可奈何。那么他这些感情的来龙去脉，我用了这么多的话来解释，而陈曾寿他也说了这么多话吗？没有啊，人家陈曾寿只是说：“一生缱绻夕阳红。”你看他用的这“缱绻”两字，都是绞丝边，都是缠绵不断的，都是双声叠韵的，那就是他那种剪不断理还乱的感情啊。而且人的一生留恋什么不好？像陶渊明“抚孤松而盘桓”，他留恋的是松树，因为松树是独立的、挺拔的、在霜雪中都不凋零的。而你陈曾寿为什么留恋夕阳呢？你这一生缱绻不能摆脱的，难道就是夕阳那即将消逝的颜色吗？

而且还不仅如此，如果眼前还有那个雷峰塔，还有那缥黄深浅的背景，还有那夕阳红的颜色，那么你还有一个可以留恋的对象，还可以"目成朝暮"，还可以"一生缱绻"，而实际上，现在连这个夕阳红的雷峰塔也没有了。在陈曾寿写这首词的那一年，雷峰塔倒了。所以他说："为谁粉碎到虚空？"为什么连这一点点聊以缱绻的对象都不能够保留呢？——听说，现在已经重建了新的雷峰塔，不过旧塔的遗迹还留在那里，供大家参观。

雷峰塔，位于浙江杭州西湖南岸夕照山的雷峰上，南屏山日慧峰下净慈寺前。始建于北宋太平兴国二年（977）。北宋宣和年间和明嘉靖年间曾遭遇两次大火。后塔基砖被迷信者盗窃，致使塔于 1924 年 9 月 25 日倒塌。

所以你看这首词，它的"目成"两个字的深厚的意思，它的"天水碧"这样的典故，它的"缱绻夕阳红"的那一份心情，都是非常微妙的。这些东西如果用诗来写就变得落实了：你说你眷恋故国？你说你忠爱缠绵？那太落实了，你不会那样说的。这也就是王国维《人间词话》说的"词之为体，要眇宜修，能言诗之所不能言，而不能尽言诗之所能言"了。而且你看，这么短的一首词我为什么讲了这么多？因为在短短的七个字里边他就有说不完的意思，给读者非常丰富的联想。这就是王国维《人间词话》所说的"词之言长"啊。那么，王国维所看到的这些词之不同于诗的特质，如果说用"境界"两个字来概括不是很恰当的话，那应该怎样表达呢？我们先不急着总结这个问题，到最后我会给大家一个答案的。现在我们还是接着看王国维《人间词话》是怎么说的。

王国维论词之特质的第二则词话说：

词之雅郑，在神不在貌。永叔、少游虽作艳语，终有品格。

所谓“雅”，当然是典雅的、正当的、不偏邪的。什么是“郑”呢？《诗经》里有十五国风，其中一个就叫《郑风》。周天子派使者到各诸侯国采风——所谓采风，就是收集各地的流行歌曲。在采集来的各地流行歌曲之中，郑国和卫国的歌曲常常都是涉及男女爱情的，于是就有了“郑风淫”的说法。所以这个“郑”是和“雅”相反的，指的是那些淫靡的、不正当的诗歌。我已说过，《花间集》本来是文人诗客们给歌伎酒女写的歌辞，在那样的场合下，这些歌辞只能够写美女和爱情。那么这些文人诗客，你也写美女爱情，我也写美女爱情，内容虽然相同，但不同的人写出来却有不同的风格，因此也就有了“雅”与“郑”的区别。那什么样的是“雅”，什么样的是“郑”呢？现在我就要从《花间集》里边举几个例证来看一看。我们先看欧阳炯的一首《南乡子》：

二八花钿。胸前如雪脸如莲。耳坠金环穿瑟瑟。霞衣窄。笑倚江头招远客。

“二八”是16岁，那是女孩子最美妙的年龄。从前我刚到加拿大的时候，带我的两个女儿去买衣服，那个卖衣服的店铺就叫作Sweet Sixteen。可见不只古人，连西方人也有这样的看法。“花钿”，是头上戴的珠翠的装饰，这里用来指代这女孩子。“胸前如雪脸如莲”是说，她胸前的皮肤像雪一样白，她的脸像荷花一样美。“耳坠金环穿瑟瑟”，她的耳朵上戴着一对金耳环还不说，金耳环上还穿着美丽的珠子，“瑟瑟”是一种碧绿色的珠子。“霞衣窄”，她穿着像天上彩霞一样五彩缤纷的衣服，这衣服很窄，是紧身的。古代妇女一般不像现代妇女一样喜欢露出身材曲线什么的，她们一般都穿宽袍大袖。所以这个女子不是居家的女子而是在江头摆渡船的女子，现在她正在面带笑容，招呼客人上她的渡船。你看，这就是欧阳炯写他眼中所见的美女。西方女性主义有一本书叫《第二性》，书中提到女性是男性眼中的“他者”。男性看女性不是以平等的地位，而是以一种带有欲求的眼光，一种 male gaze。欧阳炯这首词，就是这样的一种眼光。下面我们再看一首薛昭蕴的《浣溪沙》：

《第二性》，法国女学者西蒙娜·波伏瓦所著。她以涵盖哲学、历史、文学、生物学、古代神话和风俗的文化内容为背景，探讨了从原始社会到现代社会的历史演变中妇女的处境、地位和权利的实际情况，对妇女社会地位问题进行了历史的、哲学的思考，提出了真正的更高意义上的性别平等。

越女淘金春水上。步摇云鬟佩鸣珰。渚风江草又清香。　不为远山凝翠黛，只应含恨向斜阳。碧桃花谢忆刘郎。

“越女”，浙江一带的女子，她是在水边淘金的。“步摇”是女子戴在头上的首饰，就是一根簪子下面串着饰品，你一走路它就摇晃，所以叫步摇。而且她还“佩鸣珰”，身上还佩戴着会响的饰物，一走路它就响起来。“渚风江草又清香”是说，河岸上一阵风起，江水上的水草就飘来阵阵香气。这是这个女子活动的背景。下面写这个女孩子的表情，“不为远山凝翠黛，只应含恨向斜阳”。“翠黛”是女子的眉毛，“凝”是眼睛定住了来看。这女孩子不是为看风景而凝神远山，她是满怀着相思的离愁别恨而面对将落的夕阳。她在想什么？是“碧桃花谢忆刘郎”。这里又有一个典故，传说从前有刘晨和阮肇两个人在天台山与仙女有一段美好的遇合，所以后来用到这

最早记载刘阮传说故事的是晋代干宝的《搜神记》和南朝刘义庆的《幽明录》。故事讲述刘、阮二人入天台山采药迷路，遇到两位美丽的女子，逗留十日后返回，家中亲旧零落，迎接他们的已是七世孙了。

个典故都是讲男女之间的爱情。他说现在桃花已经谢了，春天已经过去了，可是这女孩子所盼望的那个男子还是没有来。刚才欧阳炯那首只是写了女子的外表和服饰；现在薛昭蕴这一首除了服饰之外也写了女子的感情。但这仍是一种 male gaze，是男子眼中所看到的女子。虽然写得也很美，但是没有更深一层的东西。那么现在我们再看一首欧阳修的《蝶恋花》，他也是写美女和爱情，但是和刚才那两首就有了质量上的不同：

越女采莲秋水畔。窄袖轻罗，暗露双金钏。照影摘花花似面，芳心只共丝争乱。　　鸂鶒滩头风浪晚。雾重烟轻，不见来时伴。隐隐歌声归棹远，离愁引着江南岸。

"莲"，它的谐音可以是"怜爱"之"怜"，所以古人写到莲常常涉及爱情，这在中国诗歌里是有传统的。学习中国古典诗歌，第一个要念的是《诗经》，第二个要念的是《楚辞》，然后就是《昭明文选》了。在《昭明文选》里边有很奇妙的一组诗，那就是《古诗十九首》。这十九首诗，注解说它们"不知作者"——千古以来没有人确知它们是谁作的。但那真是非常好的一组诗，其中有一首的开头就提到莲花：

涉江采芙蓉，兰泽多芳草。采之欲遗谁，所思在远道。

"芙蓉"，就是莲花。中国有一本最古老的辞书《尔雅》，《尔雅》里边的《释草》篇说，荷也叫莲，也叫芙蕖，也叫芙蓉，也叫菡萏。

荷，芙渠；其茎茄，其叶蕸，其本蔤，其华菡萏，其实莲，其根藕，其中的，的中薏。

——《尔雅》

所以，采芙蓉就是采莲。这首诗说，这个女孩子渡过江水去采莲，在莲花的岸边长满了芬芳的香草。那么她采了这么美丽的花要送给谁呢？她说，我要把它送给在远方的、我所怀念的那个人。这不就是写爱情和相思吗？其实，欧阳修写的越女采莲和薛昭蕴写的越女淘金都是现实中实有的事情。淘金固然是为了生计；采莲采了莲花、莲子、莲叶也都可以去卖钱，所以这都是江南女子现实中的生活。可是你也要知道，“采莲”这两个字和“淘金”这两个字在文学作品里边给读者的联想是完全不同的。淘金就只是淘金，而采莲却可以使你产生像“涉江采芙蓉，兰泽多芳草”那样美丽的、关于相思与爱情方面的联想。

那么“秋水畔”的“秋水”呢？那美丽而又澄清的秋水也是文学作品中所经常涉及的，这个词语使我们联想到王勃《滕王阁序》的“落霞与孤鹜齐飞，秋水共长天一色”。那是多么美的景色！而现在这个女子采莲时环境的背景就是在美丽的秋水之畔。

“窄袖轻罗”，是这个女子采莲时所穿的衣服。刚才我讲过欧阳炯词中的那个女子不也是“霞衣窄”吗？欧阳炯写的是一个摆渡船的女子，欧阳修写的是一个采莲的女子，她们都是劳动的女子。女子不劳动，在家里享清福，当然可以宽袍大袖，可以拖起长裙，而劳动的妇女是不可以这样打扮的。否则你的手还没摘到莲花和莲蓬，你的袖子就已经拖到水里去了。“轻罗”是很薄很轻的丝罗，因为它薄，所以你隔着袖子可以隐隐约约地看到这个女孩子手臂上戴着一对黄金的手镯。这就是“窄袖轻罗，暗露双金钏”。

西方文学批评注重作品中的结构、形象等质素，而且还不只如此，他们还注重作品中的符号。每一个符号常常都有它不同的作用。刚才那个“越女采莲”的“莲”字不是让我们联想到“涉江采芙蓉，兰泽多芳草”吗？现在你再看“暗露双金钏”，他还什么都没有说，但是他的语言的符号已经暗示了很多的东西了。还不要说“金”的贵重、“双”的成双成对，你只看这个“暗露”：薛昭蕴那淘金的女子是“步摇云鬓佩鸣珰”——头上戴着的一走就动，身上佩着的一走就响，都是张扬的，都是显露的，都是轻狂的；而这里的“窄”字、“轻”字都有很轻微的意思，“暗露”则是隐藏的、含蓄的、不张扬的。当然我们现在这个时代比较崇尚显露和张扬，但中国古代并不如此，中国古代讲究含蓄谦恭，尤其女子，更是以这样的品质为美德。《诗经·卫风》里有一篇《硕人》，描写了一位美女庄姜夫人，诗的一开始就说：“硕人其颀，衣锦褧衣。”“硕”是高大的样子，“颀”是颀长。庄姜夫人不但长得美，而且是高挑身材。她是卫庄公的夫人，当然衣饰华丽，穿着锦绣的衣服。但是她在外边穿了一件“褧衣”。“褧衣”就是罩袍。像我们小时候在学校念书，冬天要穿大棉袄，大棉袄穿脏了很难洗，所以就在外边再穿一件阴丹士林的蓝色罩衣。可是庄姜夫人为什么也要穿一件罩衣？《诗经》的注解说是“恶其文之著也”——因为她不喜欢把美丽的锦衣鲜明地显露出来。所以你看，“越女采莲秋水畔。窄袖轻罗，暗露双金钏”，欧阳修笔下的这个女子与欧阳炯、薛昭蕴笔下的那两个女子有着多么微妙的不同！

下边两句就更妙了：“照影摘花花似面，芳心只共丝争乱。”这真是作者的神来之笔！这个女子低下头去采一朵莲花，水面上就映出她和莲花的影子。古人不是说“人面桃花相映红”吗，现在她从水面的倒影看到了她自己的容颜，那容颜和莲花一样的美丽。这是什么？这是对自我的一种认识，一种反省。当她对自己有了这样一个清楚的反省的时候就怎么样？是“芳心只共丝争乱”，她的内心感情就产生了一种困惑和缭乱。荷花的花梗和莲藕的藕节，如果你把它们折断，就会有许多的丝，所谓“藕断丝连”嘛！而现在她的内心感情，就也像莲藕折断后的这些乱丝一样地缠绵、缭乱。

为什么她会“芳心只共丝争乱”呢？上次我也说过，人生一世，你的价值表现在哪里？男子可以修身齐家，治国平天下，他们的价值是早已被安排好了的，即所谓“太上有立德，其次有立功，其次有立言”。西方也是一样，西方有一位人本主义哲学家马斯洛曾提出过人有“自我实现”的需求。但中国古代的女子能够“自我实现”吗？根本就没有这样的可能。社会道德要求她们“在家从父，出嫁从夫，夫死从子”，不管在物质上还是在精神上她们都没有独立的人格。我前两年讲女性词的时候提到古代男子可以有理想，女子则谈不到理想。我的一个朋友就说：“女子怎么没有理想？女子的理想就是找个好丈夫嫁出去嘛！”你们大家听了都笑。确实，这种“理想”和男子的“立德立功立言”比起来，根本就不成其为理想啊！但在古代的确就是如此的，《孟子》上就说过，“良人者，所仰望而终身也”（《孟子·离娄》），女子既不能独立谋生，那么找个好丈夫怎能不是她们唯一的希望呢？我正在写关于女性词的一本书，现在写到晚明女词人，其中提到叶氏一门母女——叶绍袁的妻子沈宜修，女儿叶纨纨、叶小纨、叶小鸾。这些女子真的是有才华！沈宜修的作品有诗、词、文、赋、骚体等等，各种体裁她没有一种写得不好。因为她是书香世家，她父亲是沈珫，叔父是沈璟，沈璟是明代有名的戏曲家。可是你看一看她的身世：沈宜修死后叶绍袁在给她写的传记中说，她嫁到他们家之后，婆婆对她很严，如果发现她在自己房间里作诗就不高兴，所以她再不敢作诗了。一直到她的儿女都很大了的时候，只要婆婆发了脾气，她就得长跪在地上请罪。古代女子嫁人，第一当然希望丈夫好，第二还得希望婆婆好。就沈宜修而言，虽然婆婆对她不好，但是丈夫对她很好。而她的女儿们呢？叶氏姊妹都很有才，在家的时候一起作诗，一起赏花，可是嫁出去以后呢，叶纨纨的丈夫就对她不好，所以她很年轻就死了。叶小鸾就更奇妙了：从家里给她订下婚期她就生病，在结婚的前两天她就死了，死时才 17 岁。叶绍袁为妻女整理遗作，印行了《午梦堂集》,在序言里他说:“丈夫有三不朽,立德立功立言。而妇人亦有三焉，德也，才与色也。”男子最喜爱的，其实还是色。只不过才子们觉得女子除了有色以外，如果还能够与他吟诗唱和不是更好吗？不过，才色倘若与妇德比起来，妇德显然是更重要的。在我所写过的女性词人中，李清照和朱淑真其实是属于叛逆的类型：李清照总是想和男人一较短长，朱淑真则大胆地追求恋爱的自由。这都是与“妇德”相违背的。如果我们想要在古代女性作者中寻找最有“妇德”的才女，写《女诫》的班昭当然不用说了，沈宜修也要算一个。她不但勉力侍奉好婆婆，而且还能够守贫穷耐劳苦，这是中国传统社会在道德上对妇女的要求。

那么作为一个有才有貌又有德的女子，她应该把自身这些美好的东西交托给谁啊？男子当然是要交托给皇帝与朝廷，而女子呢？那就要交托给一个真正赏爱她的男子。所以这个采莲的女子，当她对自己美好的质量有了一个觉醒以后，反而“芳心只共丝争乱”——我应该把我的美好交托给什么人？我人生的意义在哪里？

接下来他说：“鸂鶒滩头风浪晚。雾重烟轻，不见来时伴。”这写得真妙！女孩子出外常常喜欢结伴而行，这个采莲女子当然也是和许多同伴一起来采莲的。现在天色已经暗下去了，水面上起风了，有浪了，黄昏的烟霭渐渐笼罩过来了。可是当她要划着船回去的时候，一抬头，才发现那些女伴怎么

久去山泽游，浪莽林野娱。
试携子侄辈，披榛步荒墟。
徘徊丘垄间，依依昔人居。
井灶有遗处，桑竹残朽株。
借问采薪者，此人皆焉如。
薪者向我言，死没无复余。
一世异朝市，此语真不虚。
人生似幻化，终当归空无。
——陶潜《归园田居》其四

都不见了？这句从表面上看意思也很好懂，可是你要问为什么就“不见来时伴”了呢，它妙就妙在这里。陶渊明曾写过五首《归园田居》诗，其中一首诗里边说：“试携子侄辈，披榛步荒墟。”我归隐到田园之后，有一天我带着我家的小孩子们到荒野去散步——中国的古人以带着小孩子出去游玩为乐事，像《论语》上不是就说过“莫春者，春服既成，冠者五六人，童子六七人，浴乎沂，风乎舞雩”（《论语·先进》）吗？可是陶渊明在这首诗的后边一首又说什么？他说我“怅恨独策还”——我一个人拄着拐杖回去了。大家一定会问，前面说的那些小孩子们都跑到哪里去了啊？你要知道，当陶渊明一个人沉浸在对人生和仕隐问题的思考之时，小孩子们是不会跟他一起思考这些事情的，所以他在精神上已经只剩下孤独一人了。同样，当这个女孩子对自己美好的质量有了一个觉醒的时候，当她为自己美好的感情没有一个可以交托的对象而心绪缭乱的时候，她是孤独的和寂寞的，其他那些女孩子已经离她很远了，只能隐隐听见她们遥远的歌声。而现在她自己那满心的追求向往、满心的怅惘哀伤，就“离愁引着江南岸”——从水面一直伸展到岸边，于是从水面到岸边，便也布满了她的这些哀伤怅惘。

所以你看，王国维说“词之雅郑，在神不在貌”，那确实是对词的一种很深切的体会。一首词是高雅的还是淫亵的，我们绝不能只看它外表说的是什么，而要看它精神的境界是什么。

下边我们再看王国维论词之特质的第三则词话：

南唐中主词“菡萏香销翠叶残，西风愁起绿波间”，大有众芳芜秽，美人迟暮之感。乃古今独赏其“细雨梦回鸡塞远，小楼吹彻玉笙寒”，故知解人正不易得。

怎样读词？怎样理解词？怎样体会词？这里边真的是有点儿讲究。现在我们来看看王国维是怎样读词、怎样体会词的？他所说的南唐中主这首词的牌调叫作《摊破浣溪沙》，全词如下：

菡萏香销翠叶残，西风愁起绿波间。还与韶光共憔悴，不堪看。　细雨梦回鸡塞远，小楼吹彻玉笙寒。多少泪珠何限恨，倚阑干。

刚才我提到《尔雅》的《释草》篇说荷有很多不同的名字，它的花就叫作“菡萏”。所以,这“菡萏香销翠叶残”写的也是荷花。到了秋天的季节，荷花的香气就消失了，荷花的叶子也残破凋零了。南开大学校园里有一池荷花，每年九月我回到南开的时候，那一池荷花的景象就已经是“菡萏香销翠叶残”了。所以我在我的一首词中说，“荷花凋尽我来迟”。秋天一般刮西风，西风也叫金风。因为，中国古人有所谓“五行”和“五方”之说，五行是金木水火土，五方是东西南北中。五方不但要配合五行，而且还要配合干支里边的“天干”，也就是甲乙丙丁戊己庚辛壬癸。东方在天干是甲乙，在五行属木；西方在天干是庚辛，在五行属金；南方在天干是丙丁，在五行属火；北方在天干是壬癸，在五行属水；中央在天干是戊己，在五行属土。那么西方属金，“金”代表什么？它代表刀剑斧钺啊！那是一种杀伐的象征。所以西风主肃杀，大自然中有生命的万物都在西风中衰落凋残。因此是“西风愁起绿波间”——当西风初起于荷塘的水面之上的时候，就带来了一片的悲伤哀愁。

从这首词的下片看，词中女子是一个思妇，因为“细雨梦回鸡塞远”的“鸡塞”代表边关的关塞。这女子的丈夫当兵到边塞去了，所以家中只剩下她一个人孤独地思念和等待。这乃是古人写女子最常见的一个主题。在中国古代社会里，男子一般是不会留在家里的，他们或者出去做官，或者出去经商，因为“大丈夫志在四方”嘛！而女人是不准许抛头露面的，她们必须留在家里大门不出二门不迈，谨守妇德。倘若丈夫在外边有了另外的感情或娶了另外的妻子呢？那么“思妇”就变成“怨妇”或“弃妇”了。这就是在中国旧时代的社会中女子普遍的命运。其实，也不仅中国如此，当西方女性主义思潮盛行的时候，美国西北大学的一位学者 Lawrence Lipking（劳伦斯·利普金）写过一本书叫作 *Abandoned Women and Poetic Tradition*——《弃妇与诗歌的传统》。由此可见，西方也不是没有这种事情的。

那么为什么“还与韶光共憔悴”呢？因为女子青春的容颜也是不能久长的，它也会和外边大自然的景物一样在西风中凋残。这就是《古诗十九首》说的“思君令人老，岁月忽已晚”了。相思怀念的忧愁，是最容易使人憔悴衰老的。因此，外边肃杀的西风中凄凉的景物和女子镜中憔悴的容颜一样，都是“不堪看”的。

于是，在那西风愁起的晚上，外边下着小雨，这个女子就做了一个梦，梦到了她的丈夫——也许是梦见远在鸡塞的丈夫回来了，也许是梦见她自己远赴鸡塞去探望她的丈夫。唐诗里不是有这样的句子吗：“可怜无定河边骨，犹是春闺梦里人。”但梦醒之后还是要回到现实，现实一切照旧，依然是她的丈夫远在边关，依然是她自己孤独寂寞地相思怀念。为了排遣这些忧愁，她就起来吹笙——“小楼吹彻玉笙寒”。“吹彻”，就是不断地吹，一直吹到玉笙都变得寒冷了。“多少泪珠何限恨”，她流了多少眼泪，她心中有多少离愁别恨；“倚阑干”，天亮了，她到外边去，依旧倚在阑干上。“倚

誓扫匈奴不顾身，
五千貂锦丧胡尘。
可怜无定河边骨，
犹是春闺梦里人。
——陈陶《陇西行》

阑干”是望远，望远当然还是在盼望远方的人回来。可是倚阑所能看到的是什么？依然是“菡萏香销翠叶残，西风愁起绿波间”的那一片凄凉的景色。

至于王国维对这首词的体会和联想，我们下次再讲。

（安易整理）

第三讲

本讲涉及词话

词之为体，要眇宜修。能言诗之所不能言，而不能尽言诗之所能言。诗之境阔，词之言长。

词之雅郑，在神不在貌。永叔、少游虽作艳语，终有品格。方之美成，便有淑女与倡伎之别。

南唐中主词“菡萏香销翠叶残，西风愁起绿波间”，大有众芳芜秽，美人迟暮之感。乃古今独赏其“细雨梦回鸡塞远，小楼吹彻玉笙寒”，故知解人正不易得。

古今之成大事业、大学问者，必经过三种之境界：“昨夜西风凋碧树，独上高楼，望尽天涯路。”此第一境也。“衣带渐宽终不悔，为伊消得人憔悴。”此第二境也。“众里寻他千百度，回头蓦见（当作“蓦然回首”——叶按），那人正（当作“却”——叶按）在，灯火阑珊处。”此第三境也。此等语皆非大词人不能道。然遽以此意解释诸词，恐为晏、欧诸公所不许也。

词与诗有什么不同？除了表面形式上的差别以外，它们在内容的美学特质上究竟有什么不同？我们上次讲到《人间词话》关于词之特质的五则词话中的第一则：

> 词之为体，要眇宜修。能言诗之所不能言，而不能尽言诗之所能言。诗之境阔，词之言长。

我上次已经把这段话讲过了。而且当我讲这段话的时候，我举了晚清陈曾寿的《浣溪沙》："修到南屏数晚钟。目成朝暮一雷峰。缠黄深浅画难工。千古苍凉天水碧，一生缱绻夕阳红。为谁粉碎到虚空？"这首词里的那种幽微要眇的很难以言说很难以表达出来的一种情意，是要在词里面才表达得出来的，而诗里是不容易表达出来的，所以王国维说词"能言诗之所不能言"。

那么，陈曾寿，为什么他的词能有这样的境界？其实，是因为他自己的内心本身，就有一种很难说明白的感情。陈曾寿是汉族人，可是从他的祖先就在清朝做官，他自己参加了清朝的科考，也在清朝做官。所以，他在感情上认同了清朝还不说，而且因为清朝最后一个小皇帝宣统的皇后婉容，是陈曾寿的学生，所以对于清朝，陈曾寿在感情上是有一种不能割舍的关系的。可是，这个宣统皇帝又被日本挟持到东北建立了伪满洲国，这是陈曾寿所不同意的，可是他无可奈何。他在理性上知道，他是汉族侍奉满族；他在理性上也知道，宣统现在已经做了傀儡，被日本人所挟持。可是他在感情上，没有办法完全割舍。所以他虽然是从东北的伪满退回来了，他没有留在伪满，但是他心中对清朝始终有一种难言的情感。

他回到杭州,住在西湖边上。每天都可以面对雷峰塔。而现在有一天，雷峰塔倒塌了。“修到南屏数晚钟。目成朝暮一雷峰。缥黄深浅画难工。”上次我开始讲的时候，我问大家这首词讲的是什么？大家说这首词写得像一幅图画，写得很美。不错，这首词是像一幅图画，是写得很美，但是他不只是写这个景物而已，他在写景物的时候，都是表达他那种最幽微的、最隐曲的、难以言说的那种感情。

“修到南屏数晚钟”，一个“修”字，一个“数”字，上次我已经讲过了，今天就不再仔细地讲。“目成”两个字，出自《楚辞 · 九歌 · 少司命》“满堂兮美人，忽独与余兮目成”，是一种如此深厚的感情的投注。后面“千古苍凉天水碧”，表面上还是在写景，写西湖，上面的蓝天，下面的碧水。但是我也告诉大家，这“天水碧”三个字，可能另有深意。南唐将要灭亡的时候，他们宫中染出来一匹丝绢，这个丝绢的颜色，是在夜间滴上了露水而染出来的，所以把这个颜色叫作“天水碧”。可是在中国的谐音中,这个“碧绿”的“碧”字和“逼迫”的“逼”字的读音是一样的。所以根据中国古代的笔记的记载可以知道，当南唐宫中新染出来的这个美丽丝帛叫“天水碧”的时候，他们就认为这是一种预言，即一种迷信上所说的一个预兆。你要知道，天水是赵姓的郡望——所谓“郡望”就是古称郡中为众人所仰望的贵显家族。大家学古典文学，一定要知道我们中国古典传统的很多方面的这些知识。中国的姓，每一个姓有一个郡望，即这个姓在什么地方他们最有名。那么天水这个地方是姓赵的最有名。又比如说陇西李氏，就是陇西这个地方，姓李的他们最有名。“天水”就是赵氏的郡望，那么宋朝皇帝就是姓赵的。而“碧绿”的“碧”字在广东话里也就是在中国古音中是入声字，跟“逼迫”的“逼”字读音是一样的，即是“天水”逼迫而来了，那就是说，赵宋已经逼迫到南唐，南唐快要灭亡了。所以这是一个预言，预言了南唐的灭亡。那么“一生缱绻夕阳红”呢？我们说一个人“缱绻”，那是多情留恋的意思，而且“缱绻”两个字是叠韵的字，所以中国的诗词，它的形体、它的声音、它的出处、它的典故，都带着丰富的message，带着很多的信息，一起传达出来。“一生缱绻”，可以指多情，你可以找到一个有情人，一个男子或一个女子，你都可以与其“缱绻”。可是陈曾寿他说，我所投注的“缱绻”的情感，是黄昏的一抹夕阳的红色——“一生缱绻夕阳红”。那是因为雷峰塔的背景最美的时候就是夕阳的晚照。可是现在，连我所留恋的这傍晚黄昏夕阳的那点红色也消失了。“为谁粉碎到虚空？”你为什么连这一点安慰都没有留给我呢？连这雷峰塔都不存在了。这么短的一首小词，表现了这么丰厚的情意，这不是简单地用诗的说明所可以表达出来的。所以，词能“言诗之所不能言”。

我们也看了王国维论词之特质的第二则词话：

> 词之雅郑，在神不在貌。永叔、少游虽作艳语，终有品格。方之美成，便有淑女与倡伎之别。

“郑”字，代表一种淫靡的声音，因为中国的《诗经》有十五国的“国风”，其中郑国的国风中很多都是讲男女爱情的，所以孔子说“放郑声，远佞人”。“放”，就是把它赶走，消灭这些“郑声”，因为“郑声”就代表的是淫靡之音。“词之雅郑，在神不在貌”，这真是王国维欣赏能力很高的地方，他说一首词是典雅的还是淫靡的，在它的精神，不在它的外表。因为词本来最早就是歌辞，是在这些个诗人文士饮宴的场合，交给歌女去歌唱的曲子，所以都是写美女的，都是写爱情的，表面上都是一样的，都是美女跟爱情。但同样写美女跟爱情，可是它所传达出来的那个境界有高下的不同，所以说“永叔、少游虽作艳语，终有品格”，欧阳修、秦少游虽然也是写美女跟爱情，可是他们是有品格的。

上次我也举了例证，我举了欧阳炯的一首《南乡子》：“二八花钿，胸前如雪脸如莲。”欧阳炯是比较浅薄的，他写的就是肉体上的美色跟情欲。欧阳修也写江南女子，他说：“越女采莲秋水畔。窄袖轻罗，暗露双金钏。照影摘花花似面，芳心只共丝争乱。”我上次给大家讲了，这就是欧阳修写感情写得很幽微很曲折的地方。这个女孩子本来很天真烂漫，跟了女伴就一同出去采莲。所谓采莲，可以采莲花，可以采莲蓬，也可以采莲藕。当她低头采莲的时候，就“照影摘花花似面”，在水里面把她自己面容的影子都映照了出来，花跟人都一样的美丽。那么，为什么“照影摘花花似面”，从而就“芳心只共丝争乱”呢？上次我也说了，我说这是很难讲的。就是说一个人，你有没有认识你自己的美好？你有没有珍重爱惜你自己的美好？你对你自己生下来你的才能你的质量，你有没有珍重、爱惜？你愿意把你的才能和质量交托、投注给一个什么有价值的对象吗？这是一种觉醒。由于这个女子有了“照影摘花花似面”的觉醒，所以就引起她“芳心只共丝争乱”的对爱情的想往。这是我们从表面所可以理解到的。可是你要知道，中国文化还有更微妙的一点。就是中国从古以来的这些诗人、墨客、骚人、文士，都喜欢用女子来自比。屈原就说“众女嫉余之蛾眉兮”，说“我”是“蛾眉”，那些女子都嫉妒“我”的美丽。可见，从来中国古代的才子、志士、有理想的人，他们都喜欢把自己的美好用美女来比喻。

女子应该有一个交托，男子也应该有一个交托啊。而中国古代的男子，所谓“士”，是“当以天下为己任”的。但你虽然愿意以天下为己任，你参加科考考上了吗？你考不上怎么能以天下为己任呢？你考上了以后，默默无闻、庸庸碌碌地做一个卑微的小官，怎么能以天下为己任呢？像李商隐当初做弘农县的县尉，每天县官大老爷升堂，点名，他就把囚犯带过来，然后县太爷判罪，把有罪的判成无罪，把无罪的判成有罪。县太爷接受贿赂，贪赃枉法，你作为他属下的人，你有权力干涉他吗？你没有权力干涉他，你没有办法啊。做这样一个卑微的像奴隶一样被驱使的人，你有什么理想可言？所以李商隐才写了那首《任弘农尉献州刺史乞假还京》：

> 黄昏封印点刑徒，愧负荆山入座隅。却羡卞和双刖足，一生无复没阶趋。

黄昏的时候，县太爷要下班了，就要"封印"。就是说白天县太爷拿了官印在上面坐堂，到黄昏时候，要下班了，就把这印封起来了。县尉要负责清点这些囚犯，哪些是死罪的，哪些是拘囚的，要点名。所以是"黄昏封印点刑徒"。李商隐他自己说，真是觉得羞惭，我辜负了这个出美玉的荆山，我没有办法，我现在只能置身于最偏僻最低微的那个角落里，是"愧负荆山入座隅"。下边李商隐接着又说了："却羡卞和双刖足，一生无复没阶趋。"他说我现在反而羡慕古代的卞和——从前战国时候，有一个楚国人叫卞和，他在山间发现了一块璞玉，就是那种外面包着石头还没有雕琢出来的玉，他就把这玉拿到朝廷献给楚王，楚王找人来看，那个人说这不是玉是石头，楚王大怒，就把卞和的一条腿砍断了。后来楚王死了，他的儿子继位，卞和又把玉拿去献给继位的楚王，这个楚王再找人看，那些人还说这是石头不是玉，于是楚王把他的另外一条腿也砍断了。其实这不是一个故事，而是历史上一件真实的事情。那么卞和的两条腿都被砍断了有什么好？李商隐为什么要羡慕卞和呢？李商隐说，因为卞和的两条腿都断了，所以从此就可以"一生无复没阶趋"，他一辈子再也不用在台阶底下供别人驱使奔走了。所以你看，李商隐写出这样的诗来，说明他一生一世也没有实现过他的理想。岂止一个李商隐！古代千千万万的读书人，希望"修身、齐家、治国、平天下"，希望考中科举得到皇帝的任用，但又有几个人实现了自己的理想？杜甫说要"致君尧舜上，再使风俗淳"，可是杜甫落拓潦倒，穷老死在异乡路途之上，理想却最终也没有实现。所以，中国这些读书人，他们对理想的追求就很类似一个美女对爱情的追求。而当他们写到美女的时候，表面上是在写一个美女，但是在内心的潜意识里面，常常是把自己比作那个美女的。

其实我一直不想用这个名词，我现在要用这个名词是因为没有办法。我现在要用的这个西洋的名词是"double gender"。gender是"性别"，double gender是"双重的性别"。小词之所以微妙，之所以有很多言外的意思，这是第一个值得我们注意的特色。小词，尤其是《花间集》里的小词，大部分是写美女对爱情的追求，对爱情的渴望，但是《花间集》里的18位作者却都是男子，没有一个女子。男子以女子的口吻写爱情，说我要找一个爱我、我也爱的人嫁给他。这种话女子自己敢写吗？没有一个女子敢写。女子不能站出来说"我要找一个爱的人嫁给他"。宋代朱淑真就因为要找一个爱的人嫁给他，结果是不得善终，死后没有埋骨之所。因为女子要自己追求爱情，这是不可以的，是不被传统观念允许的。只有男子，男

《花间集》是最早的一本由诗人、文士所写的词编成的集子，其中所收的词作，原只是一些"绮筵公子"，在"叶叶之花笺"上写下来，交给那些"绣幌佳人"，"举纤纤之玉指，拍按香檀"去歌唱的（欧阳炯《花间集·序》）。陈振孙《直斋书录解题》中曾称《花间集》为"近世倚声填词之祖"。《花间集》中小词的出现，打破了过去"载道"与"言志"的文学传统，而集中笔力大胆地写起了美色和爱情。词的美感特质，是从第一本词集——《花间集》的出现而建立起来的。

子在写小词的时候，可以用女子的口吻说："我要追求爱情，我要找一个可以托付我终身的人。"可是他内心里面的 subconsciousness（潜意识）却在说："我要找一个欣赏我的君主，我愿终身托付给他。"

中国之所以养成这样一个传统，其实来源于我们的"三纲五常"之中的"三纲"。"三纲"是什么？君为臣纲，父为子纲，夫为妻纲。在这"三纲"之中，夫妻男女之间的身份地位的关系跟君臣之间的身份地位的关系是一样的。一个是 dominant，一个是 subdominant，一个是统治的，一个是被统治的。这本是中国小词形成其微妙特色的一个重要的原因，可是王国维没有说出来。不只是王国维，其实很多人都没有说出来。王国维只说是有一个东西使中国小词如此微妙。为什么小词能够引起人这么丰富的联想？为什么"照影摘花花似面"，"芳心"就"只共丝争乱"？为什么"隐隐歌声归棹远"，"离愁"就"引着江南岸"？什么是"离愁"？离愁是我想找到一个我爱的人，但是我不能找到，心中的爱没有办法投注，渴望的爱没有办法得到。当一个美女"照影摘花花似面"，醒悟到自己的美好的时候，这美好却不能够有所投注，这美好的价值不能够实现。这在表面上说的是女子，但是在中国的传统文化之中，它隐藏着很深很丰富的男子的不得志的感情。这才真是小词之所以微妙的地方。

小词的这种微妙之所在，王国维已经认识到了，所以他在《人间词话》中不但说"词之为体，要眇宜修。能言诗之所不能言"，而且说"词之雅郑，在神不在貌"。都是写美女，欧阳修所写的采莲女子，跟薛昭蕴所写的淘金女子有什么不一样，跟欧阳炯所写的摆渡船的女子有什么不一样？虽然外表看起来，都是写江南的美女，但她们果然是有不同的。所以王国维说"永叔、少游虽作艳语，终有品格"。他这样说，绝不是没有根据地随便一说而已。因此现在我要介绍给大家一步一步地领会，词真的是具有一种特殊的质量，而这是诗所没有的。

我们接着看关于词之特质的第三则词话：

南唐中主词“菡萏香销翠叶残，西风愁起绿波间”，大有众芳芜秽，美人迟暮之感。乃古今独赏其“细雨梦回鸡塞远，小楼吹彻玉笙寒”，故知解人正不易得。

我们首先要知道南唐中主这首词到底写的是什么？上一次我已经给大家读过这首词了。他说“菡萏香销翠叶残，西风愁起绿波间”，“菡萏”就是“荷花”的别名，秋天，荷花的香气都消减了，它的荷叶也残破了。你看，所有的植物，它们的花和叶的零落方式是不一样的。温哥华春天的时候，马路两边的樱花、李花、桃花，开得满街都是。那些花怎样零落？就像杜甫说的：“一片花飞减却春，风飘万点正愁人。”是一阵风吹，使那千片万片的花都飘零了。而荷花怎么落？荷花的花瓣那么大，它是一瓣一瓣地凋落，它不是飘零，而是残破。这边一个大花瓣掉了，缺了一块，那边一个大花瓣掉了，又缺了一块。这是荷花。荷叶呢？它不像那些细碎的叶子，被风一片一片地吹落下来，荷叶是从来不落的，它是干枯，然后残破。所以，每种植物的花和叶都会凋落，但它们各自凋落的那种情景、那种形态，都是不一样的。其实，我倒是觉得“一片花飞减却春，风飘万点正愁人”那种凋零的方式更好一些，因为你不会看见它悲惨地憔悴在枝头嘛，风一吹，它完全就没有了。可是荷花，你要眼看着它破，眼看着它一瓣一瓣地凋零。所以，当“西风愁起绿波间”的时候，这个女子就为自己的“还与韶光共憔悴”而悲哀。荷

一片花飞减却春，风飘万点正愁人。
且看欲尽花经眼，莫厌伤多酒入唇。
江上小堂巢翡翠，苑边高冢卧麒麟。
细推物理须行乐，何用浮名绊此身。
——杜甫《曲江二首》其一

花、荷叶，也跟女子容颜的光彩一样，一天一天地憔悴了，以至于有人说，30 岁以后的女子就不可以看了。像这满池的荷花一样，你已经不忍心不能够承受这种景象了，你无法面对如此美好的东西变成如此狼藉残破的样子。

但这首词其实写的是思妇的主题。“细雨梦回鸡塞远，小楼吹彻玉笙寒”，说的就是思妇。大家学习中国古典诗词一定要知道我们中国古代整个的文化背景和历史。我上次就说了，女子成为思妇，这在中国的旧传统中是必然的命运。“好男儿志在四方”，男子都是要以天下为己任的，就算不以天下为己任而只为谋生，不管你做官也好，经商也好，你都不应该待在家里面。男子株守家园，不去创一番事业，整天跟妻子在一起，那是可耻的事情。像上次我提到过的明代文学家叶绍袁，他不喜欢官场的腐败因而回到家乡，可是家贫无以为生，所以他母亲就不喜欢他总是跟他太太两个人躲在屋里作诗。至于女子呢？女子大门不出二门不迈，女子是“十四藏六亲”，14 岁连亲戚的男子都不许见，那么，女子注定要在闺中，男子注定要在四方，所以思妇就是女子必然的命运了。因此你看中国古代传统的旧诗，只要写女子，几乎都是思妇。唐人陈陶说“可怜无定河边骨，犹是春闺梦里人”，李太白说“长安一片月，万户捣衣声。秋风吹不尽，总是玉关情。何日平胡虏，良人罢远征”，他们所写的都是思妇。

所以，在古代做一个女子，就一定要有所投注。没有结婚的时候，你要找一个人投注；结婚以后，你投注的那个人不能守在身边，你就要投注到对他的思念。不管什么时候，女子都注定了是思妇。这不仅中国如此，西方也是如此。上次我曾经引过当代一个美国学者，芝加哥西北大学（Northwest University）的 Lawrence Lipking（劳伦斯·利普金）的观点。Lawrence Lipking 写了什么？他写了一本书，叫作 *Abandoned Women and Poetic Tradition*（《弃妇与诗歌的传统》）。Abandoned Women，是被抛弃的妇女，他讨论的是被抛弃的妇女与诗歌之传统的关系。Lawrence Lipking说，这并不是说诗歌里面写的都是弃妇，而是说其实男人们本身也有一种跟弃妇同样的难以言说的感情。

那么中国古代女子在家里做思妇，倘若男子在外面另外有了婚姻呢？她就变成弃妇了。而中国古代的男子是没有这种忧虑的，男子可以休妻，但女子不可以离婚，所以男子永远不会被弃。——现在当然不同了，现在有的女子，以为是有了女权了，有权以后就变得非常刁蛮，说你要是爱我，你就什么都得给我，我怎么欺负你你都要承受。这同样是不自重，我不是只说男子不好，男子有的时候堕落败坏，女子有的时候也同样的堕落败坏。

我们返回来接着说。既然如此，你以为古代的男子就不会遭遇到被抛弃的那种痛苦吗？并非如此的，男子之被抛弃，是另外的一种被抛弃。我已经说了，君臣、父子、夫妻这“三纲”，在“君臣”这一纲里，君是dominant（统治的），臣是subdominant（被统治的）。“臣”字通常跟什么字联系在一起呢？臣妾。所以，男子不会被他家里的妻子抛弃，但可以被他的上司抛弃，可以被他的君主抛弃，可以被他的老板抛弃。就算你的老板没有抛弃你，如果你在你的同事中间没有作为，大家都看不起你，你也会有一种“弃妇”的感觉。所以说，弃妇的感情，并不只是女子才有的。因此Lawrence Lipking就说，abandoned women成了一个poetic tradition，他说男子比女子更需要借助abandoned women来表达自己的感情。男子写的那些诗词，表面上是写思妇，是写女子，而在他内心实际上隐藏了自己的一种不得志的感情。这就是我说的双重性别——double gender的作用。

好，还不只是double gender，小词还有更妙的地方，我们一步一步地讲。我刚才说了，古代女子以色事人，色衰则爱弛。所以南唐中主词中的这个女子因“菡萏香销翠叶残”而想到“还与韶光共憔悴，不堪看”，于是就怀念起她的丈夫。今天晚上，外面下着绵绵的细雨，她梦到了远在鸡塞的丈夫，但雨声把她从梦中惊醒，鸡塞仍然远在天边。在这种时候，她怎样安排自己的感情？她只有“小楼吹彻玉笙寒”，在那孤独闭锁的楼中，她就一直吹着玉笙，吹了很久很久。当她吹着这玉笙的时候，她流了多少眼泪？她内心之中有多少离愁别恨？天亮了，她又靠在楼前的阑干上，盼望也许今天我所怀念的人会回来；而当她在阑干前如此盼望的时候，眼前所看到的仍是引起她悲哀思念的景色——“菡萏香销翠叶残”。这是一个循环不断的相思和怀念。

这首词写得很明白，我们完全能看出是写思妇的感情。思妇的感情是这首词显意识之中的主题。如果这样说，那么这首词最重要的两句当然就是“细雨梦回鸡塞远，小楼吹彻玉笙寒”，这是它重要的情意之所在。而“菡萏香销”呢？那只是外表的景色的铺陈而已。所以王国维说，古今独赏其“细雨梦回鸡塞远，小楼吹彻玉笙寒”。因为这两句不但是主题之所在，而且你看它文字的对偶多么工整，字面是多么美丽！但王国维对此提出了不同的看法，他说“南唐中主词‘菡萏香销翠叶残，西风愁起绿波间’，大有众芳芜秽，美人迟暮之感”。王国维欣赏开头这两句，他认为这两句有很深的感慨。什么样的感慨？他说是“众芳芜秽，美人迟暮”的感慨。

这“众芳芜秽，美人迟暮”又是什么样的感慨呢？“美人迟暮”是屈原《离骚》中的句子：“日月忽其不淹兮，春与秋其代序；惟草木之零落兮，恐美人之迟暮。”“众芳芜秽”也是屈原《离骚》里的句子：“余既滋兰之九畹兮，又树蕙之百亩。畦留夷与揭车兮，杂杜衡与芳芷。冀枝叶之峻茂兮，愿俟时乎吾将刈。虽萎绝其亦何伤兮，哀众芳之芜秽。”

首先我们来看“日月忽其不淹兮”的一段。“忽”是说日月在天上走，不肯停留。那么，一天的太阳落了，一天就过去了，三十天的太阳落了，一个月就过去了，三个月过去之后，季节就改变了，积时成日，积日成月，积月成年，一天一天的时光就流逝了。“惟草木之零落兮”，秋天真的来了，你看温哥华在春天的时候是满树的繁花，一到秋天就是满地的落叶了。你要想到这“惟草木之零落兮”，你就会“恐美人之迟暮”！女子以色事人，所以最怕衰老，而越是美人衰老起来，大家就越觉得难以接受，值得惋惜。也许有人会说，只有美的人衰老吗，不美的人不是也会衰老吗？不美的人当然也会老，可是那好像不大会引起我们如此强烈的感受。

而我们现在所说的其实还不在于女子的美不美，这“美人之迟暮”实际上说的是男子。三国时曹丕给他的朋友吴质写过一封信，信中提到他们的一个朋友应玚。应玚，字德琏，是建安七子之一，曹丕说：“德琏常斐然有述作之意，其才学足以著书，美志不遂，良可痛惜。”他说我这个朋友应德琏，很有才华，他不只有文采，而且有著述之意，他也很希望留下一些著作来。一个人总想成为作家，但你够不够资格成为作家？你有没有成为作家的才能？曹丕说应德琏是有这个才能的，他的才学，真的能够写得出好作品来。你要知道，有的人志大才疏，他有志意，但是却没有才能。有的人生下来果然是有才能，但是却游戏人生，自甘堕落，从来没有远大的志意。这两种人蹉跎落空了都不大可惜。那些有大志而没有才能的根本就做不出什么

建安（196—220），东汉末年汉献帝年号。这时期的政治大权被曹操掌控。又因曹氏父子（曹操、曹丕、曹植）为当时文坛领袖，孔融、陈琳、王粲、徐幹、阮瑀、应玚、刘桢等七位文学家先后依附于曹氏，在诗、赋、文等方面取得了巨大的成就，被后人誉为“建安七子”。然“七子”之称，实始于曹丕《典论·论文》。曹氏父子和七子的文学创作形成了一个团体，真实地反映了现实的动乱和人民的苦难，抒发建功立业的理想和积极进取的精神，同时也流露出人生短暂、壮志难酬的悲凉幽怨，具有鲜明的时代特征和个性特征，代表了建安时期的文学高度。南朝梁的著名文学批评家刘勰在《文心雕龙》中评价说：“观其时文，雅好慷慨，良由世积乱离，风衰俗怨，并志深而笔长，梗概而多气也。”后人也将这一时期的文学美誉为“建安风骨”。

事情来，白白活一辈子并没有什么可惋惜的；那些有才能却从来也不想要做什么事情的，空过了一生也没有什么值得惋惜的。什么才值得惋惜？是他既有这种志意，也有这种才能，但这美好的志意却没有能够完成，那才是最可悲哀的，那才叫作“美人之迟暮”。因此，在中国的诗歌传统里面，“美人”所指的常常不只是女子，而是一切有美好志意和才能的人，主要还是指男子。

再看“余既滋兰之九畹兮”这一段。屈原说，我栽培了这么大一片兰花，我还种了这么多的蕙草。这“兰”跟“蕙”有什么分别你们知道吗？只开一朵的那个是兰，一串一串的那个是蕙。兰和蕙都有香气，都很美丽。屈原说，除了兰和蕙之外，我还种了留夷、揭车、杜衡和芳芷。这些也都是美丽的香草。屈原是常常用美女跟香草来表现他美好的志意和愿望的。他说我种了以后怎么样？我就盼望它们长得枝叶繁茂嘛，我要等到它们成熟的时候，就把它们收割起来。可是，我的花竟没有开。“萎绝”，萎是枯干，绝是死去，我种的花都干了，都死了，我种花的努力完全失败了。

在天津南开大学，有一个朋友会养兰花，她每年到春节都送给我一盆。兰花的香是一种幽香，你若将香水百合与中国的兰花一比较就会觉得，这香水百合怎么这么刺激人呢。而那个朋友送我的兰花，在傍晚黄昏的时候，你不知不觉之间走过，一阵幽微的香气就过来了。但我半年不在南开大学，所以这些兰花也没有养好。我在苏州看见有一种莲，叫钵莲，也叫碗莲，可以种在大碗里面。我想这个不错，我可以种一盆，放在我的桌子上。苏州园林的人对我很好，他说，叫你的学生来，我挑几种让他给你带回去。于是我的学生钟锦就到了苏州，挑选了六棵钵莲，回来交托给三个女生去替我栽培。从春天四月种上，等我九月回去的时候，一棵都没有活。那些幽香的兰花蕙草是很难种好的，我每年也都不能保存下来，到明年它就不见了。

那么屈原《离骚》说，“虽萎绝其亦何伤兮，哀众芳之芜秽”，虽然我的九畹兰花百亩蕙草都干枯死去了，但我还不只是为这个而悲伤。他说我所悲哀的，是“众芳之芜秽”。我一个人种的花死了没关系，可是为什么所有人种的花都萎绝了呢？这是一个国家、一个民族最可悲哀的事情。一个人堕落败坏，一两个做官的堕落败坏，那也就算了，为什么你们大家都败坏了？为什么没有一个人能把大局挽回呢？“虽萎绝其亦何伤兮，哀众芳之芜秽”——这是屈原的悲哀。

可是，这些与南唐中主的这首思妇之词有何相干？人家南唐中主明明写的是思妇啊，而王国维居然说他这里面有屈原的“美人迟暮”和“众芳芜秽”的悲哀。人家有吗？王国维不但说人家有，而且他还说：我所看到的“众芳芜秽”“美人迟暮”才是这首词中真正最重要的意思，如果你们只欣赏他关于思妇的“细雨梦回鸡塞远”两句，那就是“解人正不易得”——懂词的人真是不容易找到！你们大家都不懂啊，你们怎么都看不到词里面有这么深刻的意思呢？

“解人”一词，出自《世说新语·文学》。讲述的是东晋时期的宰相谢安，年轻时对战国时期赵国公孙龙著的《白马论》不能理解，就去向金紫光禄大夫阮裕请教。于是阮裕写了一篇解说《白马论》的文章，可是谢安对他的解说文更加看不明白，又去请教他。阮裕感叹说：“非但能言人不可得，正索解人亦不得。”意思是说，不但能够解释明白的人不容易找到，就是寻找透彻了解的人也难得。

前些天，有大陆上的刊物，说要出版我的诗词的选集，要写一篇介绍。他们说你就找你的学生写吧。我的学生有几个都是诗词写得很好的人。先头我就找一个女生写，女生感觉丰富，敏锐，多情。但你让她用理论分析，她分析不出来。好，女生不可以，找个男生来写吧。男生也写了一篇。我还有一位在澳门的朋友，曾为我捐一百万人民币给我们南开研究所的，他也写诗词，我的学生都认识他，常常把诗词传给他看，我就把女生和男生写的文章都给他传过去了。他看了以后对女生说，你连你老师的理论还没搞清楚，就随便乱引，你自己不懂的东西怎能说呢？男生写的也传去了，他就对我说，这篇文章，如果是外边的一个人随便写的还可以，但是你的学生写的就不可以，你的学生怎么能对你一点都不了解呢？他说，对于你的诗词理论的批评，有些文章写得还可以，而对你的诗词创作的批评，没有一个人批评得好的。那我就笑回道："那是因为我的诗词本来就不好吧。"

我说这个是为了说明，所谓"解人"，是真正不易得的。你看现在那些赏析诗词的书一本一本地出，把五个字铺陈成五十个字，好像他就讲明白了，其实真是非常浅薄。所以，做学问写论文，把一些知识材料填进去还可以，但诗词的评赏，要真正凭你自己的感受来说，大家就都说不出来了。

那么王国维自己认为是"解人"，他从人家南唐中主的这首词里边，看到"众芳芜秽""美人迟暮"的感慨，难道他就对了吗？人家明明写的是思妇，他凭什么说人家有屈原《离骚》中"众芳芜秽""美人迟暮"的悲慨？这就是很微妙的一点了。

关于南唐中主的这首《摊破浣溪沙》，在《南唐书》《五代史》这些史书中，都记载有一个故事。说南唐中主李璟常常在宫廷之中演奏音乐。有一天他写了这首词，就叫一个乐工去演唱。这个唱曲子的乐工名字叫王感化。而这个王感化，历史上也有关于他的记载。史书上说有一天中主让王感化演奏曲子，他却唱了一句诗"南朝天子爱风流"。因为南唐也同南朝一样，偏安在南方嘛，而且南朝的天子也都是风流浪漫、很有文采的。然后下一句呢？他再唱"南朝天子爱风流"。再下一句呢？他还是唱"南朝天子爱风流"。于是南唐中主幡然大悟："他是在说我呢，说我不理国政，每天听歌看舞。"

你要知道，这就很妙啦。他们都是从眼前的歌舞，联想到了国家的危亡。我刚才说，像欧阳修的那首小词是 double gender，是双重性别的作用。而南唐中主这首词，它不是双重性别，他是双重语境。你在什么样的语言环境中说的这话，这是非常重要的。“双重语境”，就是“双重的语言环境”。我们现在在这个教室里面，这就是我们的语言环境。我在这里，我就不能在天津的南开大学。语言的环境，现场只有一个。可南唐中主他们不一样，他们是 double context，有两个语言环境。有人就会问，他南唐中主今晚开个 party，大家唱歌，就是这个环境嘛，怎么是 double context 呢？可是你要知道，南唐中主歌舞的场合，那只是他现在所在的一个小环境。而整个南唐的国家的大环境是什么？是朝不保夕。就像我们上次讲的那首词，南唐的宫女染出一匹碧蓝色的丝绸说是“天水碧”，于是人家就说这是预言，预示着北方的赵宋快要打过来了。所以说，当时南唐的大环境朝不保夕，危亡在即，而小环境呢，是他们还在歌舞宴乐。这就是一种双重的语言环境，是 double context。人的意识其实也是很微妙的，我们有 conscious（意识），有 subconscious（潜意识），有 unconscious（无意识），还有所谓 collective unconscious（集体的无意识）。所以，人常常会有一些预言什么的，那其实是你自己的意识里面你所没有察觉到的部分，是你的 subconscious、unconscious 里面有的。南唐君臣每天是在歌舞宴乐，可是北方的赵宋慢慢地强大，国家危亡就在旦夕之间，他们内心中有一个 subconscious、unconscious 的东西藏在里面，而在他们给歌女写歌辞的时候，于无意之中就流露了出来。

“众芳芜秽”“美人迟暮”这两句，其实屈原所写的也正是楚国当时的环境。在战国时代，屈原所在的楚国处在齐、秦两大强国之间。当时有“合纵”和“连横”之说，“合纵”就是东方六国联合起来，抵抗西方的秦国；“连横”就是东方六国共同侍奉秦国。屈原是主张合纵的，可是张仪到楚国去散布一些谎言，楚怀王不听屈原的忠告而贬逐了屈原，又听信张仪的谎言而去了秦国，结果被秦国扣留，后来就死在了秦国。这是当时屈原所在的那个时代的背景。屈原是楚国的宗室，可是他没有办法挽救楚国的危亡。“美人迟暮”是屈原自己的悲哀，“众芳芜秽”是整个楚国的悲哀。现在南唐的局势也是如此，南唐已经无力振起了，它的危亡就在旦夕之间。这种心中的隐忧，南唐中主可能于无意间流露出来了，而王国维就在他的“菡萏香销翠叶残，西风愁起绿波间”两句词之中敏感地看到了这一点。所以王国维才敢大胆地说：“我说的才是对的，你们读这首词的人都没有看出来这一点，因此你们都不是‘解人’。”

可是，王国维不管什么时候都有这种自信吗？王国维是否总是认为他自己能够准确把握作者的原意？没有，王国维不是在任何时候都有这种自信的。我们下面要看的关于词之特质的第四则词话，就是一个证明：

> 古今之成大事业、大学问者，必经过三种之境界：“昨夜西风凋碧树，独上高楼，望尽天涯路。”此第一境也。“衣带渐宽终不悔，为伊消得人憔悴。”此第二境也。“众里寻他千百度，回头蓦见（当作“蓦然回首”——叶按），那人正（当作“却”——叶按）在，灯火阑珊处。”此第三境也。此等语皆非大词人不能道。然遽以此意解释诸词，恐为晏、欧诸公所不许也。

时间到了，我们下次再讲这三种境界。

（刘靓整理）

第四讲

本讲涉及词话

“我瞻四方，蹙蹙靡所骋”，诗人之忧生也。“昨夜西风凋碧树，独上高楼，望尽天涯路”似之。“终日驰车走，不见所问津”，诗人之忧世也。“百草千花寒食路，香车系在谁家树”似之。

张皋文谓飞卿之词“深美闳约”，余谓此四字唯冯正中足以当之。刘融斋谓飞卿“精艳绝人”，差近之耳。

端已词情深语秀，虽规模不及后主、正中，要在飞卿之上。观昔人颜、谢优劣论可知矣。

“画屏金鹧鸪”，飞卿语也，其词品似之。“弦上黄莺语”，端已语也，其词品亦似之。正中词品，若欲于其词句中求之，则“和泪试严妆”殆近之欤？

什么是王国维所说的“成大事业、大学问”呢？在座的两个小朋友曾跟我说，她们要念博士，要到大学去教书，这个听起来也是很美好的志向，但这不是王国维所说的“成大事业、大学问”。王国维的“成大事业、大学问”，并不是指的人世之间普通人所追求的那种个人的、小我的学问和事业的成功。我常常跟人家说，我这个人从来没有远大的志向，我小的时候从来没有想过要读博士或者要到大学去教书，我是从患难之中一步步地走过来，最后走到今天的。大学毕业后学校分配我去教私立中学，我就去教了私立中学。大家要想知道我的经历，最近有大陆的一个学者写了一本书，题目是《华裔汉学家叶嘉莹与中西诗学》，里面就有对我那些经历的介绍。你们看了就会知道我是怎么样艰难地走过来的。

那王国维所说的“大学问、大事业”指的是什么呢？我要引用一段王国维的话，看看他是怎么样说的。王国维年轻的时候，曾经到上海的东文学社，跟一个日本教授学习了西方的康德跟叔本华的哲学，所以他深受叔本华哲学的影响。叔本华认为人生就是“意志”，这个“意志”不是说你的什么理想，而是“will”，是一种欲望、意欲。所以他说，最高的人生是要超越于你自身的情欲和愿望的意志之上的，那么，怎么样超越呢？王国维在他的《叔本华与尼采》一文中说了一段话，他说：

> 一切俗子，因其知力为意志所束缚，故但适于一身之目的。由此目的出，于是有俗滥之画，冷淡之诗，阿世媚俗之哲学。何则？彼等

自己之价值，但存于其一身一家之福祉，而不存于真理故也。惟知力之最高者，其真正之价值不存于实际，而存于理论，不存于主观，而存于客观，耑耑焉力索宇宙之真理而再现之。……彼牺牲其一生之福祉，以殉其客观上之目的，虽欲少改焉而不能。

就是说一切世俗上的人，你的思想你的智力，被你的“will”，被你内心的一种欲望的意志所束缚。所以一般人所追求的就是个人一己的目的。我要念博士，我要在大学教书，这是你个人一己的自私的目的。由这个目的出发，所以世界上就有了俗滥的艺术，因为这些人追求的不是艺术的最高境界，而是看市场上哪种艺术最卖钱就做哪种艺术，有什么节日或有什么庆祝了，就写一首诗来歌颂赞扬，还有阿世媚俗的一些学问，都是为了讨到社会上人们的喜爱而做的。其实现在我们的媒体所宣传的，也都是吸引人的欲望，而不是提升人的理想，都是教给你怎么样去追求私人的利益，怎么样去追求金钱利禄，引导整个社会走向一种俗滥的风气。为什么会这样？因为媒体以为它要播放这样的东西大家就有兴趣。你告诉大家怎样成名，怎样发财，怎样追求享乐，大家就喜欢看这样的东西。这些人的价值，都是存于自己一身一家的幸福，都是满足自己个人的欲望，所以他们所追求的都不是真理。只有具有最高智能的人，他真正的价值不存于实际，不在于现实的得失利害。西方有一个人本主义哲学家 Abraham Maslow（马斯洛），他说人其实要追求的是自我的完成。人的追求有几个阶段，最初当然是追求衣食的温饱，然后要有家庭

马斯洛把人的需求分成生理需求、安全需求、爱和归属感（亦称为社交需求）、尊重和自我实现五类，依次由较低层次到较高层次排列。

的温暖，要有朋友的友情，要追求名誉，要追求一个社会上的归属。但是，最高的一个价值体现就是完成你自己，他叫作 self-actualization，就是你自己实现了你自己。当你真正找到了这个 self-actualization 的自我实现的目的，你就会觉得那些低下的追求都是不重要的。不是别人告诉你不重要，而是你到了那个境界以后，自然就觉得那些事情不重要了。陶渊明可以做官，陶渊明也可以有很多的薪水，可是他宁可忍受贫穷饥饿，回家来了。因为他觉得这样是完成了他自己。如果你追求那些现实的利益，反而出卖了你自己，那你就迷路了。所以，每个人价值的取向不一样。王国维说，有最高智能的人真正的价值，不存于现实的物质的得失，而是存于真理的，不存于主观，而是存于客观的。他们所努力的就是追求宇宙的一个真理、人生的一个意义和价值，为此宁可牺牲自己一生的现实的幸福。所以我们应该知道，王国维所说的“成大事业、大学问”，并不是我们当前所说的那些个世俗的、庸俗的学问和事业。

追求成大事业、大学问要经过三种境界。第一种境界是晏殊的两句词：“昨夜西风凋碧树，独上高楼，望尽天涯路。”他说的是什么呢？善于读诗的人，不是只看外表上的文字，不是只看外表上所写的景物和感情，真正会读诗的人要从诗里面读出一种境界、一种意境，读出诗歌里真正给你呈现出的一个境界。“昨夜西风凋碧树，独上高楼，望尽天涯路”是晏殊的词《蝶恋花》里的句子。可是晏殊的这首词是为了成大事业、大学问而写的吗？不是的，他写的也是闺中的思妇。中国的小词写的常常是女性的感情，而女性在传统社会

槛菊愁烟兰泣露。罗幕轻寒，燕子双飞去。明月不谙离恨苦，斜光到晓穿朱户。　　昨夜西风凋碧树。独上高楼，望尽天涯路。欲寄彩笺兼尺素，山长水阔知何处？

——晏殊《蝶恋花》

中被注定是思妇的命运。因为男子毕竟要在外面做事，经常要出去，女子在家里永远是思妇。所以他说 ：“明月不谙离恨苦，斜光到晓穿朱户。”这女子一夜相思一夜怀念，一夜没有能够成眠，等到第二天早晨了，她登上高楼，登上高楼是为了望远，望远是为了期待她所盼望的那个人从远方出现。昨天晚上秋风刮得很大，树上的黄叶都被吹落了，本来窗前一树很茂密的树叶，她看不到那么远，可是“昨夜西风凋碧树”，她现在上到高楼，就一直望尽了天涯路。这本来是写一个思妇登楼望远怀人，但是王国维是善于读词的人，所以就从里面读出一种境界来。这里边有什么境界？我们每天耳之所闻，目之所见，目迷乎五光十色，耳乱乎五音六律，我们的耳目都被那些繁杂的、奢华的、眩惑的、迷惘的声光色彩所引诱了，所以你追求世俗之所尚，所以你就与世俗同流合污了。真正有智慧的人要“昨夜西风凋碧树”，你要把遮蔽在你眼前的社会上这一切吸引的诱惑都超越过去，你要有这种超越的精神，你才能看到高远的理想，你才不是为个人的、世俗的、一己的得失而生活。所以王国维说“昨夜西风凋碧树，独上高楼，望尽天涯路”，是成大事业、大学问的第一个境界。

可是一般的俗人连学问事业都不容易完成，何况王国维所说的大事业、大学问！你如果要追求大事业、大学问，就要像陶渊明那样忍受饥寒交迫的痛苦，你要有坚毅的能够忍耐的一种毅力。所以他说第二种境界就是“衣带渐宽终不悔，为伊消得人憔悴”。衣服带子越来越松了，这是说人消瘦了。消瘦，是因为我追求得很艰苦。我相思怀念，我执着地追求着，我就是为她付上我的一切为代价也始终不会后悔。“衣带渐宽终不悔，为伊消得人憔悴”是柳永的《凤栖梧》里的两句，柳永说的是一个现实的女子，说我为她相思怀念而憔悴。可是王国维读诗读词，总是超越了诗词表面所写的现实，读出一种哲理的境界，所以这里“为伊”的“伊”，还是指的那个成大事业、大学问的理想。我为实现我的这个理想而“衣伫倚危楼风细细，望极春愁，黯黯生天际。草色烟光残照里，无言谁会凭栏意。　拟把疏狂图一醉，对酒当歌，强乐还无味。衣带渐宽终不悔，为伊消得人憔悴。

——柳永《凤栖梧》

东风夜放花千树，更吹落，星如雨。宝马雕车香满路。凤箫声动，玉壶光转，一夜鱼龙舞。　蛾儿雪柳黄金缕，笑语盈盈暗香去。众里寻他千百度，蓦然回首，那人却在，灯火阑珊处。

——辛弃疾《青玉案》

带渐宽终不悔，为伊消得人憔悴”。为了完成理想，你首先要摆脱世界上的一切蒙蔽，不要只看那世俗短浅的利益，不要为了一点点的得失跟人家斤斤计较。这是你第一步的超越。可是这还不够，你还要有第二步——执着地追求的毅力。并不是所有追求的人一定就能得到，如果你终于没有追到，没有完成，你就白白地追求了。你心里面一定要有宁可为它牺牲的这个准备。不过，最理想的当然还是完成你的追求了，所以他最后写的是完成的境界："众里寻他千百度，蓦然回首，那人却在，灯火阑珊处。"这是辛弃疾词《青玉案》里边的句子。他说我追求了一辈子，忽然有一天我恍然大悟，我得到了。得到的这个东西不一定是外在的名利禄位，而是真正在内心之中达到了一种自足的、自我实现的境界。

现在我们都看到了，王国维所说的完全不是宋代那几位词人的原来的意思，那么他这样解释可以吗？所以王国维在这则词话后面就说了："此等语皆非大词人不能道。然遽以此意解释诸词，恐为晏、欧诸公所不许也。"这句话说了两个意思。第一就是能够在词里面写出来这样的词句，给读者这样高远的启发和联想，如果不是伟大的词人，是写不出来的。我以前讲过，同样写江南美女，"二八花钿，胸前如雪脸如莲"（欧阳炯《南乡子》）所写的就是一个现实的女子，而且是引起男子情欲的一个女子。可是欧阳修所写的是“照影摘花花似面，芳心只共丝争乱”、“隐隐歌声归棹远，离愁引着江南岸”（欧阳修《蝶恋花》），为什么照影摘花就引起这么多相思呢？我说她“照影摘花花似面”是对于自我之美好的发现，因为一个人你对于你的自我的意义和价值不要自暴自弃，你要珍重和爱惜你的生命的意义和价值，你要把你的意义和价值放到一个理想的境界去完成它。我这样讲词，其实也跟王国维一样。因为欧阳修说的就只是一个采莲的女子，而我却从这首词看出了一种境界，看出了一个人对于自我的认识，对于自我的完成和交付的一种愿望。可是你要注意，有的小词里面读得出这样的东西，有的小词里面就读不出这样的东西。欧阳炯的小词就不能使人读出高一层的境界，薛昭蕴的小词也不能使人读出高一层的境界，只有欧阳修的词使人读出了高一层的境界。所以，王国维说“此等语皆非大词人不能道”，就是这样一种意思。三首小词同样写美女，同样写相思，同样写爱情，只有欧阳修的语言能够使读者产生超越于现实意义的高远的联想。能够使作品产生这种作用的，是伟大的诗人，因为他们的诗歌里面本来就包含有这样的丰富的内容。而一般诗人的作品，是不容易包含有这些作用的。

那么，作为读者的你可不可以把你的这种联想就说成是作者的原意呢？那是不可以的。所以王国维接下来就说了：“然遽以此意解释诸词，恐为晏、欧诸公所不许也。”你要是用这种意思来解释说晏殊的词就是成大事业、大学问的第一种境界，柳永的词就是第二种境界，那作者们本来的意思并不是这样，所以不会同意你这样解释。也就是说，那并不是作者的原意。但王国维这样的解释方法，也是有一个由来的。从中国的传统来说，那叫作“断章取义”。你不管它全诗写的是什么，不要管全诗写的是相思是爱情还是美女，你只断章取用它的两句。你不管它全首说的是什么，你就断章只取这两句的意思，表示你有一种高远的眼光，一种高远的追求。

这就叫“断章取义”。断章取义在中国是由来已久的，《左传》里面用诗歌去办外交，都是断章取义。朱自清《诗言志辨》中说赋诗有时也能产生重大的作用，例如鲁文公十三年，郑国背叛晋国投降了楚国，但后来又想要再回来依附晋国。那么恰好鲁文公由晋国要回到鲁国去，郑伯在半路上与鲁文公相见了，请求鲁文公替他向晋国说情，两方的应答都是用赋诗来表达的。郑国的大夫子家赋的是《小雅 · 鸿雁》。这首诗原来的意思是什么呢？《毛诗序》说《鸿雁》这篇诗本来的意思是赞美周宣王。周朝那时有一些灾荒，周宣王是一个好的君主，所以他就来赈济灾民。“鸿雁于飞，肃肃其羽。之子于征，劬劳于野。爰及矜人，哀此鳏寡”，说那些赈济的人、那些国家的救援就像天上的鸿雁一样，它的翅膀啪啪响着就飞来了，天子派遣了使者这么劳苦地来到我们乡野的地方，是因为怜悯我们人民，同情这些鳏寡不幸的人。显然，这首诗是说赈济灾民的，与郑国要求鲁国的帮助本来不相干。但是在这里，郑国的大夫子家不管这首诗原来说的是什么，他说“爰及矜人，哀此鳏寡”，就是说你们可怜我们吧，帮助我们吧，我们需要鲁国的同情。然后鲁国的使者就赋了《小雅 · 四月》，说是要回去祭祖了，所以没有时间来帮忙。于是郑国的子家又赋了《载驰》的第四章，意思是小国有急难，想求大国救助。结果鲁国过意不去，就赋了《小雅·采薇》的第四章，表示答应为郑国奔走。像《鸿雁》《四月》《载驰》《采薇》这些篇章本来各有各的意思，但是那些个办外交的人却可以完全不管原诗是什么意思，只引其中的两句来说明自己的意思，这就叫“断章取义”。这个其实和当时的诗歌教育是有关系的。《周礼》记载了古代周朝的教育，说国子入小学了，就有一个太师教这些国子来读诗，教的是“兴、道、讽、诵、言、语”，教学生们读诗不要死板地看外表的意思，而要有一种兴发感动。你要背诵，然后用这些诗句去应对问答。因此，断章取义的办法在春秋战国时代很流行。

其实，不但外交用断章取义的办法，孔子教学生也采取这种办法。孔子所赞美的学生，常常是从诗中产生出于诗外的丰富联想的学生。有一次子贡问孔子："贫穷不谄媚，富贵不骄傲，老师您看这样做人怎么样？"孔子说："可以了吧，但却不如更好一点的，那就是贫穷不但不谄媚，而且能够安于贫穷还很快乐，富贵不但不骄傲，而且还很谦卑好礼，那样就更好了。"这就把子贡所说的做人的境界提高了一个层次。然后子贡就联想到："《诗经》上说'如切如磋，如琢如磨'，就说的是这种情形吧？"就是说，雕琢象牙和美玉一定要切磋琢磨，要把它切磨得更光润，这就如同我自己想得比较粗浅而老师给我提升了一个境界是一样的。这是子贡对孔子教导的领悟。虽然他说的意思跟《诗经》的原诗都没有关系了，但孔子赞美他说："赐也，始可与言诗已矣！"说你能够有这么丰富的联想，这样的学生我就可以和你谈谈诗了。这就是所谓"告诸往而知来者"，我告诉你一段过去的事，你可以联想到未来的事；我告诉你一个已经存在的东西，你可以从这个已经存在的东西引申联想到更丰富的言外的意思。这才是会读诗的人。

对于这种读诗的方法，其实在西方有一个意大利的学者墨尔加利（Franco Meregalli）也说过，他说这叫作"creative betrayal"，就是"创造性的背离"，他说读诗的时候你可以背离作者的原意，有你自己的更丰富的联想。德国的美学家沃夫岗·伊塞尔（Wolfgang Iser）

墨尔加利在《论文学接受》中将读者分为三类。第一类是一般的读者，能够从表面把作品看过去，这是最普通的读者。第二类是透明性的读者，能够透过作品表层的意思看到里面的本质。第三类读者是把作品当成一个出发点，然后通过自己的想象对之做出一种新的创造性的诠释，墨氏称此类读者是对其所阅读的文本造成了一种"创造性的背离"。也就是说，读者的诠释不一定是作者的原意，而只是读者从文本的潜能中感受到的一种意思。若依照墨氏的说法来看，则王国维的"三境界"之说，无疑属于这种带有创造性的背离原意的一种诠释。

也说，读书就是要从你读的书本里面有你自己的一种创造性的联想。你可以违背他的原意，有更丰富的联想。而中国古代从孔子，从《左传》里面使臣的问答，就培养出来了我们中国人带着丰富的联想读诗的传统。这是王国维解释词的一个办法。

我们之前还讲了王国维解释词的另一个办法，那就是关于词之特质的第三则词话，王国维评论南唐中主的词说："'菡萏香销翠叶残，西风愁起绿波间'，大有众芳芜秽，美人迟暮之感。""众芳芜秽，美人迟暮"是什么？那是《离骚》啊。在《离骚》的时代，是楚国处在秦国和齐国两个大国之间，正在危难的时候，屈原自伤说："日月忽其不淹兮，春与秋其代序；惟草木之零落兮，恐美人之迟暮。"天上的日月在轮转，人很快就会衰老。"美人"在中国的传统里，不只是一个容貌美丽的女子，也是一个有才智的美好的贤人。一个人既有美好的理想，又有可以完成理想的才能，这样的人倘若竟然没有能完成他的理想，那是最可惜的。这也就是"美人迟暮"之所以特别可悲的缘故。屈原希望楚国复兴，可是他没有完成。于是他说：虽然我没有完成，但如果我们楚国有别人完成了，使楚国得到挽救，我一样的高兴。但是他悲哀的是，竟然没有一个人能够完成："虽萎绝其亦何伤兮，哀众芳之芜秽。"所有的花都干死了，不但屈原没有完成，当时楚国就没有一个清醒的人能够把楚国从危难中挽救回来！同样地，南唐现在也没有一个清醒的人能够使南唐避免灭亡的命运。这也是南唐的悲哀，南唐中主他内心是有这种恐惧的，所以当他写小词的时候，就于无心之中表现出来了。可是一般的读者只看到这首小词表面的意思，认为它是思妇之词，只称赞"细雨梦回鸡塞远，小楼吹彻玉笙寒"两句写得好。因此王国维说这些人不懂这首词，说只有我王国维看到了"众芳芜秽，美人迟暮"，只有我懂了，你们这些人都不是"解人"。

王国维在讲"成大事业、大学问的三种境界"时，还曾说过他这样讲

"恐为晏、欧诸公所不许"，那么难道他现在说的就肯定是作者南唐中主李璟的意思吗？我们谁也不知道啊！可是，王国维他现在居然就武断地说"故知解人正不易得"——别人都不是"解人"，只有他自己才是"解人"。在这两段词话中，王国维的态度为什么迥然不同？你要知道，这二者同样都是脱离词的本意，讲出另外一个意思来，为什么王国维的口吻和态度有这么大的不同？这二者的差别在哪里？王国维没有说。中国古代的诗话词话就是这样的，它不给你解释，让你自己去领悟。所以，我现在就想给他稍作解释。刚才我们所说的，像王国维讲成大事业、大学问的三种境界，像《左传》上的外交辞令，随便拿一句诗就来说，不需要与原诗有任何的关系，这是断章取义。这种断章取义我刚才也说了，西方美学家说这是"creative betrayal"——带着创造性的背离，你是违背了他的原意的，但你自己创造了一个新的境界。西方接受美学认为，作者的创造是一件事情，他创造出来了，这个"text"（文本）就存在在那里。但你读者接受的时候，你怎么样来接受？你接受的时候可以违背他原来的意思，可以有一个"creative betrayal"，创造性的背离。在座的两位小朋友曾问我：这本书可以读吗，那本书可以读吗？我说只要是人把书读来而不是人被书读走，那么什么书都可以读。你有思想有见解有眼光，不管你看思妇之词或什么词，你就能看出来它有没有成大事业、大学问的境界，这就叫会读书。如果你不会读书就会被书牵着鼻子走，它说奸盗淫邪，你就跟着它奸盗淫邪。所以有的人看了那种不正当的书，就做了不正当的事情，模仿了不正当的行为。这只能怨你自己没有

接受美学产生于二十世纪六十年代的德国，前文所提到的沃夫岗·伊塞尔是最早从事接受文学研究的学者之一。他和汉斯·罗伯特·尧斯创立了接受理论，强调读者在文学欣赏中的地位和作用。

一个定力，没有一个见解。佛教说的：“物转心则凡，心转物则圣。”“心转物”就是你把看到的外物都用你的心、你自身的灵敏之性来把它转变了，你就是“圣”，你就成为圣者；“物转心”，是说你的心没有一个真正的定力，没有一个见解，你就随着别人说什么就是什么，他说奸盗淫邪你就跟着奸盗淫邪，那就是凡夫俗子的境界了。所以，有这么一种“creative betrayal”，你读什么书都可以读出自己的见解，如果它是好书那当然是好，即使是坏书你都可以超越它，读出你自己的高深的见解来，这才是真正会读书的人。

而王国维在讲“菡萏香销翠叶残”的时候呢，他大胆地说别人都不是解人，只有他才是解人，他凭什么这样说？王国维自己没有解释，但是我给他找出两点理由来。当然我的时代与王国维的时代不同，而且我在国外生活了好几十年，我在国外看了很多书，除了看中国的书，也看了很多外国的书。在 1969 年去加拿大之前，我无论是在大陆还是在台湾教书，都是用中文讲课。我是中文系毕业的，我不是念外文系的。我到温哥华是没有办法，因为当时我上有 80 岁老父亲，下有一个念大学、一个念中学的女儿，我先生没有工作，我没有办法临时落脚到这里。学校说你要在这里教就不能只教两个研究生啊，你要用英语教大班。但是我从来没用英文教过书，每天要查生字到两点，第二天去给人讲课，学生交来的论文都是英文的，我查着英文去讲课，查着英文看卷子，查着英文看报告，每天要工作到两点，如果我不这么干，我一家人就要喝西北风。但是这样做也有好处。你想，我不是被这样逼，我会好好读英文吗？所以我就下了很大功夫读英文，而且我这人还很爱学习，我还想多知道一点，于是有英文系的课我就去旁听，听他们讲这个讲那个讲得很有意思，我就到图书馆借或者到书店买了那些书来看，结果就看出很多的道理来。我们那些传统文论中，张惠言说不明白的，王国维也说不明白的，我忽然间就发现——原来还可以这么说。

西方的文学批评有很多的演化，在上一个世纪流行“New Criticism”——新批评。像艾略特（T.S.Eliot）这些人，他们讲的“New Criticism”是说，作者是不重要的，诗的真正好坏不在于作者是什么人，而在于“text”，这个文本本身的语言符号有什么样的作用。所以后来又有了“Semiotics”——符号学，研究那些语言文字的本身。新批评注重的是一个“microstructure”，是一个显微结构。不是说名词动词这样粗浅的结构，而是说每一种语言，每一种文字，它的声音、它的质地都是起着作用的。那么现在我就发现，王国维说“菡萏香销翠叶残”有“美人迟暮”的感慨真的是有道理。为什么呢？“菡萏香销翠叶残”，本来的意思很简单，就说是荷花凋零了，荷叶残破了。可是，我如果直接就说“荷花凋零荷叶残”可以吗？这样说意思就很浅白，很直接。人家中主李璟不是这样说的，人家说是“菡萏香销翠叶残”。诗歌引起人们丰富的联想是在于它的符号，那个语言文字的本身。古人有一个故事，说王安石当年写了一句诗“春风又到江南岸”，他写完了看一看，觉得说得太简单了，不好；就改成“春风又过江南岸”，有了点动作，但还是不好；最后改成“春风又绿江南岸”。这样，春风不但来了，不但过了，而且把树啊、草啊都染绿了。这“绿”字实在起了很大的作用，这就是显微结构——“microstructure”。那我们现在再看南唐中主的“菡萏香销翠叶残”。“菡萏”是《尔雅》中的词语，是荷花的别名。如果你说“荷花”，就很平俗、很浅

新批评是现代英语学界文学研究中影响最大、持续时间最长的一个理论与批评流派，它于二十世纪二十年代发端于英国，三十至五十年代繁盛于美国。它强调文学作品的独立性和文本中心主义，反对将文学作品与其历史、作者和文学传统等多方面背景相联系。艾略特是新批评的先驱者，他提出“诗首先应该被当作诗而不是别的什么东西”，这一观点构成了新批评的基本法则。

白；而如果你说“菡萏”，它能给你一种遥远的、高贵的、距离的美感。“香销”，那荷花的香气慢慢地减少了，而且你看“香销”两个字都是“x”的声母，这“x”的声音有很细致的一种慢慢的、纤细的、消逝的感觉。“翠叶”，“翠”是绿色的，但这个“翠”字包含了绿的颜色不说，而且翡翠、珠翠、翠玉也是这个“翠”，它们都是最珍贵、最美好的东西。所以这样组合起来，你就发现“菡萏”的那种高贵，“香”的那种芬芳，而且“香销”两个字那种慢慢细细地消逝的那种感觉，还有“翠叶”的那种珍贵。它一切的形容词和名词都是珍贵的、美好的、芬芳的，而中间却用了两个动词，一个是“销”，一个是“残”。把很多珍贵美好的感觉集中起来，中间用两个动词“销”和“残”，所以就“众芳芜秽”啊！这就是显微结构的作用，是它文字的本身果然有这样的作用。

我以前说过，小词写美女和爱情有两种作用，一个是“双重性别”的作用，一个是“双重语境”的作用。当一个男性作者用女人的口吻写女人的思念，说我孤独啊，我寂寞啊，没有人爱我啊，意思是什么？其实他是在说，我很有才华啊，我很有理想啊，怎么没有人用我啊？这就是“double gender”，这样的小词就给了你多一层的联想。那么南唐中主、后主这些人呢？他们在自己的南唐这个小的国家里面，可以安逸，可以享乐喝酒，可以听歌看舞，这是小环境。而大环境呢？是后周慢慢地强大起来以后，就压迫南唐，使得南唐有一种危亡不能自安的感觉。这种感觉藏在他们的 subconscious（潜意识）里边，即使在听歌看舞的时候，这种隐藏的感觉也是在那里的。虽然他的 conscious（意识）并没有很明白地写这个东西，但是他在 subconscious 里有一种预感。而且我之前也说了，南唐宫廷有一个乐师叫王感化，他一遍一遍地唱“南朝天子爱风流，南朝天子爱风流，南朝天子爱风流”，中主听到以后恍然大悟：他说的是我啊，说我只知宴安享乐，不管国家的危亡！所以说，南唐的君臣们在

subconscious 中都有那种危亡的感觉。这不是我空口说，而是历史上都有记载的。因此王国维在讲这首词的时候，他就有了依据，一个依据是我刚才说的“microstructure”——显微结构，是那些文字；另一个依据是它的“double context”——双重的语境。所以说，王国维之所以把南唐中主的这首词讲出另外的意思，他是有他的丰富根据的。可是在他讲“成大事业、大学问的三种境界”的时候呢？他没有这些根据，那只是他自己的联想，也就是我在前面说过的 creative betrayal（创造性的背离）。所以他才说“恐为晏、欧诸公所不许也”那样的话。

王国维的词话里边有这么多微妙的道理，他真的是超越了时代的。在第一讲的时候我说过，王国维去世之后，陈寅恪给他写了一个碑文，中间有几句话是：“先生之著述，或有时而不彰。先生之学说，或有时而可商。惟此独立之精神，自由之思想，历千万祀，与天壤而同久，共三光而永光。”王国维先生他对于诗歌、对于文学的那种锐敏的感觉，不但超越了众人，而且是超越了时代的，在王国维那个时候，西方的“microstructure”和“creative betrayal”这些说法都还没有呢！甚至到我这个时候，是因为我幸而生活在北美，有机会随便乱读随便乱翻，才发现这些理论可以通用。而王国维那个时候没有，可是他具有超越的感觉、超越的思想、超越的见解，所以实际上已经用了这些新的方法来诠释古人的词作了。

下面我们再看王国维关于词之特质的第五则词话：

> “我瞻四方，蹙蹙靡所骋”，诗人之忧生也。“昨夜西风凋碧树，独上高楼，望尽天涯路”似之。“终日驰车走，不见所问津”，诗人之忧世也。“百草千花寒食路，香车系在谁家树”似之。

刚才王国维不是说“昨夜西风凋碧树，独上高楼，望尽天涯路”是成大事业、大学问的第一种境界吗，可他现在又说什么？他说《诗·小雅·节南山》的“我瞻四方，蹙蹙靡所骋”，是诗人之忧生，而“昨夜西风凋碧树，独上高楼，望尽天涯路”也是这个意思。你看，他把成大事业、大学问的第一种境界又变成诗人的忧生了，他今天读这首词想到这个了，明天同样读这首词又想到那个了，这说明了什么？这正好说明了中国的小词可以让读者产生自由的联想。当然自由的联想之中又有一个基本的限制，就是不可胡乱地联想。不管是孔子跟学生讲诗的联想，还是王国维讲词的联想，你要注意到一点，那就是他们都不是毫无限制地随便联想的。比如有一个西方学者说蜡烛就是男子的性的象征，香炉就是女子的性的象征，这个我们中国人不可以拿来套用，因为这完全不一样，完全是两码事。西方的说法完全没有中国文化的根据，用到中国诗歌上就成了一种妄说臆说，中国古代的诗人、词人是从来没有这种意思的。可是孔子和子贡的谈话，从“贫而无谄，富而无骄”到“贫而乐，富而好礼”，把人生修养提高了一个层次，子贡用这个来讲诗，说就如同是美玉和象牙，你切磋琢磨，使它提高了一个层次，这是从诗歌联想到人生的修养，这个是可以的。《论语》里还有一个例证，是子夏问孔子的：“‘巧笑倩兮，美目盼兮，素以为绚兮’，何谓也？”说一个女孩子，笑起来两边的酒窝很美丽，眼睛美目流盼过来，也很美丽。但是下一句“素以为绚兮”是什么意思？“素”是洁白，“绚”是彩色，洁白的怎么是彩色的呢？孔子回答说：“绘事后素。”绘画的事情，要先有一个洁白的质地。于是子夏马上就领悟说：“礼后乎？”因为

子贡曰：“贫而无谄，富而无骄。何如？”子曰：“可也。未若贫而乐，富而好礼者也。”子贡曰：“诗云：‘如切如磋，如琢如磨’，其斯之谓与？”子曰：“赐也，始可与言诗已矣！告诸往而知来者。”

——《论语·学而》

礼节只是一种外表的形式，而你本质的感情，你的尊敬、你的孝悌，那都是发自内心的。所以子夏就明白了，老师是说本质的洁白是重要的，礼让仁爱的本心是重要的，而外表装点的什么鞠躬啊、握手啊、敲钟打鼓啊、演奏音乐啊，那都是外表，都不是第一位的。孔子听了很高兴说："起予者商也！始可与言诗已矣。"他说："给我启发的就是卜商（子夏）啊，这样的学生我可以和他谈诗了。"孔子和他的学生都不是随便地联想，他们从诗歌里面得到的启发都是人生的修养，都是用诗歌来提高你的人生修养的。

王国维的联想和这个传统完全符合，他从诗歌里面读出来的，也都是与人生有关系的。那么王国维刚刚说"昨夜西风凋碧树，独上高楼，望尽天涯路"这两句是成大事业、大学问的第一种境界，可是他现在又说什么呢？他又说这两句就跟《诗经》上所说的"我瞻四方，蹙蹙靡所骋"是一样的。"我瞻四方，蹙蹙靡所骋"，是《诗经·小雅·节南山》中的句子。这句的前边是"驾彼四牡，四牡项领"，这四句是说驾着一个有四匹牡马的车，可是要到哪去呢？我看看四方，四方没有我驰骋的地方啊。也就是说，我有这么好的才能，国家却没有给我提供可以施展才能的机会。所以王国维说这是"诗人之忧生也"。而"昨夜西风凋

节彼南山，维石岩岩。赫赫师尹，民具尔瞻。忧心如惔，不敢戏谈。国既卒斩，何用不监！

节彼南山，有实其猗。赫赫师尹，不平谓何。天方荐瘥，丧乱弘多。民言无嘉，憯莫惩嗟。

尹氏大师，维周之氐。秉国之均，四方是维。天子是毗，俾民不迷。不吊昊天，不宜空我师。

弗躬弗亲，庶民弗信。弗问弗仕，勿罔君子。式夷式已，无小人殆。琐琐姻亚，则无膴仕。

昊天不佣，降此鞠讻。昊天不惠，降此大戾。君子如届，俾民心阕。君子如夷，恶怒是违。

不吊昊天，乱靡有定。式月斯生，俾民不宁。忧心如酲，谁秉国成？不自为政，卒劳百姓。

驾彼四牡，四牡项领。我瞻四方，蹙蹙靡所骋。方茂尔恶，相尔矛矣。既夷既怿，如相酬矣。

昊天不平，我王不宁。不惩其心，覆怨其正。家父作诵，以究王讻。式讹尔心，以畜万邦。

——《诗经·小雅·节南山》

碧树，独上高楼，望尽天涯路”也是说，我登高远望，但是看不到我可以走的路啊！它们之间确实是有这种意思上的相类似。

“终日驰车走，不见所问津”，是陶渊明《饮酒》诗第二十首里边的句子。陶渊明的这一组《饮酒》诗是借着饮酒做一个诗的题目，而在组诗的最后一首也就是第二十首中，就真正说出来他为什么写这个题目了。我把陶渊明的这首诗也读一遍吧，他说：

> 羲农去我久，举世少复真。汲汲鲁中叟，弥缝使其淳。凤鸟虽不至，礼乐暂得新。洙泗辍微响，漂流逮狂秦。诗书复何罪？一朝成灰尘。区区诸老翁，为事诚殷勤。如何绝世下，六籍无一亲。终日驰车走，不见所问津。若复不快饮，空负头上巾。但恨多谬误，君当恕醉人。

伏羲神农，那些古代圣君贤王的时代离开我们很久了，现在整个世上的风俗都是这样的浇薄、紊乱，缺乏真纯了。只有山东的那个老头子，今天到这里讲一讲，明天到那里讲一讲，匆匆忙忙地他为了什么？他是想把已经败坏的这个社会恢复起来，把破洞给它补上，让它再回到古代的真纯。古人说如果凤凰鸟出现了，天下就太平了。在孔子的时代，虽然凤凰鸟没有出现，但因为孔子的缘故，至少当时礼乐可以得到暂时的提倡了。“洙泗”，是孔子在山东讲学的地方。但自从孔子死后，这世上连那一点点轻微的讲圣洁学问的声音也消失了。从此天下就如同水之就下，如同一片狂流那样一直向下流去，就来到了疯狂的秦朝时代。诗书有什么罪过？秦始皇他焚书坑儒，把书都烧了，把读书人都挖个坑活埋了。那么后来汉朝想要复兴，却没有了经书，于是就有些个老人家，把他们从前背下来、记在脑子里的经书，赶快写下来、传下来，这就是汉朝的今文经书。

所以说汉朝有一段还不错啊，汉朝的皇帝派人向经学家伏生学习经书，要把经书传递下去。可是陶渊明是什么时代？陶渊明是生在东晋的乱世啊，西晋发生了八王之乱，晋室皇族亲兄弟之间彼此屠杀，结果中国的北方就沦陷了，落到了五胡十六国的手中。而面对东晋在南方的偏安，陶渊明说现在是“如何绝世下，六籍无一亲”？在这种危险的、国家快要灭亡的时代，大家都在追求利禄，你杀我夺，六经就没有一个人读了。接下来就是王国维所引的这两句了：“终日驰车走，不见所问津。”他说我就整天地赶着车到处走，但哪里有一个我所寻找的渡口呢？走哪一条路这个国家才能得到挽救呢？我找不到啊！所以最后他说：“若复不快饮，空负头上巾。”所以我为什么写了《饮酒》诗？因为我对于这个时代实在是失望了，我找不到一个救赎的出口了。为什么说“空负头上巾”？这也是史书上记载的，你知道酒刚酿出来有很多渣滓，陶渊明急着要喝，不等人家过滤，自己把头巾摘下来，把酒倒进去过滤。所以他说我要不痛痛快快饮酒，就对不起我的头巾，因为他是用头巾滤的酒啊。他说“但恨多谬误”，很对不起啊，我说的话可能都不对——因为他说了很多话讽刺那个时代——“君当恕醉人”，我说话说错了，因为我已经喝醉了。所以，这一组诗的题目叫“饮酒”，但其实他所说的都是这个时

“经”字的本义是指丝织物的纵线，后因古代典籍是由熟牛皮绳穿竹简而成，形制颇似纵横交织的纺织物，因此“经”又被引申为典范性的著作或书籍。汉代儒经开始独尊，儒学成为官学，最后导致学术与利禄挂钩。经学的发展因版本的不同，形成了今古文经学。今文经指汉初由儒生口耳相传的经典，直接用汉代通行的隶书记录，并在汉文、景时期得到官方的认可。古文经则是在景帝晚期、武帝初期发现的古本，最初用先秦的籀文写成。今文经学与古文经学不仅在经籍文字的字体上明显不同，而且在文字、篇章等形式上，在经籍中有关名物、制度、解说等内容上，也都存在着很大的差异。经今古文学之争虽始于西汉末年，但其争斗的高峰却在东汉。到清末，以皮锡瑞、康有为为代表的今文经学，与以章太炎为代表的古文经学，又形成了近代的今古文经学之争。两千年时起时伏的今古文经学之争，影响到中国学术、政治领域，在中国历史上占有重要的地位。

代的悲哀。所以我也曾写过几句谈陶渊明的《饮酒》诗：

陶潜诗借酒为名，绝世无亲慨六经。却听梵音思礼乐，人天悲愿入苍冥。

而“百草千花寒食路，香车系在谁家树”呢？那是冯延巳的一首《蝶恋花》中的句子。和晏殊一样，冯延巳也在写思妇，可是冯延巳这个人，在他的内心深处也是有对于他那个时代的很深切的忧愁悲慨的，这种忧愁悲慨流露在他写思妇的小词当中，就被王国维看到了，于是才有了这样的联想。关于冯延巳，我们接下来就会讲到他。

好，关于词之特质的五则词话我们看完了，下面我们看讲义的第三节，看王国维是如何具体地评说一些古人的词的。主要是温、韦、冯、李四家，这是在词的早期晚唐五代时候的四个最有名的词人，温是温庭筠，韦是韦庄，冯就是冯延巳，李是南唐后主李煜。我们看第一则词话：

张皋文谓飞卿之词“深美闳约”，余谓此四字唯冯正中足以当之。刘融斋谓飞卿“精艳绝人”，差近之耳。

在王国维以前，有别人对这四个人也有评语，比如张皋文。张皋文是清代很有名的一个词学家，皋文是他的别号，惠言是他的名，王国维不叫他张惠言，而叫他“皋文”，这是古人的习惯，对别人你要表示尊敬，所以不能叫他的名，而要叫他的字或是别号。“飞卿”是温庭筠的别号。张惠言曾赞美温庭筠的词“深美闳约”，就是说他的词里面有很深刻的意思，而且外表的语言非常的美，“闳”是指温词内容丰富，涉及的范围很广，“约”是指表达得很含蓄。所以“深美闳约”这四个字的赞美，对温庭筠来说实在是很高的评价。可是王国维不同意，王国维说“余谓此四字唯冯正中足以当之”，他说我以为只有冯正中才能配得上“深美闳约”这四个字。冯正中就是冯延巳，这个“巳”字，有的书上误写为“己”或“已”。为什么我们知道他是“延巳”，不是“延己”或“延已”呢？怎么判断呢？因为冯延巳还有一个号叫“正中”。我们中国的文化在很早的时代，就有十个天干和十二个地支。十个天干是：甲、乙、丙、丁、戊、己、庚、辛、壬、癸。十二个地支是：子、丑、寅、卯、辰、巳、午、未、申、酉、戌、亥。我们用天干、地支配合一切，比如一天的二十四个小时，比如一年的十二个月。而且天干还可以两两地配合在一起，比如“甲乙”是木，方位是东方，颜色是青；“丙丁”是火，方位是南方，颜色是红；“戊己”是土，方位是中央，颜色是黄；“庚辛”是金，方位是西方，颜色是白；“壬癸”是水，方位是北方，颜色是黑。中国不但用阴阳五行来分十二个月、十二个时辰，而且中医把你的五脏都分成金木水火土，他们居然用金木水火土找到相生相克，说你现在这个病是心的病，但是心的病可以从肺入手，肺可以生水,水可以养心。中医还可以从你手上的寸关尺侦查到你的五脏六腑。中国的文化真是非常奇妙，我到现在就一直没有找到一个人给我一个回答，就是这“天干地支”到底是什么人创造出来的？我觉得这天干地支简直比八卦还要奇妙。现在我们回到冯延巳，刚才我不是说十二地支“子、丑、寅、卯、辰、巳、午、未、申、酉、戌、亥”配合我们二十四小时的十二个时辰吗？其中的“午”就是正午的时辰。而这个“延巳”，你把“巳”往下延不就是“午”吗？“午”就是中午，中午就是“正中”。更何况冯延巳还有个号叫“延嗣”，这更证明了他是“延巳”，而不是“延己”或是“延已”。那么张惠言认为温庭筠是“深美闳约”，王国维说温庭筠不够资格，只有冯正中才有资格称“深美闳约”。他还说：“刘融斋谓飞卿‘精艳绝人’，差近之耳。”刘融斋是另一个词学批评家，刘融斋批评温飞卿说他“精艳绝人”，就是写得非常精致、非常美丽，在这方面超过了所有的人。王国维说这个评价“差近之耳”，就是差不多了。总之他的意思就是说，温庭筠的词只是外表的语言很精致很美丽，内容没有什么深刻的东西，而冯延巳的词是有深刻丰富的内容的。现在我们大家先记住这一点，等一下我们要看具体的词，看温庭筠的词有没有深刻的内容，再看冯延巳的词有没有深刻的内容。下面一则王国维又说了：

端己词情深语秀，虽规模不及后主、正中，要在飞卿之上。观昔人颜、谢优劣论可知矣。

端己就是跟温庭筠齐名的韦庄。端己是韦庄的字，端己所以就庄重嘛。韦庄的词感情很深，语言很美，虽然它的气度、范围、内容比不上李后主和冯正中的词，但是它一定比温飞卿的词要好一点。就像从前人们曾经争论到底是谢灵运的诗好还是颜延之的诗好，结论是大家都认为谢灵运的诗更有内容，而颜延之的诗没有那么多的内容。这就是说，比较两个诗人哪个更好一点，要看诗的内容，不能只看语言形式。再看下边一则：

“画屏金鹧鸪”，飞卿语也，其词品似之。“弦上黄莺语”，端己语也，其词品亦似之。正中词品，若欲于其词句中求之，则“和泪试严妆”殆近之欤？

温飞卿写过一首牌调叫《更漏子》的词，中间有一句“画屏金鹧鸪”，这首词是这样的：

柳丝长，春雨细。花外漏声迢递。惊塞雁，起城乌。画屏金鹧鸪。　　香雾薄，透帘幕。惆怅谢家池阁。红烛背，绣帘垂。梦长君不知。

春天的晚上，柳条飘荡，细雨霏霏，花丛之外远远地传过来滴漏的声音。古人没有钟表，用“漏”来记时。就是把水放在铜壶里面，从一个小孔中往下滴，下面有个容器接着这个水，容器上面刻有度数，一刻二刻三刻，记时辰的。那么现在这个花外的铜壶滴漏的声音就“惊塞雁，起城乌。画屏金鹧鸪”。所以人家说温庭筠的词往往不通：他说滴漏的声音，把塞上的鸿雁惊醒了，把城楼上的乌鸦惊起了，这还可以，但他忽然间跳出来一句“画屏金鹧鸪”。这不是莫名其妙吗？其实他这首词还是写思妇的，你要知道古人这些歌辞都是给女子唱的，给女子唱的歌辞都写女子的感情，而我也说过女子的感情常常是思妇的感情。这个女子是在房间里边，卧房之中有一面美丽的屏风，屏风上雕刻装饰的有金色的鹧鸪鸟，所以是“惊塞雁，起城乌。画屏金鹧鸪”。这里温庭筠是写得很妙的，鹧鸪是金鹧鸪，它不是真鸟，是不会惊起的，可是他说当我听到花外铜壶滴漏的声音，我想到在这种春天的雨夜，很多人都不能够安歇，不管是塞上的鸿雁还是城上的栖乌，都会惊醒，而我是在闺中的思妇，我面对着画屏的鹧鸪，我就觉得这个鹧鸪也在春雨声中被惊起了。这是一种联想。这女孩子是思妇，所以下面他说“香雾薄，透帘幕。惆怅谢家池阁”。女孩子房间里面点了一个香炉，于是就有薄薄的一片香烟的烟雾，慢慢地飘到了垂帘的外边。这都极言其孤独寂寞。“谢家”是古代一个女子住的地方，她一个人孤单地住在这个外面有池、上面有楼阁的地方，她是孤独的、寂寞的，是相思怀念的，因为她所爱的人不在身边，所以接下来是“红烛背，绣帘垂。梦长君不知”。“红烛背”的这个“背”，你可以说是我背对蜡烛转过去了，蜡烛在我背后；但还有一种说法，是说晚上的时候，我在这个红烛上搁了一个罩子，我要休息了，就用一个罩子把蜡烛的烛光遮住。那么烛光暗下来了，美丽床帏的帘子也放下来了，我就要去睡觉了，我在睡梦中就会梦见我所爱的那个人。但是“梦长君不知”，我夜夜梦见飞到你那里去，可是你怎么知道我在思念你呢？写得很精美，真是“精艳绝人”。这是温庭筠的词。但是王国维认为他不够“深美闳约”，所以用温自己的词句“画屏金鹧鸪”来形容他的词，说温词的品格就像画屏上的金鹧鸪，很美丽，很精致，但没有丰富饱满的生命。

那么他又说了：“‘弦上黄莺语’，端已语也，其词品亦似之。”说好像一个人弹琵琶，那美丽的琵琶的声音像黄莺鸟的叫声一样流利。“弦上黄莺语”也是韦庄的词，他说韦词的品格就像弦上的黄莺语一样。“弦上黄莺语”跟“画屏金鹧鸪”有什么不同？“画屏金鹧鸪”只是外表的精美，没有生命；“弦上黄莺语”有活泼的生命在里面。韦庄的词怎么就有活泼的生命呢？那我们就来看一看韦庄的词。我们看韦庄的五首《菩萨蛮》：

其一

红楼别夜堪惆怅，香灯半卷流苏帐。残月出门时，美人和泪辞。

琵琶金翠羽，弦上黄莺语。劝我早归家，绿窗人似花。

其二

人人尽说江南好，游人只合江南老。春水碧于天，画船听雨眠。

垆边人似月，皓腕凝霜雪。未老莫还乡，还乡须断肠。

其三

如今却忆江南乐，当时年少春衫薄。骑马倚斜桥，满楼红袖招。

翠屏金屈曲，醉入花丛宿。此度见花枝，白头誓不归。

其四

劝君今夜须沉醉，尊前莫话明朝事。珍重主人心，酒深情亦深。

须愁春漏短，莫诉金杯满。遇酒且呵呵，人生能几何。

其五

洛阳城里春光好，洛阳才子他乡老。柳暗魏王堤，此时心转迷。

桃花春水渌，水上鸳鸯浴。凝恨对斜晖，忆君君不知。

温庭筠的《菩萨蛮》一共写了十几首，但我们可以只看一首；韦庄的《菩萨蛮》写了五首，你却一定要一口气读下来才能够真正懂得韦庄。因为温词没有一个整体的生命，你可以把它们拆开来，一首就是一首；而韦词有整体的生命，他整个的五首是一个故事，也是一段人生，所以我们要看全了。他说“红楼别夜堪惆怅”，那是在一个美丽的红楼之中，在一个离别的夜晚。“红楼别夜”为什么惆怅？因为两个人要分开了嘛。“香灯半卷流苏帐”，什么是香灯？古代点灯都用油，你在油里面加一点香料，这个灯一点起来就有香气，于是就叫“香灯”。这是一个很美丽的背景，是红楼，点着香灯。什么是流苏呢？就像我这个围巾的穗子，这就是流苏。他那个帐子上就也有流苏的装饰。流苏的帐子如果是垂下来，那就表示两个人睡觉了。可是现在呢？这流苏帐是“半卷”，是打开的。在红楼的美好夜晚，点着香灯，为什么两个人没有安睡？因为男子要走了，两个人要离别了，这是一个别离的夜晚，“残月出门时，美人和泪辞”。当月已西斜天快要破晓的时候，那个美丽的女子就流着泪跟他告别。告别以前女子拿着琵琶弹奏了一曲，琵琶上有金翠的装饰，弹琵琶的那个拨上面插着孔雀的羽毛，所以是“琵琶金翠羽”。那琵琶弦上弹出的声音像黄莺鸟的叫声一样流利，而那个曲调，好像女子的言语在诉说，说的什么？说的是“劝我早归家，绿窗人似花”：我知道你当然不能不走了，不管你是做官也好，做买卖也好，但我希望你早一点回来，你要知道家里有一个人等待你，在绿窗之下，这个人像花一样的美丽，但也像花一样容易凋零、容易憔悴，你难道就忍心不赶快回来吗？然后后面张惠言在他编的《词选》上就评论这一首词，说“此词盖留蜀后寄意之作”。什么叫“留蜀后寄意之作”？你要知道，《花间集》它产生的背景在晚唐五代，那是一个乱世。像韦庄是晚唐僖宗时代的人，唐僖宗的时代发生过黄巢起义。大家都知道，黄巢的起义军曾攻入长安城。当时韦庄正到长安去考试，在战乱之中他逃出了长安。韦庄在逃难中写过一首诗叫《秦妇吟》。“秦”就是陕西，指的是长安附近。他写战乱之中的一个妇女，在打仗的时候逃亡，沿途所看到的战乱的情景。诗里面写道：“内库烧为锦绣灰，天街踏尽公卿骨。”皇帝的内库有多少绫罗绸缎锦绣，一把火都烧了；在朝的有多少文武大臣，战乱之中都死了。“天街”是首都的街上，被马匹践踏的都是这些死去的公卿的尸骨！那就是当时战争的景象。诗里面说：“适闻有客金陵至，见说江南风景异。”金陵是南京，听说有一个人从南方来，南方客人说什么呢？他说现在江南还是很美丽的，江南暂时还没有战乱。于是韦庄就离开北方，逃到江南去了。逃到江南好几年以后，北方的战乱平定了，他又回到北方来。韦庄考进士考了好些年都考不上，

四面从兹多厄束，一斗黄金一斗粟。
尚让厨中食木皮，黄巢几上刲人肉。
东南断绝无粮道，沟壑渐平人渐少。
六军门外倚僵尸，七架营中填饿殍。
长安寂寂今何有？废市荒街麦苗秀。
采樵斫尽杏园花，修寨诛残御沟柳。
华轩绣毂皆销散，甲第朱门无一半。
含元殿上狐兔行，花萼楼前荆棘满。
昔时繁盛皆埋没，举目凄凉无故物。
内库烧为锦绣灰，天街踏尽公卿骨！

——《秦妇吟》节选

直到五六十岁才考上，考上以后就做了官。做官了以后呢，就被朝廷派出去出使。当时唐朝有很多军阀，各地方的军政长官都独霸一方，这些个军政长官就叫“节度使”。你要知道安禄山就是节度使，安禄山做过三镇的节度使，掌握着军政大权，结果就造成了安史之乱。那么当时派韦庄到哪去呢？派他到西蜀的一个节度使那里去，这个节度使的名字叫王建。韦庄出使以后又回到唐朝，可是王建看韦庄是个人才，后来就又请他到西蜀去给他当“掌书记”，也就是做他的秘书。那后来呢？唐朝就被朱温给篡夺了，唐朝就灭亡了，就开始了后梁、后唐、后晋、后汉、后周的五代。那个时候韦庄还在王建那里给王建做掌书记。由于唐王朝已经灭亡了，各地掌握军政大权的人都纷纷自立，所以西蜀就自己建了个国家，那就是历史上的“前蜀”。前蜀建国以后，王建自己就做了建国的第一个君主，韦庄就做了宰相。王建很欣赏韦庄，他建国的时候，所有前蜀国家的一切典章、制度，都是请韦庄制定的。韦庄从此就留在了西蜀，因为他的国家唐王朝灭亡了，他永远也回不去了。所以，张惠言说韦庄的这五首词《菩萨蛮》，就是他晚年留在四川以后的“寄意之作”——是为表现怀念故国故乡的意思而写的。张惠言还说：“一章言奉使之志，本欲速归。”“一章”就是其中第一首，韦庄当年是奉唐朝政府的命令出使到四川的，没有想到唐朝就灭亡了,他留在四川就回不去了。他说家里有人等待我,她曾经“劝我早归家，绿窗人似花”。

那么第二首呢？韦庄写当年他到了江南——其实他这五首词都是在回忆他自己的生平——张惠言认为此章是“蜀人劝留之辞”，我以为张惠言错了。因为韦庄晚年才在西蜀,我认为第二首回忆的是他在江南的事情。张惠言还说：“即下章云‘满楼红袖招’也。江南即指蜀，中原沸乱，故曰‘还乡须断肠’。”这不对。韦庄第一次是到江南没有到蜀，他是中年的时候来到江南，所以“人人尽说江南好，游人只合江南老”。“合”就是应该，你这个游子到了江南，你就应该终老在江南，你就不要老想着你那北方的故乡了。江南有什么好？我给你算一算：江南的“春水碧于天，画船听雨眠”，江南的风景好啊，你看那春天的春水跟天一样蓝，上下波光，一碧万顷；江南的生活好啊，你可以潇洒自在地坐一条小船，听着窗外船篷上细细的雨声，可以在船里面睡觉。而你北方的老家怎么样？那里已经“天街踏尽公卿骨”了！江南的风景也好，江南的生活也好，而且江南还有美丽的女子啊，你不要老想着绿窗下那个等待你的女子了。“垆边人似月”，这个“垆”是指酒家，酒家有一个土筑的高台，那高台是放酒的地方，所以这里指的是卖酒的女子。“月”，是说她使你的眼前一亮，美人的容光照人嘛。一般女子穿的是长袖的衣服，看不见她的手腕，但这个女子是工作的女子，她给你斟酒，手腕就露出来了，她那洁白的肌肤是“皓腕凝霜雪”，所以你就“未老莫还乡”。人们常说狐死首丘，人终老就要回故乡。但是现在你还没老呢，而且你的故乡已经是“天街踏尽公卿骨”，已经是“内库烧为锦绣灰”了，所以你不要回去。这是韦庄的第二首《菩萨蛮》。

下面看第三首。刚才第二首是写他还没有老的时候，第一次逃难到江南。而现在呢？“如今却忆江南乐，当时年少春衫薄。”这首才是真的到了四川，现在他已经连江南都回不去了。这是他人到老年的时候，回忆说当时我在江南，总是想念故乡，可是现在我离开江南了，我如今才想到当年在江南虽然是逃难，但还是快乐的。我当时毕竟还年轻，我可以看花，可以饮酒，垆边有“人似月”，我可以“画船听雨眠”。所以他说“当时年少春衫薄”。“春衫薄”就是指在江南时年少赏花游春的从容的样子，《论语》上不是也说“莫春者，春服既成”吗？春天天气暖了，把沉重的棉袍一一脱下来，换上颜色鲜艳的春衫，这就是“春衫薄”啊。“骑马倚斜桥，满楼红袖招。”江南是水乡，到处有水，到处有桥，桥有的是平架的桥，有的是弯桥，弯桥就是斜桥。白居易有一首诗：“郎骑白马傍垂杨，妾折青梅倚短墙。墙头马上遥相顾，一见知君即断肠。”（《井底引银瓶》）写骑马的男孩子跟墙内的女孩子隔墙相望一见倾心的故事。我们之前讲陈曾寿词中有一句“目成朝暮一雷峰”，那个“目成”就是一见倾心。韦庄他现在写的就是在江南时的这样一种艳遇。年少的他骑马倚在斜桥上，岸上楼头是“满楼红袖招”，美女们都在向他招手。

我们再看韦庄的第三首《菩萨蛮》，张惠言对这一首也有一个批语，说：“上云‘未老莫还乡’，犹冀老而还乡也。其后朱温篡唐，中原愈乱，遂决劝进之志。故曰‘如今却忆江南乐’，又曰‘白头誓不归’，则此词之作，其在相蜀时乎？”这首词的下半阕，前两句和后两句说的是两个阶段，一个是当年，一个是现在，前面的是当年在江南，那时候不是“骑马倚斜桥，满楼红袖招”吗，所以就“翠屏金屈曲，醉入花丛宿”。红楼之上那些个女子住的地方，有翡翠的屏风。什么叫“金屈曲”呢？我们中国常常把铜美称作金，“屈曲”就是门扇上的屈戌，那个环纽。他喝酒喝得醺醉了，就进屋睡在花丛之中，这个花丛不是大自然的花丛，而是美女的花丛。这是说以前在江南是如此。那么现在呢？他说：“此度见花枝，白头誓不归。”你要知道以前是人家劝他留在江南：“人人尽说江南好，游人只合江南老。”到了第二首，是他已经不在江南了，但是他自己说“如今却忆江南乐”。而到了第三首呢，他说当年我醉入花丛人家要留我，但是我却只想回到故乡去，而现在我改变想法了，我现在是“此度见花枝，白头誓不归”了。所以你看这个“此度”，其实在中间有一个时间上的跳跃：当年说“未老莫还乡”，可见我老了还是想回去的；可是我现在在这里，要是再有人留我，再有“醉入花丛宿”的机会，那么我就是老了，满头白发了，也绝对不想回去了，我是“白头誓不归”！为什么？因为他已经无家可归，这时候朱温已经篡唐了，他回不去了。但是当他说“白头誓不归”的时候，他真的不思念故乡吗？不是的，他是故意说这样决绝的话：既然已经回不去了，那我就说我再也不想回去了。

第四首就有一个主人出来了："劝君今夜须沉醉，尊前莫话明朝事。"主人就说你不要老怀念故乡，在这里我们都欢迎你，我们都挽留你，在酒杯之前要及时行乐，今朝有酒今朝醉吧！你不要说我有一个理想五年之后如何，十年之后如何，现在连明天怎么样你都不能预料，何况今后？目前这个主人对你很好，很殷勤，他给你斟得酒杯满满的，他的感情也是如此深重，是"珍重主人心，酒深情亦深"啊！这个"主人"就是王建。王建待韦庄不薄，请他做了开国的宰相。所以，"须愁春漏短，莫诉金杯满"，你现在应该及时行乐，你现在应该忧虑的只是如何好好把握今天这个美好的夜晚，你不要推辞说杯中酒斟得太满，你应该多喝酒啊。"遇酒且呵呵"，他这个"呵呵"是笑声。我年轻的时候读韦庄的词,很不喜欢"呵呵"这两个字,一点都不美丽嘛,什么叫"且呵呵"啊,觉得他写得很空洞。可是后来我才知道韦庄真是写得好，因为他本来就不是发自内心的欢笑，他就只是表面的笑声。空洞的笑声正好表现他那种空洞的悲哀的感情。那真是"遇酒且呵呵，人生能几何"！

后面就到第五首了，春天又来了，韦庄他还是怀念故乡，怀念长安，怀念洛阳。所以他说"洛阳城里春光好，洛阳才子他乡老"。当年他在《秦妇吟》的开头写道："中和癸卯春三月，洛阳城外花如雪。"中和是唐僖宗的年号，黄巢之乱的那一年就是癸卯年。在中和癸卯那一年春天的三月，

中和癸卯春三月，洛阳城外花如雪。
东西南北路人绝，绿杨悄悄香尘灭。
路旁忽见如花人，独向绿杨阴下歇。
凤侧鸾欹鬓脚斜，红攒黛敛眉心折。
借问女郎何处来？含颦欲语声先咽。
回头敛袂谢行人，丧乱漂沦何堪说！
三年陷贼留秦地，依稀记得秦中事。
君能为妾解金鞍，妾亦与君停玉趾。

——《秦妇吟》节选

洛阳城里繁花似锦，树上的花开得像满树的白雪一样。可见洛阳城是他当年游玩过的地方。洛阳当时叫东都，长安叫西都，这是唐朝最繁华的两个都市，韦庄曾来往于洛阳和长安之间，所以在长安沦陷以后他写了《秦妇吟》，开头就提到洛阳城。韦庄的《秦妇吟》写得非常好，传诵众口，大家都会背他这首诗，不但会背他这首诗，还把他的《秦妇吟》写在锦帐上，叫作“秦妇吟帐子”。《秦妇吟》流行一时，所以韦庄也就跟着出名了。“洛阳才子”，就是当年的韦庄。他说，我还记得洛阳城里面那美丽的春光，可是我再也回不去那里，我只能老死在他乡了。“柳暗魏王堤”，他说我还记得洛阳城里的美丽的景色，城外有一道长堤叫作魏王堤。魏王堤上的杨柳长得很茂密。现在又到了春天了，想到魏王堤上美丽的柳树，我真是满心的迷惘，是“此时心转迷”。下片他说：“桃花春水渌，水上鸳鸯浴。凝恨对斜晖，忆君君不知。”四川又何尝不美呢？四川的锦江也是桃花春水，一样的美丽，而且那水边有一对一对的水鸟——鸳鸯在游戏。人家都是双双对对，都是有伴侣的，可是他韦庄再也回不去了，绿窗之下“劝我早归家”的那个女子，他永远也见不到了。他说，我心里面凝聚着满心的离愁别恨和破国亡家的悲哀，面对着落日的斜晖，难道我忘记了我的故乡？难道我忘记了那绿窗下等待我的女子？我没有忘记。可是我又怎样向你证明我没有忘记你呢？我们两地隔绝，你永远也不知道我是怎样想念你的了——“凝恨对斜晖，忆君君不知”。韦庄的词与温飞卿绝然不同，温飞卿的词，都是美丽的名物，从不表现直接的感情；可是你看韦庄的词虽然都写得很直接很真切，但是都包含着他自己的很深的感情。

（王慧敏整理）

第五讲

本讲涉及词话

固哉，皋文之为词也。飞卿《菩萨蛮》、永叔《蝶恋花》、子瞻《卜算子》，皆兴到之作，有何命意？皆被皋文深文罗织。

予于词，五代喜李后主、冯正中，而不喜《花间》。宋喜同叔、永叔、子瞻、少游，而不喜美成。南宋只爱稼轩一人，而最恶梦窗、玉田。

冯正中词虽不失五代风格，而堂庑特大，开北宋一代风气。与中后二主词皆在《花间》范围之外，宜《花间集》中不登其只字也。

王国维在《人间词话》里边，评说了晚唐五代温庭筠、韦庄、冯延巳、李后主四家的词。我们上次已经看过王国维评说温庭筠和韦庄两家的词话，今天应该看王国维评说冯延巳的词了。但是在讲冯词之前，我们要先把王国维评说温庭筠和韦庄两家词的说法给它一个总结的归纳。我已说过，王国维在评说温庭筠的时候，跟清代的一个词学批评家张惠言有很不相同的看法。张惠言认为温庭筠词的内容是非常丰富的，可是王国维认为温庭筠的词只是外表美丽，内容并不够丰富。我们现在既然是对王国维的《人间词话》进行反思，那我们就要有一个反省：张惠言和王国维有不同意见的原因在哪里？为什么张惠言这样赞美的一个作者，王国维却说他不够好？我认为，那是因为张惠言和王国维两个人评说词的方式、衡量词的标准是不一样的，所以他们所看到的词里边的好处也不一样。温庭筠为什么被张惠言赞美，我给他归纳出几点缘故。就拿我们上次看的温庭筠的那一首《更漏子》来说：

柳丝长，春雨细。花外漏声迢递。惊塞雁，起城乌。画屏金鹧鸪。　　香雾薄，透帘幕。惆怅谢家池阁。红烛背，绣帘垂。梦长君不知。

他是写闺中一个美丽的女子。我说过，《花间集》的小词常常都是写闺中思妇，这是中国早期词的一个很 popular 的主题，都是写相思怨别的女子的。可是我们上次说了，在中国传统的文化之中有所谓“三纲”：君为臣纲，父为子纲，夫为妻纲。君臣的关系也相当于夫妻的关系，因此闺中思妇得不到丈夫的爱情，就可以比喻一个臣子得不到君主的赏识和任用。其实温庭筠最有名的一首词是他的《菩萨蛮》：

小山重叠金明灭，鬓云欲度香腮雪。懒起画蛾眉，弄妆梳洗迟。　　照花前后镜，花面交相映。新贴绣罗襦，双双金鹧鸪。

张惠言赞美温庭筠的这首词，他说：

“照花”四句，《离骚》“初服”之意。

我们上次已经看过王国维赞美南唐中主的词，说“菡萏香销”两句，大有“众芳芜秽，美人迟暮”之感。张惠言把温庭筠的《菩萨蛮》比作《离骚》，王国维把南唐中主李璟的《摊破浣溪沙》也比作《离骚》。他们都从那些写闺中思妇的小词中看到了君臣之间的一种忠爱的托喻。中国古代的批评家，不管是张惠言也好，王国维也好，他们说我以为它有这样的意思，却不给出一个理由，张惠言没有说缘故，王国维也没有说缘故。那么我在上次课中就帮助王国维给了大家一个解释，我说王国维为什么说“菡萏香销翠

菡萏香销翠叶残，西风愁起绿波间。还与韶光共憔悴，不堪看。
细雨梦回鸡塞远，小楼吹彻玉笙寒。多少泪珠何限恨，倚阑干。
——李璟《摊破浣溪沙》

叶残，西风愁起绿波间”有“众芳芜秽，美人迟暮”的这种感慨？有两个原因：一个是从写词的背景上来说，南唐的小词，它是双重的语境（double context）。南唐的小朝廷是歌舞宴乐偏安一隅的，是可以写美女与思妇的；可是从整个南唐的大环境说起来，北方的后周已经逐渐强大，南唐的危亡已在旦夕之间，在这种时候，不管是南唐的君主，还是南唐的臣子，内心之中都有一种忧危念乱的恐惧，所以他们的潜意识就在写词的时候于无意之中流露出来。可是你凭什么说他在无意之中流露了这种感觉？你不能随便这样说啊！这就涉及我上次所讲的第二个理由，这“菡萏香销翠叶残”，可不可以说成“荷花凋零荷叶残”？菡萏就是荷花，这两种说法难道还有什么不同吗？确实不同的。后者很现实，说什么就是什么，不会引起读者联想。而“菡萏”这个称呼是《尔雅》上的话，它显得那么尊贵，与现实的荷花拉开了一个审美的距离。荷叶他说是“翠叶”，“翠”字是那么珍贵，那么美好，使你想到翡翠和珠翠。“香”，也是那么芬芳美好的东西。可是在所有这些珍贵的、美好的名词之间，连接它们的只有两个动词，一个是“销”，一个是“残”。那么这些词语集中起来就给读者一种感觉，那就是所有最美好最芬芳的东西都被销毁，都残破了。所以那真是“众芳芜秽”啊！当然了，我们现在是对王国维《人间词话》发表一百年以后的一个反思。王国维在一百年以前这样讲的时候，并没有给我们做任何解释，可是我们生在一百年之后，我们受到西方那些十分细密的文学理论的启发，所以我试图替王国维作进一步的解释。当然这只是我个人的意见。我想他的这种感觉，也就是从“菡萏香销翠叶残”联想到“众芳芜秽”的这种作用，在西方文学理论之中也有一些文字可以参考。有一个词叫作 microstructure——显微结构，就是说你要把这一句话里边所有文字的最细致的地方都要感受得到。这也就是我刚才所说的“菡萏”跟“荷花”有什么不同、“香销”跟“凋零”有什么不同、“翠叶残”跟“荷叶残”有什么不同。这是语言在最仔细精微的地方所能够表现出来的一种作用。所以王国维才会如此肯定地说，南唐中主的词有“众芳芜秽，美人迟暮”的感觉。

好，那现在张惠言说了，温庭筠的词，“照花”四句有《离骚》“初服”的意思。他和王国维两个人都是拿《离骚》来作比喻，王国维的根据是双重语境还有显微结构，张惠言的根据是什么？他为什么说“懒起画蛾眉，弄妆梳洗迟。照花前后镜，花面交相映”这四句有《离骚》“初服”的意思呢？这几句其实都是写闺中的女子，这个人一定不是个劳动妇女，她既不上班，也不教书，也不上学，所以懒到很晚才起床，起床之后她有的是时间，于是就“画蛾眉”，细细地化妆。什么叫“弄妆”？“弄”有玩弄、欣赏的意思。“云破月来花弄影”嘛，好像花在欣赏它自己的影子，这就是“弄”。这个女孩子对着镜子涂一涂，看一看，再涂一涂，再看一看，自己先欣赏一番，所以就“弄妆梳洗迟”。耽误了很久的时间，妆还没有化好呢。大家看这算什么？这里边会有《离骚》“初服”的意思吗？那《离骚》的“初服”又是什么意思呢？《离骚》说：“进不入以离尤兮，退将复修吾初服。”屈原是楚国的大臣，跟楚国的君主是同姓，他爱他的祖国，但是他对楚王进谏楚王不听，所以他说“进不入”，我想向前进谏，但是朝廷不接受我，不但不接受，我还“离尤”。这个“离”字不是离开的意思，而是同“罹”字。“罹”，是遭遇的意思。你知道《离骚》的英文是什么？是“encountering sorrow”。encountering

悔相道之不察兮，延伫乎吾将反；
回朕车以复路兮，及行迷之未远。
步余马于兰皋兮，驰椒丘且焉止息；
进不入以离尤兮，退将复修吾初服。
制芰荷以为衣兮，集芙蓉以为裳；
不吾知其亦已兮，苟余情其信芳！
高余冠之岌岌兮，长余佩之陆离；
芳与泽其杂糅兮，唯昭质其犹未亏。
忽反顾以游目兮，将往观乎四荒；
佩缤纷其繁饰兮，芳菲菲其弥章！
民生各有所乐兮，余独好修以为常；
虽体解吾犹未变兮，岂余心之可惩！
——《离骚》节选

就是遭遇，sorrow 是忧愁。“尤”，是怨尤、埋怨。屈原对楚国非常忠爱，可是他对楚王的劝告不但不被接受，还被朝廷很多人所嫉妒、埋怨和排挤，所以他说我“进不入以离尤”。既然进不了那我就退下来吧，他说退下来我也不会自暴自弃，我要“退将复修吾初服”。现在社会上有一些人，既然没有得到好的机会，不能够得到地位，不能够得到钱财，所以就去做坏事，那就是自暴自弃、破罐子破摔。但屈原不是，他说我退下来怎么样？我要“复修吾初服”，我重新修饰整理我最初的那一件衣服。什么是最初的衣服？就是没有受过污染的衣服，是保持着自己当初的美好理想的衣服。屈原常常是用衣服的美好来象喻品德之美好的。比如他说：“制芰荷以为衣兮，集芙蓉以为裳。不吾知其亦已兮，苟余情其信芳。”古人管上衣叫作“衣”，下面的衣服叫作“裳”；“芰”是菱角之类的水中植物。屈原说我要把翠绿色的这个芰荷的叶子做成我的上衣，要把那美丽的荷花做成我的下裳。你不要以为屈原真的满身都穿着荷花荷叶，这只是一个比喻。他说你们朝廷里这些个人不了解我的忠爱也就算了，我自己要保持我自己的清洁美好——“不吾知其亦已兮，苟余情其信芳。”我上次说了，当时的楚国处在齐国跟秦国两大强国之间，屈原是主张联合齐国抵抗秦国的，而楚怀王却听信了张仪的连横之议而到秦国去了，而且被秦国扣押了，死在了秦国。屈原只能眼看他的国家危亡，眼看他的君主被秦国扣押，他没有办法。所以他说，你们不理解我，不任用我，我无可奈何。“苟”是假如，“信”是诚然、果然。他说只要我的意思果然是芬芳美好的，你们尽管没有一个人了解我，我也要保持我自己的美好。这是屈原的精神。而且屈原他是常常以美女自比的，比如他说“众女嫉余之蛾眉兮，谣诼谓余以善淫”，这不就是把自己说成一个美女吗？好，现在就有很奇妙的事情发生了。这温庭筠他也说是“懒起画蛾眉”啊。从外表看，温庭筠这首词就只是写美女，但在张惠言这种浸透了中国古典文化修养的人看起来，他处处看到的是它隐藏的意思而不是表面的意思。屈原说“众女嫉余之蛾眉”，其实是说那些大臣嫉妒他的才德之美。那么“蛾眉”如果是代表了才德的美好，那“画眉”呢？“画眉”就是追求才德的美好啊！只是屈原一个人有这种想法吗？只是张惠言才会有这种想法吗？不是的，这是中国的一个传统。从屈原开始，蛾眉代表美女，画眉代表追求才德的美好，这已经成为中国诗歌的一个传统被流传下来了。那么怎见得？还有谁这样说过？我现在就要拿出一个证据来。唐朝有一个很有名的诗人李商隐，他写了一首《无题》：

八岁偷照镜，长眉已能画。十岁去踏青，芙蓉作裙衩。十二学弹筝，银甲不曾卸。十四藏六亲，悬知犹未嫁。十五泣春风，背面秋千下。

他说这个8岁的小女孩，本来她的父母还不许她化妆呢，可是她就知道要化妆，而且真的能够画出来很长很美的眉毛。女孩子八岁能够画眉毛，而且不是随便乱涂，不像杜甫的小女儿那样“狼藉画眉阔”（《北征》），这说明什么？画眉代表追求才德的美好，这个孩子从年纪那么小就开始追求才德的美好了。“十岁去踏青，芙蓉作裙衩”，这还是屈原说的，“制芰荷以为衣兮，集芙蓉以为裳”。你看，他的句子都是从屈原那儿来的。不但是衣服美好，不但是外表美好，这女孩子还要追求自己能力的美好，所以“十二学弹筝，银甲不曾卸”。弹筝用指甲弹，指甲很容易断掉，所以要戴一个银色的指甲套。“不曾卸”，就是整天勤勉地学习弹筝，从不把指甲套摘下来。我们上次看过欧阳修的一首词：“照影摘花花似面，芳心只共丝争乱。”那个女子在水边摘花，看到水中有自己的倒影，内心就起了一种波动：你有这么美好的质量和才能，你怎样实现你的价值？魏文帝曹丕说的，有的人才学足以著书，自己又有著书的理想，可是为什么没有著出书来呢？你为什么没有完成你自己啊？这才是最值得悲哀的，是美人迟暮之悲哀。因为你浪费了你的一生。“十二学弹筝，银甲不曾卸”，你真的曾经用过功吗？你没有用功就希望成功，那岂不是妄想吗？

那天我曾给在座的两位小朋友讲《论语》，谈孔子的“五十而知天命”。什么是天命？我说那是天理之自然、事理之必然、义理之当然。春天万物生发，秋天草木黄落，这是天理之自然。种瓜得瓜，种豆得豆，事情有什么因缘一定就有什么结果，如果你种豆老想要得瓜，那就是妄想，这是事理之必然。按照道德和礼法，你就应该这样做，比如过去给小孩子讲弟子“入则孝，出则悌”，这就是做人的一个义理，这是义理之当然。那什么是知命呢？你知道天理之自然是如此，你知道义理之当然是如此，你还知道事理之必然是如此，这就是知天命了啊。可是，在中国古代的封建社会，你虽然是美好了，你虽然是勤奋了，但你也不一定成功。像李商隐，像屈原，他们都是忠爱的，都是关心国家关心人民的，可是屈原不被朝廷所任用，李商隐也不被朝廷所任用。所以李商隐他接下来说：“十四藏六亲，悬知犹未嫁。”中国古代，女人不能抛头露面，女孩子到了14岁，不用说不能见外人，连你家亲戚的男子都不能随便见面了。这表哥表妹随便见面，所以《红楼梦》就出了很多问题嘛！嫁人是女孩子必然要走的道路，过去的女孩子没有独立的人格，没有独立的能力，没有独立的价值，她一生的幸或者不幸，都是倚靠在她所嫁的那个人身上。所以《孟子》说：“良人者，所仰望以终身者也。”而男人呢？男人一定要求得任用。男子修身齐家，他的理想是什么？是治国平天下。所以这男女的关系和君臣的关系其实有一个可以相对比和相对称的地方。而李商隐《无题》所写的这个女孩子是“十五泣春风，背面秋千下”。15岁是女子到了该结婚的年龄了，但她还没有一个可以交托的对象，这就是欧阳修那首词为什么说“照影摘花花似面，芳心只共丝争乱”了。就是说，你也追求美好了，你也勤奋地修养了，可是你的美好却得不到一个交托实现的机会。

我现在要说什么？我是说温庭筠的那首词，表面上写一个女子“懒起画蛾眉”，但你可以联想到《离骚》的“众女嫉余之蛾眉”，也可以联想到李商隐的“长眉已能画”。那么画眉就画眉好了，为什么又懒起画眉呢？这懒起画眉在中国也有传统。我再举个例子。唐朝有个诗人叫杜荀鹤，写过一首诗叫《春宫怨》，其中有两句：“早被婵娟误，欲妆临镜慵。”“婵娟”，是女子美好的样子，美好为什么会误人呢？你要知道，后宫佳丽三千人，那皇帝能够把三千个女子都照顾到？不可能啊！当三千宠爱在一身的时候，那两千九百九十九的女子就都是怨妇了。一个女子被选入宫，可是入宫以后皇帝没有跟她见过一次面，皇帝从来不到她这里来。所以她“欲妆”，在要化妆的时候；“临镜”，面对着镜子；就“慵”，就懒得化妆了。后宫化妆只为给皇帝一个人看，给别人看怎么样？那可就不得了了，那样问题就大了。可是皇帝一个人哪里看得过来？皇帝不看，那我化妆给谁看？我怎能不“慵”？古代那些士人一辈子读书，就是为了拼命去参加科考，考秀才、考举人，好不容易考中一个进士，国家给我一个什么官做呢？给李商隐的官是弘农县尉，一个小县的属官。县大老爷审案的时候，县尉负责点名把一个一个犯人带上来，县官大老爷审完了，县尉就负责把一个一个犯人带下去。县官贪赃枉法，把没罪的判成有罪，有罪的判成没罪，他在下面能够讲一句话吗？一句话都不能讲。所以他写

早被婵娟误，欲妆临镜慵。
承恩不在貌，教妾若为容。
风暖鸟声碎，日高花影重。
年年越溪女，相忆采芙蓉。
——杜荀鹤《春宫怨》

了一首诗说：

> 黄昏封印点刑徒，愧负荆山入座隅。却羡卞和双刖足，一生无复没阶趋。

他说我现在就羡慕当年战国时候楚国的卞和，两条腿都被砍断了，那样就不会再在台阶下供你们这些贪赃枉法的官吏来驱使了。这是李商隐内心之中的悲哀和痛苦。所以他的《无题》中这个女孩子“八岁偷照镜，长眉已能画”，从小就希望得到一个机会，可是结果呢？结果也落到像杜荀鹤说的“早被婵娟误，欲妆临镜慵”这样的下场。所以中国的传统文化就很奇妙了，画眉有个传统，懒画眉也有个传统。因此，张惠言就会从温庭筠的小词里边看到《离骚》，看到杜荀鹤，看到李商隐，看出很多的道理来，所以他才说温庭筠的“照花”四句有《离骚》“初服”的意思。

那么这个“蛾眉”“画眉”“懒画眉”又叫作什么呢？刚才我说，王国维从“菡萏香销翠叶残”看到“众芳芜秽，美人迟暮”的悲慨，那是 microstructure——显微结构的作用。张惠言看出“蛾眉”“画眉”“懒画眉”的这些个道理来，这就不是 microstructure 的作用了，而是西方语言学家所说的 code——语码的作用。什么是语码？我们说 British Columbia 的 telephone code 是 604，你一说 604，就是我们整个 Vancouver 的这个 code。而我们中国的传统文化里边也有一些 code，你一敲响这个 code，那一片的联想就都出来了。这个“蛾眉”“画蛾眉”“懒起画蛾眉”，就都是我们中国传统文化里面一个个的 code，它引起了张惠言对《离骚》“初服”的联想。所以说，张惠

语码（code），是社会语言学家用来指语言或语言的任何一种变体（language variety）。

言有张惠言的道理，王国维也有王国维的道理，只不过他们两个人谁也没有给出一个理由说明而已。现在我们看下面一段词话，王国维就批评张惠言了：

固哉，皋文之为词也。飞卿《菩萨蛮》、永叔《蝶恋花》、子瞻《卜算子》，皆兴到之作，有何命意？皆被皋文深文罗织。

他说"固哉，皋文之为词也"，这张惠言真是死板顽固，温庭筠的这首《菩萨蛮》就只是写美女，哪里有什么《离骚》的意思？这都是张惠言深文罗织弄了一个比兴寄托的大网，不管人家有没有那个意思就都给收罗到他的网里来了。

好，现在我们已经把温庭筠、韦庄还有南唐中主都说了，韦庄的词之所以让我有这么丰富的联想，同样是由于 double context 的关系。他表面上是写跟一个美女离别之后再也不能相见了，但实际上他的感情并不只是和美女的离别而已，那也是韦庄遭遇到唐朝灭亡晚年不得不留在前蜀的他的整个的历史。是由于大环境有这样的历史背景，我们才可以做这样的联想。所以读小词常常能够读出很多丰富的意思来，历代很多词学家都有此感受，但是大家都没有把这个原因解释清楚。因此，王国维批评张惠言不该"深文罗织"，可是他自己在谈南唐中主的"菡萏香销翠叶残"时也会联想到屈原的"众芳芜秽，美人迟暮"，还说别人都不懂，只有他自己才是"解人"。

我们已经把温、韦、李璟都讲了，还差一个冯延巳没讲。今天就要看冯延巳的词了。我们先看王国维对冯延巳的评论：

予于词，五代喜李后主、冯正中，而不喜《花间》。宋喜同叔、永叔、子瞻、少游，而不喜美成。南宋只爱稼轩一人，而最恶梦窗、玉田。

王国维是很了不起的一个天才，而且一生孜孜矻矻，以追求真理为是。可是一个人自然有一个人的局限，那也就是上次我给大家引用过的陈寅恪在王国维墓碑上写的一句话，他说先生的学问也许有的时候有错误，先生的学问也许有的时候不被人理解，但是他追求真理的精神，是与日月同光的。王国维有时代的局限，所以王国维的《人间词话》也有它不完全正确的地方。可是王国维忠实于他自己，不抄袭，不伪造，不欺骗，不说自己不懂和不知道的话，他所说的，都是他自己真正的感觉和思考所得。我曾经在我的文集的序言里边说过，我说我的老师曾经说过："余虽不敏，然余诚矣。"我不是一个聪明的人，但是我讲的时候，我是认真的，我讲的都是我自己的感觉和感受。王国维也是如此的。他也许有他的错误，他也许有他的限制，有时代的限制，知识的限制，但是他忠实于自己，也忠实于读者。那么现在王国维不喜欢梦窗跟玉田——梦窗是吴文英，玉田是张炎——他为什么不喜欢他们？这要等一下慢慢才能讲得清楚。我要把整个词的演变发展的过程梳理一遍，你们才能够懂得王国维在《人间词话》中所说的那些个意思，才能够知道他的好处在哪里，他的时代局限在哪里。现在我们看关于温、韦、冯、李词的第六则词话：

冯正中词虽不失五代风格，而堂庑特大，开北宋一代风气。与中后二主词皆在《花间》范围之外，宜《花间集》中不登其只字也。

什么叫五代风格？在座旁听的有一个小朋友，她不但背了很多诗词，自己也写诗词。她有一天跟我说，我的讲演有个不好的影响给她。她说，我以前随便就写词，现在一听你的讲座，原来词里边有这么深的意思啊，而且这词里边还都是写美女跟爱情的，我以后不敢写词了。我对她说，不是简单如此的，只是《花间集》里的词常写美女跟爱情。《花间集》的词为什么写美女跟爱情？这凡事都有一个由来，你知其然还要知其所以然。因为《花间集》的这个词集，当它编辑的时候，其目的就是给那些个诗人文士在饮酒聚会的时候娱乐唱歌用的，由于是写给歌女唱，所以写的内容都是美女和爱情。但是大家也要知道，词并没有停止在《花间集》的歌辞阶段。所以牛牛、毛毛这些小朋友也还是可以写词的，词不是都要写美女跟爱情，还有很多东西可以写。实际上，词这个体裁并没有停止于《花间》的美女爱情，而是经过了几次的转变，只不过这些变不是很突然地变,而是慢慢地演变的。而现在我们就可以看到，冯延巳就已经开始变了，什么地方变了呢？这就是王国维说的，“冯正中词虽不失五代风格，而堂庑特大”。五代风格写的是什么？是伤春怨别。《花间集》虽然作者都是男子，可它是给歌女唱的歌辞，所以是用女性的口吻，写女性的感情。而我也说过，中国旧传统的女性命中注定就是思妇。思妇怎么样？就只有伤春怨别。这是中国古代几千年的文化的传统，是由所谓 gender culture（性别文化）所造成的。现在王国维说了，说冯正中的词虽然也写伤春怨别，可是有了一点变化了，说他“堂庑特大”。“堂”是建筑物中间的厅堂，“庑”，是两边的厢房。说这个房子有很

则有绮筵公子，绣幌佳人，递叶叶之花笺，文抽丽锦；举纤纤之玉指，拍按香檀。不无清绝之辞，用助妖娆之态……庶使西园英哲，用资羽盖之欢；南国婵娟，休唱莲舟之引。

——欧阳炯《花间集序》

翁俯仰身世，所怀万端，缪悠其词，若显若晦，揆之六义，比兴为多，若《三台令》《归国谣》《蝶恋花》（即《鹊踏枝》）诸作，其旨隐，其词微，类劳人思妇、羁臣屏子，郁伊怆怳之所为。

——冯煦《阳春集序》评冯延巳

大的规模，有一个非常宽广的布局。所以冯延巳的词就不只是《花间集》的伤春怨别了，而他的这一转变就开了北宋一代的风气。那么他是从哪里开拓的？我们就要举一些冯词的例证来说明，王国维随意所举的那几首，其实还不能够真正代表冯正中，冯正中有真正非常好的词。

现在我们先看他的一首《鹊踏枝》，我先读一遍：

> 谁道闲情抛掷久。每到春来，惆怅还依旧。日日花前常病酒。不辞镜里朱颜瘦。　　河畔青芜堤上柳。为问新愁，何事年年有。独立小桥风满袖。平林新月人归后。

这样的词跟温庭筠有什么不同？跟韦庄有什么不同？孔子说的，“学而不思则罔，思而不学则殆”，如果你整天地看，却从来没有想过，你就不能真正懂得它的意思。所以很多人问我说你的诗词是跟谁学的？当然我有我家庭的教育，有我老师的教育，可是像刚才我所讲的那一大通，包括英文的比较，我家里的长辈和我当年在北京的老师并没有教我这个，是我自己思考的结果。你想一想：王国维是看出词与诗的不同了，但王国维没有说它为什么不同，那么张惠言为什么要那样说，王国维为什么要这样说？王国维为什么不赞成张惠言的说法？这些都是需要你自己动脑筋去想一想的。那现在我们就来看一看，冯延巳跟温庭筠跟韦庄有什么不同？你会发现一点，温庭筠只写名物，写美感，写形象，而不作情感的直接表达：“惊塞雁，起城乌。画屏金鹧鸪”，“小山重叠金明灭，鬓云欲度香腮雪”，都是名物，都是形象，都是美感，都没有直接地写感情。这是温庭筠的特点。韦庄的特色是什么？韦庄的特色是直接写感情：“人人尽说江南好，游人只合江南老”，“未老莫还乡，还乡须断肠”，“此度见花枝，白头誓不归”，“洛阳城里春光好，洛阳才子他乡老”，“凝恨对残晖，忆君君不知”，都是直抒感情。而且韦庄直抒感情的时候，写得很劲直，很真切，话说得很有力量，所以他给人一种直接的感动。那么王国维喜欢什么样的词呢？王国维说“故能写真景物、真感情者，谓之有境界”，他喜欢那种带着直接感动人的力量的词，而温庭筠的词里边是缺乏这种力量的，所以王国维不喜欢他。那么韦庄的词是带着直接的感动了，但是韦庄的词也有局限，他说“红楼别夜堪惆怅，香灯半卷流苏帐。残月出门时，美人和泪辞”，他说“人人尽说江南好，游人只合江南老”，他说“春水碧于天，画船听雨眠”“垆边人似月，皓腕凝霜雪”，写得都很直接，有很具体的人物和很具体的情事。而现在冯延巳和温、韦他们就都有不同了，冯延巳的词给人直接的感动，这跟温庭筠不一样；可是冯延巳虽然给人直接的感动，却又让你不能确指他的人物和情事，这又和韦庄不一样。韦庄说因为我跟“红楼别夜”的那个女孩子离别了，所以我很难过；因为我洛阳才子在他乡老了，所以我很难过。你看了他的词可以知道他为什么人物为什么情事而产生了这样的感情。可是冯延巳所写的词，你不能确指他到底是为了什么人物，为了什么情事。他没有告诉你，他只是把一种感情的本质传达给你。而正是因为这个，冯延巳的词就不像韦庄的词那样受到具体人物情事的拘束和限制。那么冯延巳他是怎么样地不被拘束和限制呢？我们就要看刚才读过的那首《鹊踏枝》了。

在讲这首词之前，我再稍稍跑一点野马。我刚才说，你们看在座旁听的这两个小朋友这么小，中文诗和英文诗人家都学得很好嘛。小孩子本来不是不能学诗，可为什么大多数小孩子不懂古诗？因为没有老师教他们啊！我曾经梦想普及儿童学诗。我当年给 UBC（英属哥伦比亚大学）的小朋友讲过诗，我到国内也给天津南开幼儿园的小朋友讲过诗。我曾建议从幼儿园的大班就开一门“古诗唱游”的课程，这门科目绝不要考试，你就用唱歌游戏说故事的方式教他们念古诗。我教 UBC 的小孩子时就是自己花时间画了好多张图画，一个一个的故事给他们讲。很多人说你不要教小孩子学古诗啊，古诗里边古典太多了，小孩子不懂。古典多其实一点儿都没有关系。什么是古典？古典就是古代的故事啊，哪个小孩子不爱听故事？怎么就不能教？所以我真的是在 UBC、在南开都给小朋友教过诗。但是这个普及工作真的很困难，没有人推广，没有人学习，从老师那儿他们就都不想学，所以我就无可奈何了，我现在八十多岁了，我从六十多岁就开始进行这个尝试，但直到现在也没有什么显著成绩，我觉得很遗憾。冯延巳的词怎么样好？先要你做老师的能够懂得，能够给学生讲授出来，学生自然就喜欢了。老师都讲不出来它的好处,只要求学生背下来考试用，学生怎么能对它有兴趣呢？我也跟国内的有关部门说了，国内的有关部门也说你的想法不错啊，于是教育部编出一套书来，发给小孩子都去念。可是如果老师不能带领小孩子入门，只是说现在又要增加一门课的考试，那就头疼了。所以不能够这样的。而且我以为，如果从小你就不能够用正当的方法引导出孩子们的兴趣，而总是逼他们，使他们一看见诗词就头疼，那连他们长大后可以培养出来的兴趣，在小的时候就被摧残了。他们可能从此以后只要看见中国诗词就会头疼。刚才施老师说，我们是不是可以把给小朋友讲课的这些碟子推出来呢？可是现在连这些都还没有推广出来嘛。我只是自己在做。如果把它推广出来，那老师们会不会教呢？以前也有澳门的一个很热心的朋友捐了款，说你办个班吧，让各地方的老师来学习。这个班也办过了，花了很多钱，请了很多人，这些老师也学得很有兴趣，可是回去又怎么样了？这一晃十年过去了，仍然没有效果，所以我虽然仍旧很有热心，不辞劳苦地耕作，但是我真的不知道有没有结果。我梦想有一天，我们中国的小朋友都能够像在座旁听的这两个小朋友一样，把英文诗和中国的旧诗都学得这么好，那我们中华的诗词就后继有人了。

现在我们还是返回来看冯延巳的词跟温、韦的有什么不同。“谁道闲情抛掷久。每到春来，惆怅还依旧”，你看，从一开始表现的方法就不同了。韦庄那是“红楼别夜堪惆怅”，是我跟一个美丽的女子离别了，所以我难过。而冯延巳呢？他说我是“闲情”啊。什么叫作“闲情”？曹魏的时候，魏文帝有一首诗说：“高山有崖，林木有枝。忧来无方，人莫之知。”他说高山当然就有山头，树林当然就有树枝，这都是自然而然的。那么我就有我的忧愁，这也是自然的。忧愁从哪里来？是因为昨天考试考坏了，还是因为跟所爱的人离别了？什么都不是，是“忧来无方”，你不知道它从哪里来，无端就兴起来一种哀怨，无端就涌起来一种情绪。而这里冯延巳用了一个词说它叫“闲情”：你只要一闲下来，这种情绪就出来了。然后他说这闲情我不要它了，我要把它抛开，而且我不只是努力了一次，我是一直就想要把我的闲情抛掷。而且，我也以为我早就做到了，所以他说是“闲情抛掷久”。好，冯延巳之所以妙，就在于他在这几个字的前面只加了两个字“谁道”，一下子就把那一切闲情又都勾回来了——谁说我已经把闲情抛掷久了啊？冯延巳他不是没有感情，不是像温庭筠那样客观，但也不像韦庄把感情拘限在什么人和什么事情上。不但你不知道他是为什么，他自己都不知道他是为什么。这“谁道闲情抛掷久”是很妙的说法，可是他又是怎么知道他的闲情并没有被抛弃掉的呢？他说因为“每到春来，惆怅还依旧”，只要春天来的时候，他看到春草绿，看到春花开，听到春鸟叫，他那种惆怅的感情就又兴起来了。闲情是什么感情？说不出来。惆怅又是什么感情？

上山采薇，薄暮苦饥。
溪谷多风，霜露沾衣。
野雉群雊，猿猴相追。
还望故乡，郁何垒垒！
高山有崖，林木有枝。
忧来无方，人莫知之。
人生如寄，多忧何为？
今我不乐，岁月如驰。
汤汤川流，中有行舟。
随波转薄，有似客游。
策我良马，被我轻裘。
载驰载驱，聊以忘忧。
——曹丕《善哉行》

惆怅是好像有所失落，又好像有所追求，总是好像觉得还缺少一点什么东西。他说每当春天来的时候，我那种惆怅的感情，就依旧又回来了。所以，“谁道”转了一个圈儿转回来；“惆怅还依旧”又转了一个圈儿，又转回来了。那转回来以后怎么样？我已经没有办法摆脱它了，所以我只能够“日日花前常病酒，不辞镜里朱颜瘦”。很多人借酒浇愁，说喝酒喝醉了就把一切的烦恼都忘记了。所以一看到花开，我就喝酒。我一直喝到沉醉，喝到身体很难过，喝到都“病酒”了，而且是“常病酒”。但是我每天还是在花前喝酒。杜甫有诗说：“一片花飞减却春，风飘万点正愁人。且看欲尽花经眼，莫厌伤多酒入唇。”（《曲江二首》之一）这说得真是好！昨天牛牛写诗说她们家有棵樱花树，樱花开得很茂盛，但就在那棵树的花还开得很茂盛的时候，一阵风来就有花片落下来，她看了很难过。你看，古今同感，牛牛与杜甫有同感。还在那“一片花飞减却春”的时候，春天就开始不完美了，已经有一片破碎了，那么何况现在已经是“风飘万点正愁人”。等到花开了两天之后，一阵风来，你看那树上的花就像下雨一样，万点花飞。我曾经写过一篇文章专门讲花，我说宇宙之间的这些生物，这种生死衰亡的感觉，没有比花更明显的了。就像孔尚任的《桃花扇》说的：“眼看他起朱楼，眼看他宴宾客，眼看他楼塌了。”你是亲眼看着它含苞，亲眼看着它开放，亲眼看着它飘零，亲眼看着它枯萎啊！所以杜甫就说了，“且看欲尽花经眼，莫厌伤多酒入唇”。“且”，是姑且、暂且。今天虽然已经是风飘万点了，但是树上还有一些残留的花在那里，姑且还能看一看，再过两天，就连这些花也都没有了。所以你看，诗写得好还是写得不好，就在于你能不能用那个最恰当的字把你的感情传达出来。“且”字就写得非常好，他说你就姑且看一看，花已经快要落完了，你亲眼看着它从开放到零落，现在还仅剩这么几朵花在这里，你为什么不珍重这几朵花，好好看一看呢？你为什么不面对这几朵花，再喝上一杯酒呢？“厌”就是厌倦、推辞。你明天再想对花喝酒，花已经没有了，所以不要推辞，不要说我已经喝得太多了，你还是再喝一杯酒吧。你看古人写这种伤春的诗，写得真是非常好。那么现在你就明白冯延巳为什么说“日日花前常病酒”了。每天喝酒已经喝到身体都不舒服了，为什么还要喝？因为我今天如果不喝，明天我再想要对花喝酒，花可能已经没有了。所以我“日日花前常病酒，不辞镜里朱颜瘦”。我自己也照着镜子，知道我现在憔悴了，知道我是因为病酒而憔悴消瘦的。镜子代表什么？镜子代表一种反省、一种自觉。照影摘花你看到花似面，才会“芳心只共丝争乱”。很多人抽烟，你劝他不要抽了他不会听，他觉得抽烟是一种享受。等到有一天医生一检查，说他的肺有了问题了，不可以抽烟了，当他知道自己有了毛病，他就会不抽了。人都是有这种反省能力的。那么“镜里朱颜瘦”就是一种反省，就是说，我知道我这样做已经造成我的面容憔悴了。可是冯延巳说他怎么办？他说我“不辞”，我“不辞镜里朱颜瘦”！就是说，他明知有这样的结果却还要喝酒。为什么要喝酒？因为明天这个花就再也没有了。这两句有什么好？喝酒喝得有了病就不该再喝了，这就和抽烟有了毛病就不应该再抽是一样的，这里边难道还有什么应该鼓励的吗？可是有人就从这里边看出道理来了。香港有一位很有名的学者饶宗颐先生，他说“日日花前常病酒，不辞镜里朱颜瘦”这两句“具见开济老臣怀抱”。他说，他从冯延巳的这两句词里边看到了一个开济老臣的怀抱。

> 周师南侵，国势岌岌，中主（李璟）既昧本图，汶暗不自强……翁（冯延巳）负其才略，不能有所匡救，危苦烦乱之中，郁不自达者，一于词发之。
>
> ——冯煦《阳春集序》

所以读书倘若读不出味道来，那是因为你没有好好去读，你是“学而不思则罔”。我上次也曾经讲过，西方的文学批评经过了几个阶段，十九世纪后期的时候，T. S. 艾略特这些人，他们就提倡 New Criticism（新批评）。New Criticism 主张把作者完全抹杀，说作品的好坏与作者无关，不能因为他人好诗就好。当然了，只看作者，说作者好诗就好，这是一种错误；但只看作品不看作者同样也是一种错误。所以现在我们就应该着手了解冯延巳这个作者。你要知道词所善写的是那种不得已之情，你内心越是有不得已的时候，你在诗里边说不明道不清，那你就写词。冯延巳有什么不得已之情？孟子说：“颂其诗，读其书，不知其人可乎？是以论其世也。”如果我说世界上有一个人，他生下来这一辈子就注定是悲剧的命运，你相信有这样的人吗？谁生下来就注定该是悲剧的命运？而冯延巳就是这样的一个人。他真是不得已，真是难以解脱。因为他生在五代那个分裂的时代，这是第一大不幸。冯延巳的父亲叫冯令頵，他的老家在江南。江南是谁统治的？五代十国时江南是在南唐的统治之下。而冯延巳的父亲冯令頵是在尚书省里边做官的，差不多相当于是宰相的地位。那是什么时候？是南唐刚刚开国，是在李后主的祖父南唐烈祖李昪的时候，那时候冯令頵就是一个重要的大臣。因为有这样的关系，所以冯延巳从小就跟南唐中主李璟有了很密切的友谊。李璟封作吴王，冯延巳给他掌书记，李璟后来做了南唐的国主，冯延巳就做了他的宰相。而南唐这个国家是怎样一个国家？它是一个必亡的国家。冯延巳从小就生在这样一个家庭，从小就跟一个必亡的国家、必亡的君主结合了这么密切的关系。后周强大起来要来侵略，你是战还是守？南唐的势力不能跟人家相比，当面临这个进不可以攻、退不可以守的局面的时候你怎么办？满朝文武就发生党派之争，有主战的一派，有主和的一派。冯延巳是做宰相的，在众人的争论和责备之下，冯延巳内心的苦恼有人可以诉说吗？他不能说啊。难道他说我们国家的局面已经是无可挽回了？他一个做宰相的能说这样的话吗？但是不管主战的还是主和的，所有的矛头都对着你来了，你怎么办呢？所以他承受了很大的压力，而且他毫无办法。我说过好的词常常是有一种不得已之情，冯延巳就真是有不得已之情，他就只能“日日花前常病酒，不辞镜里朱颜瘦”了。但饶宗颐为什么从这两句话里看出来他有开济老臣的怀抱呢？什么叫开济老臣的怀抱？杜甫的诗说的：“三顾频烦天下计，两朝开济老臣心。”(《蜀相》) 开济老臣那本来指的是诸葛亮，诸葛亮辅佐先主刘备开国，又辅佐后主守成，济危救难，所以是开济。饶宗颐先生认为从冯延巳的词里，我们完全可以看到父子两辈做臣子的老臣在国家处于危亡关头的忧心怀抱。他从哪里看出来的？就是从“日日花前常病酒，不辞镜里朱颜瘦”这两句里看出来的。这个人说，我知道我们这个国家之必亡，我也知道我已经为这个而忧虑到朱颜消瘦，可是我不能逃避，不能退缩，我也不想推辞。

“河畔青芜堤上柳，为问新愁，何事年年有”，不是说每到春来惆怅就还依旧吗？那么是什么让你的惆怅回来的？他说是那河边的青草，千里万里直到天涯；是那堤上的柳树，从枯干的枝条中抽出绿色的柳叶。春天来了，随着春天草木的生发，我的愁也就随着回来了。他没有说他为什么而愁，因为这新愁本来就是他自己以为早已抛掷掉的那个“闲情”，也就是惆怅还依旧的那个“闲情”。他说我满怀着这样的闲情、这样的惆怅，我就“独立小桥风满袖”。这说得真是妙：我有人可以倾诉吗？我有一个伴侣吗？我一个人站在小桥上——房间四面有墙壁保护，而桥是四无遮蔽的，正因为它没有遮蔽，所以所有的寒风都灌入了我的衣袖之中。那么你为什么不回去？桥不是给人长久站立的地方，桥是给人通过的，你过了桥就应该回家嘛，为什么站在小桥上不回家而任凭寒风吹满你的衣袖？而且他说，我还不是在小桥上只站了片刻的时间，我在这不应该站立的小桥之上站了很久很久，一直站到看见远远的平林之上月亮都升起来，所有路上的行人都回家了，我是“独立小桥风满袖，平林新月人归后”。

这就是冯正中。他说的不是一个具体的情事，不是为了红楼的美人，你只能说，他有很多不得已的和难以说出来的痛苦，但是他都没有说，就像我在第一讲的时候给你们讲的陈曾寿那首《浣溪沙》一样。好的词，都能够写出来一种不得已的感情。陈曾寿所写的是不得已的感情，冯延巳所写的也是不得已的感情。王国维说冯延巳的词“堂庑特大”，就是说他的词已经不再是狭窄的酒筵歌席间的美女和爱情了。他虽然表面上也是伤春，可是里边却涵盖了很多比伤春更深的东西。

（熊烨整理）

第六讲

本讲涉及词话

词至李后主而眼界始大，感慨遂深，遂变伶工之词而为士大夫之词。周介存置诸温、韦之下，可谓颠倒黑白矣。“自是人生长恨水长东”，“流水落花春去也，天上人间”，《金荃》《浣花》能有此气象耶?

客观之诗人，不可不多阅世。阅世愈深，则材料愈丰富，愈变化，《水浒传》《红楼梦》之作者是也。主观之诗人，不必多阅世。阅世愈浅，则性情愈真，李后主是也。

尼采谓，“一切文学，余爱以血书者”。后主之词，真所谓以血书者也。宋道君皇帝《燕山亭》词亦略似之。然道君不过自道身世之戚，后主则俨有释迦、基督担荷人类罪恶之意，其大小固不同矣。

美成《青玉案》词（按：当作《苏幕遮》词）“叶上初阳干宿雨，水面轻圆，一一风荷举。”此真能得荷之神理者。觉白石《念奴娇》《惜红衣》二词犹有隔雾看花之恨。

白石写景之作，如“二十四桥仍在，波心荡、冷月无声”，“数峰清苦，商略黄昏雨”，“高树晚蝉，说西风消息”，虽格韵高绝，然如雾里看花，终隔一层。梅溪、梦窗诸家写景之病皆在一隔字。北宋风流，渡江遂绝，抑真有运会存乎其间耶?

问“隔”与“不隔”之别。曰：陶谢之诗不隔，延年则稍隔矣；东坡之诗不隔，山谷则稍隔矣。“池塘生春草”“空梁落燕泥”等二句，妙处唯在不隔。词亦如是。即以一人一词论，如欧阳公《少年游·咏春草》上半阕云：“阑干十二独凭春，晴碧远连云，二月三月，千里万里，行色苦愁人。”语语都在目前，便是不隔。至云“谢家池上，江淹浦畔”，则隔矣。白石《翠楼吟》：“此地宜有词仙，拥素云黄鹤，与君游戏。玉梯凝望久，叹芳草萋萋千里。”便是不隔。至“酒祓清愁，花消英气”，则隔矣。然南宋词虽不隔处，比之前人，自有浅深厚薄之别。

“生年不满百，常怀千岁忧。昼短苦夜长，何不秉烛游。”“服食求神仙，多为药所误。不如饮美酒，被服纨与素。”写情如此，方为不隔。“采菊东篱下，悠然见南山。山气日夕佳，飞鸟相与还。”“天似穹庐，笼盖四野。天苍苍，野茫茫，风吹草低见牛羊。”写景如此，方为不隔。

词忌用替代字。美成《解语花》之“桂华流瓦”，境界极妙，惜以“桂华”二字代“月”耳。梦窗以下，则用代字更多。其所以然者，非意不足，则语不妙也。盖意足则不暇代，语妙则不必代。此少游之“小楼连苑”“绣毂雕鞍”所以为东坡所讥也。

沈伯时《乐府指迷》云：“说桃不可直说破‘桃’，须用‘红雨’‘刘郎’等字；说柳不可直说破‘柳’，须用‘章台’‘灞岸’等字。”若惟恐人不用代字者。果以是为工，则古今类书具在，又安用词为耶？宜其为《提要》所讥也。

我们现在接着来看五代的词。我们已经看了王国维讲冯正中的词，今天应该看王国维讲李后主的词了。在我们的讲义上，第九条说：

> 词至李后主而眼界始大，感慨遂深，遂变伶工之词而为士大夫之词。周介存置诸温、韦之下，可谓颠倒黑白矣。“自是人生长恨水长东”，“流水落花春去也，天上人间”，《金荃》《浣花》能有此气象耶？

好，我们现在就看这一条。这已经涉及小词的演进了。词本来是歌筵酒席之间给歌女唱的歌辞，都是写美女跟爱情的。所以像温庭筠的“懒起画蛾眉”之类，像韦庄的“美人和泪辞”之类，都是写美女，写相思，写爱情。词到冯延巳有了一个很大的开拓，因为他已经不再限制和拘束在现实的美女跟爱情之中了。冯正中所写的是内心之中的一种情绪。“谁道闲情抛掷久。每到春来，惆怅还依旧”，他写的是闲情，是新愁，是惆怅。他没有拘束在美女跟爱情的狭隘范围中，所以境界比较开阔。

词在早年都是歌筵酒席间写美女跟爱情的歌辞，可是王国维说了：“词至李后主而眼界始大，感慨遂深，遂变伶工之词而为士大夫之词。”这是王国维在评论晚唐五代的词人之中非常有见解的一句话。什么叫“始变伶工之词为士大夫之词”？伶工是演奏音乐的乐师，不管是温庭筠，不管是韦庄，不管是冯延巳，他们所写的词都是给音乐配的歌辞，是给乐师跟乐伎去歌唱的歌辞，所以是“伶工之词”，可是词没有停滞在“歌辞词在起源时是配合音乐来歌唱的，是文人诗客写给歌女演唱的歌辞，可称作“歌辞之词”。后来作者多了，这些诗人不再像“歌辞之词”那样仅仅是在娱乐时为歌女所写，而是在词里表达自己的思想感情，回归直接自叙的主体性，这样的词可称作“诗化之词”。还有一类词，作者用理性的思索和技巧的安排来写词，而不再像前两类词的作者那样只凭胸中直接的感发来写词，这样的词可称作“赋化之词”。

之词”这一阶段。后来的人像辛稼轩写的词，像苏东坡写的词，都只是给歌儿歌女去唱吗？已不见得了。所以后来的词就发展到不再是歌辞之词了。我在过去写的讨论词的文字里边，我说那是从“歌辞之词”变成“诗化之词”。词就变成一种新体的诗，用写诗的心情来填写歌辞了。我把它叫作诗化之词。而诗是什么呢？我以前也讲过了，“诗者，志之所之也”，是表达自己真正内心的情意。而歌辞之词是给歌女唱的歌辞，不一定表达自己的内心的情意。所以我以前讲过一个故事，说黄山谷常常写这些歌辞之词，后来有一个朋友说，你不要再写那些东西了，黄山谷为自己辩解说那是“空中语耳”，他说我写浪漫的爱情小词，并不代表我跟任何女子有任何浪漫的爱情，那就只是写一首歌辞而已嘛，并不代表我自己的情志。那么是什么原因使李后主“变伶工之词为士大夫之词”的呢？是他自己国破家亡的惨痛经历。本来李后主也写歌辞之词，比如他曾经写过这样的歌辞，“晚妆初了明肌雪，春殿嫔娥鱼贯列”，这是给歌女唱的歌辞。李后主喜欢听歌看舞，风流浪漫，他说当傍晚黄昏的时候，这些女子“晚妆初了”——白天化妆跟晚上化妆不一样，晚妆是浓妆，要特别地艳丽——刚刚化好了妆，她们雪白的肌肤光彩照人。李后主是南唐的国主，所以那些女子也不是普通的歌女了，而是后宫的宫娥。春天的晚上，在他南唐这个王国的宫殿之中，这些美丽的宫娥，像水里的鱼，一个接着一个。你看他说得很美，说她们像鱼的游泳那样柔顺地就顺序出来了。是听歌看舞嘛，所以就有吹箫，是“凤箫吹断水云闲，重按霓裳歌遍彻”。李后主这个人他真正的特色就是感情的投注。欢乐的时候，他把所有的感情都投注在欢乐之中，尽情地享乐；亡国的时候，他把所有的感情都投注在悲哀之中，痛哭流涕地悲哀。这是一种艺术家的性格啊！凤箫是排箫，很多的竹管，像凤凰的尾巴一样张开。凤箫要吹到极点的尽头，在天上流云与地上流水的闲缓的流动漂移之间有这箫声的回荡。这还不算，他还要“重按霓裳歌遍彻”。传说唐明皇梦见自己到了月宫，看到歌舞，醒来作了《霓裳羽衣曲》，让杨贵妃表演。白居易的《长恨歌》里边也提到过的。据说经过了晚唐的变乱，《霓裳羽衣曲》的曲谱失传了。南唐李后主的第一个皇后大周后也是懂得音乐的人，所以李后主跟大周后就重新整理了《霓裳羽衣曲》的曲子。这个曲子据唐朝的记载是大曲。我们现在讲一首词比如《蝶恋花》或者《浣溪沙》，它们都是很短的调子，可是所谓大曲不是一支曲子而是一串曲子，有头有尾，中间有转折、有变化。“重按霓裳”的“按”，是演奏。不管是吹笛，还是吹箫，还是弹筝，你的手要动作的，所以“按”就是演奏。他们就演奏《霓裳羽衣曲》的大曲的音乐。演奏了一次还不够，是“重按”，一次又一次地演奏。那什么叫“遍”呢？大曲不是很多曲子排在一起的吗？里边有的曲子就叫“遍”，像《梁州遍》之类的，那是曲子的名字。“彻”，是大曲入破以后的最末一遍，大曲在入破以后曲调特别高亢急促。但是“遍”和“彻”这两个字，本身又有周遍的、从头到尾的意思，它有双重的作用。所以你看，

《霓裳羽衣曲》即《霓裳羽衣舞》，是唐朝大曲中的法曲精品，唐代歌舞的集大成之作。唐代诗人张说《华清宫》云：“天阙沉沉夜未央，碧云仙曲舞霓裳。一声玉笛向空尽，月满骊山宫漏长。”《霓裳羽衣曲》在开元、天宝年间曾盛行一时，安史之乱后失传。南唐时期，李煜和大周后将其大部分补齐，但是金陵城破时，被李煜下令烧毁了。到了南宋年间，姜夔发现商调霓裳曲的乐谱十八段，便将它保存在他的《白石道人歌曲》里。

李后主他真是全身心地投入到歌舞享乐之中，他不但“重按霓裳”，他还要“歌遍彻”。

这就是李后主早年所写的歌辞之词。后来呢，南唐灭亡了，李后主破国亡家。破国亡家以后,李后主的词风就有变化了。那就是《人间词话》所写的，“词至李后主而眼界始大，感慨遂深，遂变伶工之词而为士大夫之词”。而且王国维还举了例证：“‘自是人生长恨水长东’，‘流水落花春去也，天上人间’，《金荃》《浣花》能有此气象耶？”《金荃》是温庭筠的词集的名字，《浣花》是韦庄的词集的名字。他说，温庭筠、韦庄的词能有这样的气象吗？为什么这样说呢？我们看温庭筠的词：

> 小山重叠金明灭，鬓云欲度香腮雪。懒起画蛾眉，弄妆梳洗迟。　照花前后镜，花面交相映。新帖绣罗襦，双双金鹧鸪。

这是闺房的一个女子化妆，虽然写得很精美，但是没有很深远的意思。张惠言看出来深远的意思，我说那是因为词里边的“蛾眉”“画蛾眉”“懒起画蛾眉”，我们都能够在中国古典诗歌的传统之中找到同样的或相近似的 vocabulary，所以这些个字在中国的传统里边就变成了文化的语码——cultural code。但温庭筠写这首词的时候有这样的意思吗？这是一个比较复杂的问题。前几天，我们班上旁听的小朋友牛牛就问了我这个问题，说那温庭筠的词也不见得有《离骚》的意思，难道只是因为他用了“蛾眉”这种语码就是好词了？我说，不能够断然地这样说啊，温飞卿很可能是有那种意思的，但是因为我们的时间真是太短了，我没有办法跟大家说那么仔细。

表面上看，温庭筠这个人就是一个生活不检点、非常浪漫的人。每天只喜欢听歌看舞，哪里有什么屈原《离骚》的意思？所以王国维就不赞成，说张惠言讲词，非要讲出什么《离骚》的意思，真是顽固。其实温庭筠还真是可能有这种意思，你要整体地看他这个人。温庭筠科举考试不如意，做的官国子监助教也很卑微，永远没有升迁的希望。可是温庭筠生在晚唐的时代，他亲身经历了晚唐社会政治上种种的灾难。在文宗太和九年（835），发生了甘露之变，皇帝要消灭宦官，这个计策败露了，满朝文武从宰相以下的几十人都被杀死了。还有，本来立的一个太子应该继承皇帝之位的，在权力斗争之中，忽然间就死了。这个太子他是正常的死亡吗？在温庭筠的诗里边，对这些政治上的事件都是有反映的。当宰相王涯全家被杀以后，温庭筠经过王涯旧日的住所，就写了哀悼王涯的诗；太子忽然间暴卒，温庭筠就写了哀悼太子的诗。当他在国子监里边当助教的时候，他的学生有人写诗写得好，反映了时代的政治，他就把这些作品都展示出来给大家看。这些行为，也许就是温庭筠仕宦不得志的真正缘由。而他在不得志之余，就只能去听歌看舞了。所以你要是全面地去看，温庭筠还真的可能是个有一份政治悲慨的人。北宋的柳永，大家也说这个人放荡不羁。他听歌看舞，天天给什么虫娘啊、酥娘啊这些歌伎们写歌辞。可是柳永也曾经在沿海管理过一个晒盐的盐场，他写过《煮海歌》。煮海，就是晒盐，盐民要把海水晒干了，经过熬煮，才能够有盐出来。而盐一直是官卖的，要经过几层剥削。盐民晒出来盐，当地的收购，一层剥削，收购了送到官府，又一层剥削。从古到今，盐民永远都是最贫苦的一群人。我在台湾住过，台湾也有盐民，有一个盐民的女孩子曾经来帮我做家里的事情，台湾

花竹有薄埃，嘉游集上才。
白蘋安石渚，红叶子云台。
朱户雀罗设，黄门驭骑来。
不知淮水浊，丹藕为谁开。

偶到乌衣巷，含情更惘然。
西州曲堤柳，东府旧池莲。
星坼悲元老，云归送墨仙。
谁知济川楫，今作野人船。

——温庭筠《题丰安里王相林亭》二首

盛产香蕉，她竟然连香蕉都没有吃过。所以说你不要认为这些个喜欢听歌看舞的人就一定都不关心国家大事了，柳永其实是很关心人民疾苦的一个人。温庭筠也是。总而言之，对温庭筠这个人我们应该从多方面来看，不能很仓促地就下一个断语。韦庄也是如此，他虽然有一个亡国的背景，但他的词其实也是写美女爱情的。所以也有人认为，“美人和泪辞”既然是写思念美人，就不会是写思念故国。但这都是很拘执、很死板的看法，思念美人就不能够跟思念故国合一吗？还不用说美人能不能代表故国，就算他所怀念的那个美人住在长安或洛阳，现在长安和洛阳都沦陷了，美人跟故国一起沦陷了，难道他不能够合起来写他的思念吗？因此我们不应该断章取义地只看外表。他们是可能真有悲慨的，而他们的这种悲慨，有的时候就被一些有心的读者看出来了。

至于李后主，他的词就不是double gender（双重性别）或double context（双重语境）的作用了，是他自己就亲自遭遇了破国亡家的不幸，所以他才写了这样的词。在我们讲义后边附录的作品里，选了两首李后主的词，先看第一首，词牌是《虞美人》：

> 春花秋月何时了，往事知多少。小楼昨夜又东风，故国不堪回首月明中。　雕栏玉砌应犹在，只是朱颜改。问君能有几多愁？恰似一江春水向东流。

我们一定要把平仄读出来，才能把带着音乐特质的诗词的美感读出来。前些时候大陆听众有人问我，说你跟谁学的这样读诗词，你的老师就这样读吗？我说，我的老师从来不这样读的。这不是学的，这只是我的感觉，我的感觉配合着诗里边的感情，配合着平仄，我以为它就应该这样读。这首词最后一句版本不同，有的是“问君能有几多愁”，有的是“问君都有几多愁”。破国亡家的人，大家都悲哀，你怎么样传达你的悲哀？所以诗词的好坏，不在于你写的是什么，而在于你怎么样去写。你看李后主怎么写的？难道他经过了很多的思考，才这样写的？不是啊，天才的诗人之所以为天才，就是他有一种本能，一种感受的本能。“春花秋月何时了，往事知多少”，真是一张大网，把古今所有人类的无常的感觉都笼罩于其中了。人世间有春来夏往，有秋收冬藏，而人生也就在这寒来暑往之间不知不觉地过去了。从1979年开始我每年从温哥华飞到中国，又从中国飞回温哥华，转眼之间，现在已经是2009年，我在南开教书已经有30年之久了。一年一年，真的是就这样过去了。我每年回到温哥华，都是满街的樱花盛开，年年看到樱花开，年年看到樱花落，转眼之间，我到温哥华多少年？我是1969年来的，现在已经是40年了。我回大陆教书也有30年之久了。每年的端午节我是在这里过的。前几天过端午节，我跟我家里住的两个留学生说我只能跟你们过端午节，中秋节我就不在这儿了，我每年中秋节都在天津跟我南开的学生一起过。这就是“春花秋月何时了”啊！那“往事知多少”呢？每年花开，每年月圆，1969年我们是全家来的加拿大，我跟我父亲跟我先生，带着我两个女儿。而现在，我的大女儿、大女婿不在了，我的父亲不在了，我的先生也不在了。在几十年“春花秋月”的来与往之中，我家里大半的人都不在了。我现在虽然单身，但是很忙，我一个人，里里外外、大大小小的事情都要自己去做的。明年，如果我再回来，还会有春花开；明年我再回到南开，也还会再有秋月圆。但就在年年的花开、年年的月圆之中，30年、40年都过去了，我现在已经80多岁了，我还能再有几个春花开、几个秋月圆？所以我才急于要把我的东西整理出来。我现在这么不辞辛苦地讲，就是希望留下一些东西给后代喜欢学中国诗词的人，让他们知道怎么样入门。“春花秋月何时了”——自其不变者而观之，年年花开，年年月圆，这是永恒的，不变的；可是

“往事知多少”——自其变者而观之，连天地都是无常的。我的大女儿去世，我写过一首诗说“门前又见樱花发，可信吾儿竟不归”，我看见我门前的樱花又开了，我怎么能相信我的女儿不会再从那个门回来了？所以你看，天地是无常的，而李后主短短的两句词，就把我们天下古今人类的所有无常的悲哀都写进去了。《金荃》《浣花》——温庭筠词、韦庄词——有这样的气象吗？而且李后主他有呼应，他不是说“春花”吗？“小楼昨夜又东风”就是春天啊。昨天晚上春风又吹回来了，我看到那树上都有含苞，都又发芽了。可是我的国呢？我的家呢？这已经是南唐亡国以后，李后主被囚禁在北宋的时候作的，所以是“故国不堪回首月明中”。他从前写的那个“晚妆初了明肌雪，春殿嫔娥鱼贯列”的南唐旧地已经景象全非。“东风”两个字呼应着“春花”，“月明”两个字呼应着“秋月”；“小楼昨夜又东风”，是再一次重复永恒；“故国不堪回首月明中”是再一次重复无常。一个永恒、一个无常，再重复一个永恒、一个无常，这种对比，就慨叹了整个人世的所有的悲哀。

晚妆初了明肌雪，春殿嫔娥鱼贯列。凤箫吹断水云间，重按霓裳歌遍彻。　临风谁更飘香屑，醉拍阑干情味切。归时休放烛花红，待放马蹄清夜月。

——李煜《玉楼春》

接下来他说，“雕栏玉砌应犹在”——我刚才没有全讲他的“晚妆初了明肌雪”的那一首《玉楼春》，那首词在后面还说：“临风谁更飘香屑，醉拍阑干情味切。”在那首词里他的每一句也都是有着呼应的。“晚妆初了明肌雪，春殿嫔娥鱼贯列”是他视觉的享受，而“临风谁更飘香屑，醉拍阑干情味切”是他嗅觉的享受。据《五代史》和《南唐书》记载，李后主很会享乐，宫中有专门管香的宫女。他有很多种香，有的是点燃在香炉里面的香，有的是可以到处去洒的香粉。所以他说，在风前是谁正洒着这香粉呢？你看，他的眼、耳、鼻、口，他全身的各种官能都在享乐之中。而且他享乐到极点，就在栏杆上打拍子，“醉拍阑干情味切”，一种完全沉醉在其中的样子。可是，那些事情现在都已经过去了，他现在已经身为北宋的阶下囚了。所以他说“雕栏玉砌应犹在”，我当年醉拍的那个栏杆应该还在吧？——其实不用说李后主被带到北方的时候他的栏杆还在，直到我七十年代后期或八十年代初期到南唐故址去游览的时候，那些栏杆也还在呢。有一个地方他们说那就是当年南唐中主的读书台，在台上我就看到了那些个“雕栏玉砌”的栏杆和台阶。那么“雕栏玉砌应犹在”，说的是什么？说的是永恒之物和不变之物。但是“只是朱颜改”，只是我李煜再也不是从前的我，我的朱颜已经变成白发了。这就是无常啊。李后主还有一首小诗里边有两句说：“风情渐老见春羞，到处芳魂感旧游。”他说我内心的那些情感随着我的年岁也老了，所以看到春天我就觉得羞愧，所谓“羞将白发对春花”嘛！“到处芳魂”，我到处看到花开，到处看到月圆，它们都使我回忆起我旧日的那种游赏的快乐。所以说，“雕栏玉砌应犹在，只是朱颜改”是又一次的永恒跟无常的对比。在这整首词中，他一共有三次永恒跟无常的对比：“春花秋月何时了”和“往事知多少”是第一次；“小楼昨夜又东风”和“故国不堪回首月明中”是第二次；“雕栏玉砌应犹在”和“只是朱颜改”是第三次。而在这种永恒跟无常的对比之后，在这今昔的、哀乐的、幸与不幸的、少年与老年的对比之后，“问君能有几多愁？恰似一江春水向东流”就综合了那么大的力量，一泻而出，真是像一江春水向东流去，永不回头了。

风情渐老见春羞，到处芳魂感旧游。
多谢长条似相识，强垂烟穗拂人头。
——李煜《赐宫人庆奴》

下面再看他的第二首小词《相见欢》：

> 林花谢了春红，太匆匆。无奈朝来寒雨晚来风。　胭脂泪，相留醉，几时重。自是人生长恨水长东。

我们说写诗写词，不在乎你所写的句子是古典的，还是通俗的。“林花谢了春红”，是非常白话的句子，但真是写得好。那“谢了”两个字，这么通俗，但这里边有多少惋惜的意思。“谢了”，不是杜甫说的“一片花飞减却春”，而是完全都凋谢了，满林的花都谢了。满林什么样的花？是春天的花，最美好的季节的花。什么颜色的花？是最鲜艳的红色的花。“林花谢了春红”，那最好的季节、最美的颜色、满林的盛装，居然一片不留地都谢了。“太匆匆”，也是非常白话的，但这三个字说得真是感慨万千：怎么这么快就什么都不存在了！其实你不用说每一年春天的来去是“太匆匆”，连人的一生你转回头一看，那也真是“太匆匆”。人，生而就要有衰老病死。哪一个人不衰老？哪一个人不死亡？这是无常的、必然的。花开了，哪个花不谢呢？花之凋谢也是一种必然。好，既然每一朵花都要凋谢，那么如果你这一棵树上的花，哪怕只开一个礼拜的七天，只要这七天给你的都是风和日丽的美好天气，那你也算是幸福无比了。但其实不是啊。人生除了无常这种悲哀之外，人生还充满着苦难，充满了挫折，是“无奈朝来寒雨晚来风”啊。它不是都是晴和美好的天气，早晨会有寒雨，晚上会有寒风。你说，早晨有寒雨就没有寒风了？晚上有寒风就没有寒雨了？不是的。中国的诗词凡是在对举的时候，朝暮的对举，就是朝朝暮暮；风雨的对举，就是雨雨风风。哪个人真是这样幸福，敢保证你一生都过的是幸福美好的日子？没有一个人可以这样保证的，只不过有的人挫折多一点，有的人挫折少一点而已。这首词写到这里，还完全说的是大自然景象的无常。后面他就把它人事化了："胭脂泪，相留醉，几时重。"每一朵红花上的雨点，都像美女的胭脂脸上的泪痕，每一朵带着雨点的花，每一个带着胭脂的泪脸，它们都留我，说你再为我喝一杯酒吧。这就是我们上次念的杜甫的诗："一片花飞减却春，风飘万点正愁人。且看欲尽花经眼，莫厌伤多酒入唇。"谁知道我明年能不能再看到这个花？所以在今天还有一点花给你看的时候，你姑且就看一看吧。今天有花你可以对它喝一杯酒，你就再喝一杯吧。因为你明年——还不是说明年，你明天再想对花喝一杯酒，可能那个花就不存在了。当然你说明年花会再开，可是明年花再开就不是今年的那个花朵了，就如同王国维的《玉楼春》词说的："君看今日树头花，不是去年枝上朵。"你永远也看不见去年枝上的那朵花了。所以这"几时重"，其实是永远不会再重了。你看他写了这么多无常的哀感和人生的苦难。人生就是生活在短暂和无常之中，而且你要经受朝朝暮暮的雨雨风风。人生有无尽的悲恨，就像流水之永远向东流。东逝水绝不会再向西流，你不能够把流水再拉回来向西。所以你看，李后主所写的，不仅不再是歌辞之词的狭隘的美女跟爱情，也超越了冯延巳那种内心的惆怅和忧患，而是把我们古今所有人类都打在这一片大网之中的无常的悲慨。这不就是"眼界始大，感慨遂深"了吗？所以我觉得王国维确实是把李后主的好处写出来了。而且王国维说他"始变伶工之词为士大夫之词"——是从李后主开始，小词才慢慢地脱离了歌辞之词的这个阶段，而走向抒情言志。也就是诗人开始用词这种体裁来写自己的悲哀，写自己的感情，把为歌女代言的歌辞，变成了自我抒情的诗歌。这是李后主的一个最大的开拓。

有纯情的诗人，也有理性的诗人——我说的这个"诗人"是广义的，也包括词人。由于我们的时间有限，不能够把每一类的诗人都讲。像李后主是属于纯情的，另外也有的诗人是理性的，他们是在节制和约束之中表现一种美的。李后主是放纵自己的感情成为美，因为他很真诚，他完全都投注在里边，很多艺术家是属于他这一类的。理性的诗人在节制和约束之中表现一种美。因为你要知道，节制和约束不只是一种礼法，节制和约束也是一种艺术。艺术不是只有任纵才是好的。李后主是属于任纵的诗人，但还有很多诗人是有节制的、有修养的、有反省的。那同样也能够成就一种美。我们现在时间还不够，以后如果有机会的话，我会介绍那些理性的诗人。其实北宋初年的晏殊就是一个理性的诗人，但是可惜我们真的时间是不够了，如果都讲的话，我们再加几个小时也不够。

下面一则词话王国维说：

> 客观之诗人，不可不多阅世。阅世愈深，则材料愈丰富，愈变化，《水浒传》《红楼梦》之作者是也。主观之诗人，不必多阅世。阅世愈浅，则性情愈真，李后主是也。

写小说你要写人间社会的形形色色的人啊，所以你如果没有丰富的现实的人生经验，你就不能写出很好的小说。但是诗人不一样，无论客观主观，只要感情是真诚的，你就可以写出很好的诗。只是客观的诗人就要像小说家那样客观地观察这个世界，阅世越深材料越丰富；主观的诗人却不必多阅世，像李后主的好处就是他有一颗没被沾染的赤子之心。这都是王国维说得相当正确的地方。

我们再看后面第十二则词话：

> 尼采谓，“一切文学，余爱以血书者”。后主之词，真所谓以血书者也。宋道君皇帝《燕山亭》词亦略似之。然道君不过自道身世之戚，后主则俨有释迦、基督担荷人类罪恶之意，其大小固不同矣。

我上次讲冯正中，举了香港的饶宗颐先生的一段话。饶宗颐先生赞美冯正中，说他的“日日花前常病酒，不辞镜里朱颜瘦”是“开济老臣”怀抱。开济老臣指的是诸葛亮，把诸葛亮叫作开济老臣出于杜甫的诗“两朝开济老臣心”。（蜀汉）先主刘备开国是诸葛亮辅佐，后主（刘禅）遇到危亡要挽救，也是诸葛亮辅佐，这是两朝开济。就好像冯正中，他的父亲辅佐南唐烈祖开国，而冯延巳又担负着挽回南唐危亡的责任，也可以说是两朝开济了。每一个人都有他的长处与他的短处，每一个人都有他正确的地方，也有他不正确的地方。在开始讲王国维的时候，我就引了陈寅恪写的王国维纪念碑的碑文，说“先生之著述，或有时而不彰”，“先生之学说，或有时而可商”，但先生追求真理的这种精神是“与天壤而同久，共三光而永光”。同样，我对饶宗颐先生非常尊敬，饶宗颐先生说冯正中是开济老臣怀抱，说“日日花前常病酒”这两句表现了这一份感情，我认为饶宗颐先生说得非常正确。这些话都见于饶宗颐先生的一本书，叫《人间词话平议》，就是评论《人间词话》这本书的。可是饶宗颐先生又说了一段话，我不大同意，这段话中就提到了王国维引尼采的这一则词话“一切文学，余爱以血书者”。饶先生说：“词中多用泪字，不用血字。”他认为王国维说的“以血书”好像真是上面都写的是血字，其实王国维不是这样的意思，王国维所说的“以血书”，是说用最真挚的感情写出来的，而不是说上面写的都是流血的事情，也不是说用血去写。所以王国维说“后主之词真所谓以血书者也”，不是说后主的词是用血来写的，也不是说后主词里的字面总是写血，而是说他的感情是真挚的，而且是一

词人者，不失其赤子之心者也。故生于深宫之中，长于妇人之手，是其为人君所短处，亦即为词人之长处。

——王国维《人间词话》评李煜

网把我们所有人的人生都打进去了。

王国维还提到了宋道君皇帝的《燕山亭》。宋朝的道君皇帝是宋徽宗赵佶，就是历史上北宋亡国时候的那个皇帝。宋徽宗的身世很像李后主，也是作为一个皇帝却很有艺术天才，也喜欢听歌看舞，也亡了国，也被俘虏了。李后主被俘虏后，写了“春花秋月何时了”，写了“自是人生长恨水长东”。宋徽宗被俘虏后也写了一首词，就是下面这首《燕山亭》，是他被带到北方去的时候经过燕山所写的：

> 裁剪冰绡，轻叠数重，淡着胭脂匀注。新样靓妆，艳溢香融，羞杀蕊珠宫女。易得凋零，更多少、无情风雨。愁苦。闲院落凄凉，几番春暮。　　凭寄离恨重重，这双燕，何曾会人言语。天遥地远，万水千山，知他故宫何处。怎不思量，除梦里、有时曾去。无据。和梦也、有时不做。

你看他还有闲情逸致呢，他说这个花开得很美丽，像是那个薄薄的、透明的、像冰一样的绡那种丝织品。把它剪裁了以后再把它重叠起来，就做成一朵花。这个绡是白色的啊，上面再染上红色，就“胭脂匀注”。花很美丽，好像是刚刚化好妆的美丽的女子，它的美色流露出来，它的香气也流露出来，就“羞煞蕊珠宫女”，花比宫女更美丽。可是这花呢，很容易就凋零了，更何况还有多少无情的风雨。所以我看到落花就很愁苦，它们被关在这个小院子里边，已经经过了“几番春暮”，被关了好多年了。你看他所写的，很琐碎，都是描摹；而李后主开口就是感情，这是完全不同的。道君皇帝后面还说了：“凭寄离恨重重，这双燕，何曾会人言语。”我要把我怀念故国的这种感情寄到我的老家去，我希望这一对燕子把我的思乡离恨能够寄回去，可是燕子哪里懂得我说的话呢？那时候北宋已经灭亡了，高宗已经南渡，所以那真是“天遥地远，万水千山，知他故宫何处”？故宫现在怎么样了，我怎能不思念呢，但是除非梦里我才能回到故国去，而这梦境是没有凭据的呀，更何况我“和梦也、有时不做”，我现在连梦都做不成了！宋徽宗他也是亡国的，他也是被俘虏的，可你看他说得这么啰里啰唆的，都是闲言闲语。而李后主一开口就把人打动了，所以这是绝对不同的。而且王国维还说：“道君不过自道身世之感。”就算他写得好，写的只是他自己的事情，而李后主则俨然像释迦佛，像基督耶稣，有担荷人类罪恶之意。很多人从表面看，说李后主本身就是罪人，还怎么能够担当人类的罪恶？这都是没有明白王国维的意思。王国维的意思是：释迦跟基督所担荷的是所有人类的罪恶，李后主所担荷的是所有人类的无常的悲苦。其实担荷不担荷也是另一个问题，他开口“春花秋月何时了。往事知多少”，就把我们所有的人间悲苦都写进去了。他是写他个人的不幸，却把天下所有的人所可能遇到的不幸都写进去了，这是李后主之所以了不起的地方。

好，接下来就是讲义的第四部分，《人间词话》论代字及隔与不隔的四则了。什么叫代字，什么叫隔与不隔呢？要了解这个，我们就必须先了解词的发展演进的整个过程，然后再举词的例证来看。我刚才说，最早温庭筠、韦庄的词是歌辞之词，到李后主他把这个词的体裁变成了抒情写志的新体诗了。所以王国维说他是“士大夫之词”。他说的不再是美女爱情的“空中语”，而是真的写他自己的感情了。可是李后主之改变是他自己要改变的吗？我们说，李后主是一个没有反省、没有理性的人。他就只是感情的投注。李后主把伶工之词变成士大夫之词，是无心之改变，或者说是无心之拓展。而且这歌辞虽然有李后主出来了，用抒情言志来写词了，但是歌辞还是歌辞，它还只是配合着音乐来歌唱的歌辞，没有人把它当作一个新的诗歌体裁来言志抒情。而你要知道，我们说小词小词，小词的篇幅本来是短小的，是小令，可是后来就有了长调。长调其实也不是后来才有的，敦煌俗曲里边就有了长调的词了。那么为什么花间和晚唐五代不写长调，只写小令呢？因为那些作者是诗人文士，有些个诗人文士不熟悉乐律，所以他们不敢填写长调，只能填小令。小令的声音跟诗比较接近，而长调的音乐就太复杂了。好，现在北宋就出来一个作者，是特别熟悉乐律的。他是谁？柳永。柳永特别熟悉音乐，柳永也写男女爱情的歌辞。柳永写了一首词叫《定风波》，也是写美女跟爱情的，但是这首词的篇幅就比小令长得多了。他说：

柳永为举子时，多游狭邪，善为歌辞。教坊乐工每得新腔，必求永为辞，始行于世，于是声传一时。余仕丹徒，尝见一西夏归朝官云："凡有井水饮处，即能歌柳词。"

——叶梦得《避暑录话》

自春来、惨绿愁红，芳心是事可可。日上花梢，莺穿柳带，犹压香衾卧。暖酥消，腻云亸。终日厌厌倦梳裹。无那。恨薄情一去，音书无个。　　早知恁么。悔当初、不把雕鞍锁。向鸡窗、只与蛮笺象管，拘束教吟课。镇相随，莫抛躲。针线闲拈伴伊坐。和我。免使年少，光阴虚过。

他说，自从春天以来，我看到绿树的叶子也觉得很悲惨，我看见红色的花朵也觉得很忧愁。为什么呢？因为我自己不快乐，我的春天的这种相思爱情的心，看什么事情都"可可"，用英文就是 so so，打不起精神来。所以春天是来了，但是我没有什么快乐，我所爱的人不在这儿。太阳老高了，已经照在花梢上了，黄莺鸟在丝带一样的柳条之中飞来飞去，但这个女子还不起床。"压"，躺在上面，在她那个芬芳的被褥上睡在那里不起床。"暖酥消"，她昨天晚上化妆涂的油都已经消失了。"腻云"，是涂过头油的像乌云一样的头发，“亸”，是都散开了。“终日厌厌倦梳裹”，“厌厌”是无精打采的，我懒得梳头，懒得打扮。为什么呢？“无那”，无可奈何。“恨薄情一去”，那个没有良心的薄情男子，他一走不用说不回来，连个信都没有了，是“音书无个”。所以她说“早知恁么”，我要是早知这个男子这么没有良心，“悔当初、不把雕鞍锁”，我就后悔当初没把他的马鞍锁住不让他走啊。把他锁住干什么呢？“向鸡窗”，就让他在窗子前面用功读书。窗前就窗前好了，什么是鸡窗？有人以为是早晨鸡鸣天亮了所以叫鸡窗，其实不然。中国古代有个神话传说，说是有一个书生非常用功，每天在窗前背书，他们家养了只鸡，这个鸡每天在窗台上就隔着窗看着他念书，听得天长日久了，这鸡也会念书了，他在里面念，鸡在外面念，所以叫鸡窗。鸡窗就是书窗。这女子说，我要是早知道这个男子走了就没消息，我就在他读书的书窗那里“只与蛮笺象管”，我就给他漂亮的纸，给他贵重的笔，“拘束教吟课”。我就把他管在那里，每天只能在书窗下读书写字。我把男子拘在那里读书写字，那么我呢？她说我就“镇相随，莫抛躲”，我就跟他在一起，不让他离开我。那我不会念书，我做什么呢？是“针线闲拈伴伊坐”，我就做个样子，拿一块布，拿个针线，但是“闲拈”，我不是真的在做什么东西，我只是无聊地拿一根针拿一根线在这里伴着他，让他跟我整天在一起。“免使年少，光阴虚过”，就不要让我们宝贵的少年光阴白白地过去了。这是相思怀念的一首词。这首词没有什么深意，因为他写得非常明白，就没有余味。这个长调的词，你用大白话说出来了，一览无余，就没有什么意思了。而且你要知道，他上半首所写的跟温庭筠那首《菩萨蛮》上半首所写的其实是很相似的感觉。温庭筠说“小山重叠金明灭，鬓云欲度香腮雪。懒起画蛾眉，弄妆梳洗迟”。柳永说“暖酥消，腻云亸。终日厌厌倦梳裹”。什么是“终日厌厌倦梳裹”？就是“懒起画蛾眉”嘛！可是你看人家温庭筠“懒起画蛾眉”这五个字可以让人想象出很丰富的文化语码，而柳永这一首词就没有这么丰富的意思了。所以你现在就发现一个问题，这小令可以变成长调，可是小令一变长调以后就怎么样呢？就失去了余味，让人一览无余，于是就不像小令那样能够给读者留下比较丰富的想象的余地了。

那么现在我就要提到苏东坡了。你想苏东坡这样一个胸襟豪放的、有才华的作者，和柳永比一比，那柳永真是无聊。苏东坡早年的时候，人家根本就不写词。他远从四川的眉山到首都汴京去赶考，那时候汴京的大街小巷到处都唱柳永的词，可是东坡不写词。东坡写什么呢？他写《上皇帝书》，他写的都是政治的理想，都是关于治国平天下的事情。可是，等到有一天皇帝不用他了，王安石变法时他跟王安石论政不合，就被从首都赶出来到杭州做了个很卑微的小官——杭州通判。做了杭州通判以后闲着无事啊，就可以写一写词了。所以苏东坡是离开首都到杭州来以后，政治上不得意，才开始写的词。而首都新派的变法的那些人呢，说这个苏东坡我们要把他赶出去，没想到赶他到那么好的一个地方，一天到晚游山玩水，不能让他在那儿待着，再把他赶走。所以就从杭州把他又赶到密州去了。密州是很荒凉的地方，可是苏东坡这个人胸襟有浩然之气，是很放旷、很达观的一个人。他说杭州当然好，密州也不错啊。于是这伙人说，把他再赶走。就又把他赶到湖州去了。古代你接受皇帝的委命，让你到哪里去，都要写一个谢表。苏东坡写谢表他写什么呢？他说“臣愚不识时，难以追陪新进”，“老不生事，或可牧养小民”。说我这个人太傻了，不识时务啊，这些新党变法的人，我跟他们走不到一块儿；但是我这人已经岁数大了，不会惹是生非了，所以或者可以管些小老百姓吧。这是谢表。新党在朝廷里边一看，这是苏东坡在发牢骚嘛。这不是说跟我们不和，在批评我们吗？于是他们就说苏东坡不但这篇谢表是在讥评时政，苏东坡向来写诗写词也都是讥评时政的。有何证据呢？他们就说苏东坡写了一首咏桧的诗，桧是一种松树一类的常青植物，苏东坡咏桧的时候就说：“根到九泉无曲处，此心唯有蛰龙知。”植物学上说，如果一种树在地上边的树干都是直的，那么它底下的根也是直的；如果上面的树干都是横着长的，它的根也是横着长的。苏东坡说桧这种树，它的根一直到最深的地下都是直的，都没有弯曲。可是你在地下，谁知道你是直的还是弯的？所以“此心”，这个正直的心啊，只有地下的蛰龙才知道。这就不得了啦：古代皇帝是真龙在天，你说地下还有一条龙那还得了，这有反叛朝廷的意思啊！这文字狱是历朝都有的，他们搜集了苏东坡很多的诗，就给他定了罪，把他捉拿了，关到御史台的监狱。这些新党的人想要把他置之死地，就跟皇帝说，苏东坡毁谤朝廷，有叛乱之心——这当然是死罪。幸亏当时的神宗皇帝还是很明白的，皇帝说，他咏的是一棵树嘛，与我有什么关系？而且诸葛亮不是也自称卧龙先生吗，难道诸葛亮也要篡夺蜀汉？所以就没有定他的死罪，而是把他贬到黄州去了。而东坡的词，就是在他被从御史台监狱放出来贬到黄州以后，才有了大的进步。由此可见，人不要害怕挫折苦难，在挫折苦难之中你的人生才有了深度。现在大家都念的苏东坡的“大江东去”，是在哪里写的？在黄州写的，从监狱里出来写的。苏东坡还有一首《水龙吟》“似花还似非花”在哪里写的？也是在黄州写的。他有很多首好词都是被贬黄州以后写的。不过我们说苏东坡要改变词的作风，他是从什么时候改变的？那是在密州的时候，他写了一首小词《密州出猎》，这个词的牌调叫《江城子》：“老夫聊发少年狂。左牵黄，右擎苍。锦帽貂裘，千骑卷平冈。为报倾城随太守，亲射虎，看孙郎。”这是词的上半首。他说我这四五十岁的老人哪，现在忽然间有了少年的豪兴。怎么样？就出去打猎。左手牵一条黄狗，右手的手臂上架着一头苍鹰，头上戴着锦帽，身上穿着貂皮的皮袄，带着许多人马，从山冈上像一阵风一样地卷过去。他说你们去告诉密州所有的老百姓，让他们今天都跟我出来看我打猎，我要像当年的孙郎一样，亲自射中一只老虎。大陆上有人讲这首词，说苏东坡打猎要带一个美女出去。没有这回事，“倾城”虽然可以形容美女，可是他现在说的是满城的老百姓。他说我是当地的长官，我去打猎了，你们老百姓就跟我来看我射虎吧。苏东坡写了这首词以后自己很得意，因为小词里边都是写美女跟爱情的，哪里有人写过打猎射老虎？他就给他的朋友鲜于子骏写了一封信，说：“近却颇作小词，虽无柳七郎风味，亦自是一家。”他说我近来也常常写一些小词，我虽然写得不像柳七郎——柳永排行第七，所以叫柳七郎——虽然没有柳七郎的风味，但是我也有我的风格。因此我们可以说苏东坡是有意要改变词风的。他写的是“诗化之词”，是写诗人自己的感情，不再写美女跟爱情了。我常常说诗有诗的美感，词有词的美感。《江城子》这首词可以说是一首好的作品，有诗的美感，但是就词而言，它不是一首有词之美感的好词。诗是很直接的，“情动于中而形于言”。可是词呢，要在言外还引起读者很丰富的联想，那才是好词。

（苏）子瞻在玉堂日，有幕士善歌，因问：“我词何如柳七？”对曰：“柳郎中词，只合十七八女郎执红牙板，歌杨柳外晓风残月。学士词须关西大汉铜琵琶、铁绰板唱大江东去。”东坡为之绝倒。

——《吹剑录》

现在我还要说，苏东坡虽然说他自己没有柳七郎的风味，好像他要跟柳永对立似的。可是宋人笔记上还记载着，他也赞美柳永。柳永有一首词《八声甘州》：“对潇潇暮雨洒江天，一番洗清秋。正霜风凄紧，关河冷落，残照当楼。”这首词里面的“正霜风凄紧，关河冷落，残照当楼”，苏东坡就赞美了，说这几句话“高处不减唐人”。这几句话写得意象高远，有唐诗的风味。唐诗有什么好？严沧浪最赞美盛唐的诗歌，说盛唐的诗歌有“兴趣”。盛唐诗的美感是兴象高远，兴就是感发，就是说有具象的景物，而且这个形象充满了感发的力量。“峨眉山月半轮秋，影入平羌江水流。”谁的诗？李太白的诗。还有盛唐人一些个写战场的诗：“琵琶起舞换新声，总是关山离别情。撩乱边愁听不尽，高高秋月照长城。”“青海长云暗雪山，孤城遥望玉门关。黄沙百战穿金甲，不破楼兰誓不还。”那都是写形象，写得非常高远，充满了一种气势，这就是盛唐诗。苏东坡赞美柳永的《八声甘州》写景物写得真切高远，里边充满了感发的力量。所以说，柳永是有好词的。当然苏东坡有赞美柳永的一面，也有鄙薄柳永的一面。而他自己有意就是要把词用来写自己的心意跟感情，而不是写成给歌女去唱的“空中语”。那么苏东坡这样写了以后，是成功了还是失败了呢？苏东坡这样变化以后，有成功的词也有失败的词。在看他成功的词以前，我们先看他一首失败的词。这是他的一首《满庭芳》：

> 盛唐诸人惟在兴趣，羚羊挂角，无迹可求。故其妙处，透彻玲珑，不可凑泊，如空中之音、相中之色、水中之月、镜中之象，言有尽而意无穷。
>
> ——严羽《沧浪诗话》

> 蜗角虚名，蝇头微利，算来着甚干忙。事皆前定，谁弱又谁强。且趁闲身未老，尽放我、些子疏狂。百年里，浑教是醉，三万六千场。　　思量。能几许，忧愁风雨，一半相妨。又何须、抵死说短论长。幸对清风皓月，苔茵展、云幕高张。江南好，千钟美酒，一曲满庭芳。

这首词完全就是平铺直叙的，没有含蓄蕴藉的深意。他说，功名算什么，功名就跟蜗牛角上的小国之争一样——这是庄子说的，说蜗牛的两只角上各有

> 这首词既没有词的深远曲折、耐人寻绎的美感特质，同时，因语言多是四个字一顿，也没有诗歌那种奔腾的直接感发的力量。两头落空，因而是诗化之词中的失败之作。

一个小国，而这两个小国还要打仗争地盘。苏东坡说我们争名夺利的争夺就跟蜗牛角上的两个小国打仗一样。我们要贪财谋利益，但那点儿利益在高远的人看起来就跟苍蝇头那么微小。“算来着甚干忙”,“干忙”就是白忙。你白忙什么，有什么值得你忙呢？“事皆前定，谁弱又谁强”，什么都有命运注定的，谁算弱的谁是强的？我们“且趁闲身未老”，还是趁现在有清闲，也还没有衰老，放任一些吧，过一些个狂放的生活吧。如果我们每天都喝醉一场，一年有三百六十天，人生百年就可醉三万六千场啊。“思量”是想一想，想一想人能活多大岁数？何况这一辈子还要忧愁风雨，一半都是不幸福的日子，你还跟人家争论些什么长短是非啊！如果今天有清风，有明月，青草地像一片锦褥铺展着，天上的云彩，像白云一样给你搭起帐幕，你就在这个帐幕之间，睡在青草地上，喝上千钟美酒，唱上一曲《满庭芳》吧。

这实在不是什么好的词。没有深刻的思想，没有充沛的感情，他就空口这样说，把话都说尽了。所以你就知道，诗化的词有时候是失败的。可是难道苏东坡写的诗化的词都是失败的？不是的，苏东坡还写了许多诗化的好词呢。他有一首《八声甘州》就是非常好的一首诗化的词。我们说词有的时候是豪放的，有的时候是蕴藉含蓄的，而苏东坡的《八声甘州》是豪放之中有蕴藉，所以我说它是非常好的一首词。当然你要先知道《八声甘州》是什么时候写的，给谁写的。他有一个题目是“寄参寥子”。参寥子是个老和尚，是苏东坡的好朋友。苏东坡在写这首词的时候已经是元祐四年了（1089)，他已经经历了很多政治上的变化。最早是仁宗时代考上科举，后来经过了神宗时代的变法，后来是哲宗即位高太后用事的时代。等到高太后死了，哲宗自己用事了，苏东坡就又被贬放。开始本来是新党的人排斥他，在元祐年间，高太后用事，把新党的人贬出去，把旧党的人都召回来了。旧党召回来以后，当宰相的就是司马光，司马光我们管他叫司马温公，王安石我们管他叫王荆公。苏东坡这个人之所以了不起，因为他真是正直的人。他不是说我如果是新党的，你们旧党的就都是坏人，凡是旧党管他对错好坏我都排斥；如果我是旧党的人则凡是新党就是坏的，不管是对是错，我也一概排斥。这都是意气用事。苏东坡不是，苏东坡是就事论事：对百姓有利的政策我就赞成，对百姓不利的政策我就反对。所以他在新党的时候，跟新党论政不合；但是等旧党司马光一上台，把新党统统都贬出去，那苏东坡就说，人家新党也有好的嘛，所以他又和司马光论政不合，于是就又把他外放。苏东坡实事求是而且敢言，只要把他召回到朝廷，他认为是对的就说对，认为是错的就说错，心中没有党派之分，也不因明哲保身而缄口不言。这是苏东坡之所以了不起的地方。那么在旧党当政的时候他也被贬出去了，又被贬到杭州，但这次是做杭州太守。杭州有一个老和尚叫参寥子，跟他是好朋友，也是个会作诗的人。后来朝廷又要把他叫回去，还让他回朝廷做官。他在离开杭州的时候，就写了寄参寥子的这首《八声甘州》：

> 有情风、万里卷潮来，无情送潮归。问钱塘江上，西兴浦口，几度斜晖。不用思量今古，俯仰昔人非。谁似东坡老，白首忘机。　　记取西湖西畔，正春山好处，空翠烟霏。算诗人相得，如我与君稀。约他年、东还海道，愿谢公、雅志莫相违。西州路，不应回首，为我沾衣。

杭州在钱塘江畔，每年八月有钱塘江潮。“有情风万里卷潮来”，你看那随着风涨起来的钱塘江潮，远远的一条白线从天边慢慢慢慢进来就变成这么高的浪头了。但潮退的时候呢？王国维的《蝶恋花》词说的，“辛苦钱塘江上水，日日西流，日日东趋海”，潮总是要退的，如果潮来是有情，那么潮退就是无情。眼前的钱塘江潮是如此，人世间的什么事情不是如此呢？一下这个上台了，一下那个下台了，一下这个成功了，一下那个失败了。“问钱塘江上，西兴浦口，几度斜晖。”你问一问，就在钱塘江上，在西兴浦那个观潮的地方，多少次日出日落，观潮的人群不变，可是潮水的盛衰兴亡经过了多少次！你“不用思量今古”，还不用说从古到今，这钱塘江的潮起潮落看过多少兴衰，仅只我苏东坡在“俯仰”之间就“昔人非”。在我一低头一抬头之间，就有多少人事都改变了。新党上台把旧党都贬出去，旧党上台把新党都贬出去，新党又回来又把旧党都贬出去了。经过新旧党争的几次起伏，政坛上那真是“俯仰昔人非”啊。苏东坡自己也历尽了起伏，受尽了打击，可是他说：“谁似东坡老，白首忘机。”我头发白了，但我始终没有那种算计的心。你说怎样升官发财呀，怎样把谁抬起把谁打倒啊，我从来就没有过那种心机。他说，我现在要离开杭州了，我希望我的好朋友参寥子你记住，“记取西湖西畔，正春山好处，空翠烟霏”。就是在西湖边上，山上一片空蒙的绿色烟霭霏微，在这么美丽的春天，在这么美丽的杭州，在这么美丽的西湖，有过你和我两个好朋友。你也喜欢诗，我也喜欢诗啊，“算诗人相得，如我与君稀”。人生得一知己死而无憾，普通人得一个好朋友都是难得的，何况我们两个都是诗人呢。我不愿意跟你离开，所以我跟你定个约会：将来有一年，我要从汴京的首都坐着船再回到杭州来。“东还海道”——在古代有一个人有过同样的志愿，那就是东晋的谢安。谢安本来隐居在浙江的东山不肯出山，后来东晋很危险的

这首词虽然改变了歌辞之词中女性叙写的内容，却保留了歌辞之词所形成的多重意蕴的美学特质；不仅写出了今古盛衰之概、生死离别之悲，也写出了苏轼对政海波澜的忧畏，体现了诗作为开阔博大的言志文学的美感。东坡用世之志意与超然之襟怀，以及词之幽微要眇的特美，都得以展现，因而这首词是诗化之词的上乘之作。

时候，朝廷请他出来做宰相，谢安就出来了，淝水之战打败了前秦苻坚，保住了东晋的平安。可是谢安功高震主，朝廷上对他很猜忌，于是谢安就离开了首都。离开首都以后，本来他造了泛海之装，就是做了乘船的准备，打算将来从海道坐船回到浙江的东山去。可是还没有动身谢安就生病了，就被抬回到首都，然后就死了。当他被抬回到首都去的时候，是从建康的西州门进去的，所以他的外甥羊昙从此就“行不由西州路”，再也不肯从西州路走过了。但有一天羊昙喝酒喝醉了，忽然间走到那里，一看到那是西州路，他就痛哭流涕而返。这是“西州路”的典故。那么苏东坡呢，他跟参寥子订了个约会，说将来有一天我要从首都坐着船回到杭州来找你，我像谢安一样有这么一个愿望要回到江南来。我希望我不会失落这个愿望，不会像谢安那样死在首都，那么你将来经过旧地的时候，也就不会像羊昙一样，想到跟我的约会，想到我之不能回来而为我流下眼泪。

这一首词，开头写得如此之开阔博大，而下半首却写得如此之低回婉转，有这么多忧危虑患的感情不敢说出来。为什么忧危虑患？因为我苏东坡不是一个苟且敷衍的人，不是一个迎合当道的人。我以前曾经因此被关到监狱的死牢里边，我未来会遭遇什么我不知道，我能不能够回来我也不知道。而朝廷的首都为什么有这么多的危险和灾难，他有多少对国家的忧虑、对党争的感慨，都没有说出来，但是在他那开阔豪放的风格之中却有一种幽微婉转的深意藏在里边。这是苏东坡的诗化之词中的好的作品。

不过，词的演化并没有停留在这里。下一次我们要讲南宋的词，我们管那个叫作赋化之词。

（任德魁整理）

第七讲

本讲涉及词话

太白纯以气象胜。“西风残照，汉家陵阙”，寥寥八字，遂关千古登临之口。后世唯范文正之《渔家傲》、夏英公之《喜迁莺》，差足继武，然气象已不逮矣。

词之雅郑，在神不在貌。永叔、少游虽作艳语，终有品格。方之美成，便有淑女与倡伎之别。

东坡之词旷，稼轩之词豪。无二人之胸襟而学其词，犹东施之效捧心也。

读东坡、稼轩词，须观其雅量高致，有伯夷、柳下惠之风。

诗人对宇宙人生，须入乎其内，又须出乎其外。入乎其内，故能写之；出乎其外，故能观之。入乎其内，故有生气；出乎其外，故有高致。美成能入而不能出，白石以降，于此二事皆未梦见。

固哉，皋文之为词也。飞卿《菩萨蛮》、永叔《蝶恋花》、子瞻《卜算子》，皆兴到之作，有何命意？皆被皋文深文罗织。

词以境界为最上。有境界，则自成高格，自有名句。

上一次我讲了词从晚唐五代的“歌辞之词”到北宋演变为“诗化之词”，还讲了苏东坡的一首写得很好的诗化之词《八声甘州》。为什么歌辞之词会演变成诗化之词呢？那是由于词到柳永开始写长调的缘故。因为温庭筠他们写的是小令，小令比较容易写得含蓄蕴藉。到了柳永他写长调，长调的篇幅较长，就比较容易说尽，比较容易失去词的言外意蕴的那种美感。我提到温词的“小山重叠”和柳词的“暖酥消，腻云亸”，都是写一个女子懒梳妆，但温庭筠用了“画蛾眉”“懒起画蛾眉”等中国传统文化的语码，引起读者丰富的联想；可是到了柳永的《定风波》，他说“日上花梢，莺穿柳带，犹压香衾卧。暖酥消，腻云亸。终日厌厌倦梳裹”，就完全没有丰富的言外意思留给读者去体会了，就完全变成一个女子早上懒得起床、懒得化妆的形容和描写了。上次我还举了苏东坡的一首坏词《满庭芳》，也是由于说得很直白，就没有什么深厚的意思。那么为什么词这种文学体式需要有言外的深厚意思呢？我们知道诗歌的形式，五个字一句或者是七个字一句，它有一个固定的韵律，许多感发的作用可以从声音里边传达出来。可是词这种文学形式就变成长短句了，里面有很多四个字或者六个字的句子，在这种情形之下，就缺少一种声音的气势。所以我在参考材料里边

从宋代《草堂诗余》开始，历代词选、词谱往往依据词的字数把词调分为小令、中调、长调三类：58字以内为小令，自59字始至90字为中调，91字以外为长调。这种分法虽嫌机械与绝对，但大致能体现小令、中调、长调的篇幅特点。

选了一段《古今词论》所引的毛先舒的话，他说：

> 填词长调，不下于诗之歌行。长篇歌行，犹可使气，长调使气，便非本色。高手当以情致见佳。盖歌行如骏马蓦坡，可以一往称快。长调如娇女步春，旁去扶持，独行芳径，徙倚而前，一步一态，一态一变，虽有强力健足，无所用之。

长调因为它很长，跟诗里边的长篇歌行一样，像白居易的《长恨歌》《琵琶行》，像李太白的《蜀道难》《将进酒》，那些长篇的歌行，是可以使气的。所谓“气”，其实就是诗歌的节奏，不讲内容也不讲情感,完全是声音的直接感动。李太白的《将进酒》“君不见黄河之水天上来，奔流到海不复回。君不见高堂明镜悲白发，朝如青丝暮成雪。人生得意须尽欢，莫使金樽空对月”，其实并没有太丰富的内容，也没有很多言外的意思，但它使你觉得有一种滔滔滚滚的气势，那是它声吻的节奏形成的，“声”是声调，“吻”是口吻。这声吻，就造成了诗的气势。可是词是长短句，长短句和散文差不多，它就没有了诗的节奏所造成的那种滔滔滚滚的气势。小词不都是七言或五言，它有四个字一句的、两个字一句的、六个字一句的那种双式的句子，而双式的句子不能够造成气势。所以好的词人写长调，不能够像写诗那样使气，而要以“情致”来表现他的好处。“致”就是一种姿态，“情致”就是你的感情和情意的一种姿态。人平时只能看到具体的姿态，比如说手足的姿态、四肢的姿态。感情是抽象的，谁能看得到感情

> 太白纯以气象胜。“西风残照，汉家陵阙”，寥寥八字，遂关千古登临之口。后世唯范文正之《渔家傲》、夏英公之《喜迁莺》，差足继武，然气象已不逮矣。
>
> ——《人间词话》上卷第一〇则

是一种什么样的姿态？但是毛先舒说词就是要把你的感情、意志，造成一种姿态才好。他说因为歌行如同“骏马蓦坡”，如同一匹很好的马从一个山坡上跑下来，它滔滔滚滚一往无前地就这么跑下来了，你就看到了它的那种气势。长篇的歌行，像“黄河之水天上来”就是如此。可是词的长调，它四个字一停，两个字一停，六个字一停，都是二、二、二的节奏，就好像一个娇柔的女子春天出来散步，旁边也没有人扶持，她一个人在美丽的有花草的小路上行走，要“徙倚而前”。“徙”就是迁徙、移动，“倚”就是要停下来，靠在一个什么东西旁边歇一歇。她要走一走，停一停。就是说，词的声调不是滔滔滚滚的，而是如同美女行走，每走一步都要表现出一种姿态，而且每一个姿态和前一个姿态都是有变化的。这样，你“虽有强力健足，无所用之”。虽然你有诗人的滔滔滚滚的气势，但是你使不上力气，因为它的形式就不让你滔滔滚滚一往无前，而是常常要停下来的。

在长调里边，如果你没有含蓄，那么写柔婉的词，就会像柳永，什么“日上花梢，莺穿柳带”了，什么“终日厌厌倦梳裹”了，就只是平铺直叙地写一个美女，读起来就没有什么深远的意思了。苏东坡的《八声甘州》之所以好，因为它里边有很深层的意思，可是苏东坡还有一首《满庭芳》，我们上次看过的，他说：“蜗角虚名，蝇头微利，算来着甚干忙。”你每天追求名利，那名利算什么？就如同蜗牛角这么渺小，就好像苍蝇头那么渺小。全首词完全是大白话，完全没有言外的意思。那就不好了。在历史上词的演化中，从唐五代的小令到柳永有了长调，柳永的长调也还像小令那样写美女跟爱情，可是柳永长调写美女跟爱情就变成浅俗了。那苏东坡看到柳永这样的词很浅俗，所以苏东坡在词里边就不再写美女跟爱情，而直抒他自己的怀抱，写他的理想，写他的人生感慨。他写出来的《八声甘州》之所以好，是因为他有很多感慨在里边。新党的时候他被贬出来了，旧党上台的时候他又被召回去了，以苏东坡的个性，以他的理想，他只要回到朝廷，看到朝廷政治有错误时，他就一定要说话的。所以他不知道这一次回去会遭遇到什么样的灾祸。因此他给他的好朋友参寥子写了这首《八声甘州》说：“记取西湖西畔，正春山好处，空翠烟霏。算诗人相得，如我与君稀。约他年、东还海道，愿谢公、雅志莫相违。”他都是很含蓄地说的。他说我们在西湖曾经有过这么美好的一段生活，风景是这样美，人生有一个知己就是幸福的，何况我们两个都是诗人，我们这种遇合真是千古难得。有这么好的遇合，所以我和你约定，将来我一定要像当年东晋的谢安那样“东还海道”，我要坐着船从首都汴京再回到杭州西湖来，我希望我的志向不要像当年谢安那样落空。我也希望将来你不会像谢安的外甥一样，走在首都的西州路上，想到谢安死去，再也不会回来了，就流下泪来。我希望你将来不会因为我死了而为我流泪。东坡的这首词，他的感情不是直接的，而是婉转低回的，他有许多要说的话。他此去回到朝廷，在党争之中，他不知道会不会遭到什么灾祸，不知道他将来的愿望能不能够达成。有这样深厚的意思才是好的词，而东坡之所以有这样深厚的意思，那是因为以苏东坡的为人，他有理想，有志意，有才华。他自己真正的生活、真正的感情、真正的理想志意，本来在他的心灵之中就是这样缠绵往复、低回婉转的，就是有这么多忧患苦难不能说出来的。由于他的本质是如此，所以才能够写出这样的词来。一般的作者，如果没有这样深厚的修养，没有这么高远的理想，没有经过这么多挫折苦难的遭遇，又是用大白话直接写下来，你就不会写得这么深厚了。

在这种情形之下写豪放的词，除了苏东坡以外，还有一个人是写得最好的，那就是辛弃疾。但是我们连一首辛稼轩的词都没有讲，因为稼轩词要有整个的历史背景，不讲他的历史背景，不讲他的生活遭遇，很难把稼轩的每一首词讲好。如果我们将来还有机会的话，我们可以用一系列的时间——至少是五次——来讲稼轩词，才能够把稼轩词讲得彻底，所以这次我根本就不讲。辛稼轩是一个非常丰富的人，一次讲座根本就不能把辛稼轩说完全。在豪放的词人里边，一个是苏东坡，一个就是辛稼轩，只有他们两个人在豪放之中不是空口说大话，而是有许多低回婉转，有许多挫折生活的背景隐藏在里边，所以能把豪放词写得很好。一般的人没有苏东坡跟辛弃疾的理想，没有他们的遭遇，没有他们的生活，只是在表面上做出一个豪放的样子而已。比如，当“文化大革命”刚过去的时候，有人写了一首词，开头两句是：“大快人心事，揪出四人帮。”他说得不错，我们也同意揪出四人帮是大快人心的。但“大快人心事，揪出四人帮”跟喊口号一样，那就不能叫作词了。所以词这个东西不能赶时髦，不能追风气。现在大陆有很多写新诗写朦胧诗的作者，台湾有写现代诗的作者，他们都写得很好。但其实在大陆上更流行的是中国旧诗词。每一省、每一市都有诗词学会，大家都写诗词，而且以写得多为好。前几天，两个小朋友在这里，说她们的母亲每天都要她们写一首诗，我问她们，你们写的诗自己都记得吗？她们说不记得。我说那你们就是被逼出来的，这样的诗不是真正有一个生活内容的背景，缺乏自己真正的感发。像苏东坡的“约他年、东还海道，愿谢公、雅志莫相违。西州路，不应回首，为我沾衣”，有多少悲哀感慨挫折苦难才能写出来，那是何等难得的一个场合，何等难以预期难以再见的一个离别！倘若你写出这样的词，你不会忘记的。现在很多人没有很丰富的感情，找个题目就来作诗。国家发生什么事情，比如说人造卫星上天了，赶快写一首诗来庆

东坡之词旷，稼轩之词豪。无二人之胸襟而学其词，犹东施之效捧心也。

读东坡、稼轩词，须观其雅量高致，有伯夷、柳下惠之风。

——《人间词话》上卷第四四、四五则

祝，大家就纷纷都来写这个题目。其实如果你是一个制造人造卫星的科研工作者，你经过了多少科学实验的艰苦工作，今天终于发射上去了，你如果在词里边把这所有的经历、所有的挫折、所有的感受都能够蕴藏在里边，它就会是一首好的词。你什么都没有，只因为这是应该歌颂的，就你也歌颂，他也歌颂，报纸上千篇一律，都歌颂卫星上天，这样不会有好词的。

那么，现在一般人，就是说没有像苏东坡辛弃疾这样的遭遇身世、理想抱负的人，但是他也要写词，怎么办呢？有一个办法，那就是用人工。你不要一口气就是“大快人心事，揪出四人帮”，不要这样直说，你要把它写得含蓄一点，写得隐藏一点，制造出来一种深度。本来没有深度，但是你给他拐一个弯儿，造出一种曲折的深度来。这就是后来为什么有了周邦彦的词。我这样说，好像是对周邦彦不尊敬。其实在《人间词话》里边王国维对于周邦彦也并不十分尊敬。他曾说周邦彦这个人没有品格，没有气骨，说他的词和欧阳修的词比起来有淑女和娼妓之别。可是王国维写完《人间词话》以后，过了几年又写了一本书叫《清真先生遗事》。“清真”就是周邦彦的号，他又写了一本书，讲周邦彦的，在这本书里他说，要在宋代词坛中找出一个像杜甫一样集大成的人，“非先生”莫属，除了周邦彦，没有人能担当得起。他终于承认周邦彦是有其成就的。那么周邦彦的成就在哪里呢？我认为周邦彦在词的演变中又开出一条新的路子来。就是说如果你没有苏东坡、辛弃疾那种深厚的修养和曲折的身世，而你还想写出好的词来，

> 永叔（欧阳修）、少游（秦观）虽作艳语，终有品格。方之美成（周邦彦），便有淑女与倡伎之别。
>
> 美成深远之致不及欧、秦，唯言情体物，穷极工巧，故不失为一流之作者。但恨创调之才多，创意之才少耳。
>
> ——《人间词话》上卷第三二、三三则

那么你可以从姿态上把词作得更有深度。要知道周邦彦是懂得音律的，很多新的曲调是周邦彦自己创造出来的。而他创造曲调的时候就有一个特色，他喜欢从音乐上制造繁难曲折。所以周邦彦的曲子常常有“犯调”。什么叫“犯调”？犯调不是单纯的一个调子，而是这个调犯那个调。就是说，前边可能是A调，后边变成C调，再后边又变成G调了。他不但在曲的音乐上制造曲折，他也在词的平仄声调上制造曲折。“平平仄仄平平仄，仄仄平平仄仄平”，那是一般格律诗的寻常格式，因为这种格式适合我们平时一般的声气口吻，平仄的组合都很顺口，一顺口就唱出来了。周邦彦则不然，他有意地要给你制造困难。他不让你“仄仄平平仄”，偏让你“仄仄仄，仄仄仄”。他知道他的感情内容比较缺乏深度，如果让它们放开去这么一跑，就肤浅了。所以他不让它跑，他让它走几步就把它拉回来，再走几步又把它拉回来。怎样把它拉回来呢？就是叙述的口气不要直说，声调上也不要“仄仄平平仄，平平仄仄平”这样的顺畅。他是“仄仄仄，仄仄仄”、“仄平仄，平仄平”，总要转一下子，给你做出很多姿态。怎见得？所以我们今天就要讲一讲这一类的词了，那就是周邦彦的一首《兰陵王》。

> 先生之词，文字之外，须兼味其音律……今其声虽亡，读其词者，犹觉拗怒之中自饶和婉，曼声促节，繁会相宣，清浊抑扬，辘轳交往，两宋之间，一人而已。
>
> ——王国维《清真先生遗事》

周邦彦是江南钱塘人，当北宋神宗变法的时候有一条新法是扩充太学，就是朝廷的国立大学要扩大招生。周邦彦就是趁着太学扩大招生的机会来到首都开封，做了太学的学生。所以他实际上是神宗变法的受益者，也就是得到了变法好处的人。那时候周邦彦急于成名，考上之后就献给皇帝一篇赋叫作《汴都赋》。“汴”就是开封，那是当年北宋的首都，他就写了一篇赋赞美北宋的这个都城。中国的赋里边有一种题材，是专门赞美当时的大都城的，其中有名的像左思的《三都赋》、张衡的《两京赋》，那都是赞美朝廷，说首都的地理形势怎么好，建设怎么好，政治怎么好，都是歌颂赞美的。凡是写都城的赋，都是属于赞美的，周邦彦是变法的受益者，所以他赞美新法，说首都现在如何好，新法怎样成功。皇帝一看高兴啊，说这都是赞美我的嘛，赞美我的政治，赞美我的都城，于是就给他升官。周邦彦本来是大学的学生——太学生，皇帝下了一个命令，给他升了官，"命为太学正"，就做了学生的领导了。

可是你要知道，这政治就是一个大海，它波澜起伏。周邦彦做了太学正没几年，神宗就死了。继位的新皇帝是哲宗，哲宗很小，还不过 10 岁，所以太皇太后用事。这位太皇太后就是哲宗的祖母、神宗的母亲高太后。老人家一般都不喜欢改变的，所以高太后一当朝，就把新党的人都解除职位，把当年被新党赶出去的旧党的人一个一个都召回来了。周邦彦是新党的时候做的太学正，算是新党，所以他就被赶出去了，赶到溧水等地方去做一些小官。可是后来高太后死了，哲宗当朝执政的时候，年轻的人当然喜欢革新的，他就把旧党的人都赶出去了，把新党的人又都召回来。那么周邦彦是太皇太后重用旧党的时候赶出去的，现在当然就把他召回来了。哲宗就问他，我听说你从前写过一篇赞美新法的《汴都赋》，你能背给我听一听吗？本来周邦彦如果还像从前一样追求功名利禄，说不定他会再有一个机会升官的。可是这个时候周邦彦的态度改变了，他不再像从前那么喜欢出风头了。他变得不爱说话，很沉默，像什么样子？楼钥的《清真先生文集序》说他"人望之如木鸡"，呆头呆脑的样子像木头做的鸡；而且他还"自以为喜"，认为这样很好。为什么会如此？因为周邦彦这个人他经过了政治的波澜，他知道少说话为妙。要是万一哲宗当政当几年又有改变呢？所以不要多说话惹祸。这就是中国古人所说的"明哲保身"了。

后来到徽宗的时候成立了大晟府，大晟府是一个管理音乐的官署，那么周邦彦是个懂得音乐的人，就派他提举大晟府。周邦彦写过一首词，牌调叫《六丑》，是他自己创作的一个新的曲调。人家就问他了，你的曲调叫什么不好听，干吗叫“六丑”呢？周邦彦说我是在这一首词的曲子里边变了六个声调，即所谓犯调，就是A调犯B调，B调犯C调，C调犯G调，使这个声调由高转低或者由低转高，一共换了六个声调。因此，这个曲子是特别好听但又特别难唱的，所以管它叫“六丑”。由此，你就可以知道周邦彦是多么喜欢搞这些繁复曲折的东西。

而我们今天要讲的这首《兰陵王》，在北宋末年是曾经流传一时的。据说这个曲调也很难唱，一定得要非常有经验的老乐工才可以用笛子吹出这个曲子来；一定得要非常有经验的歌唱家才能唱出这么曲折难唱的曲调来。那后来北宋灭亡以后，据说有人在逃难之中，从宫廷的老乐工那里还曾得到了这个曲谱。这就是周邦彦的特色，他的风格就是要让声调有变化，要让叙写有转折，要避免直说，要增加一种姿态。他说什么呢？他怎样说？我们来看这首《兰陵王》：

绍兴初，都下盛行周清真咏柳《兰陵王慢》，西楼南瓦皆歌之，谓之《渭城三叠》。以周词凡三换头，至末段声尤激越，唯教坊老笛师能倚之以节歌者。其谱传自赵忠简家。忠简于建炎丁未九日南渡，泊舟仪真江口，遇宣和大晟乐府协律郎某，叩获九重故谱，因令家伎习之，遂流传于外。

——《樵隐笔录》

柳阴直。烟里丝丝弄碧。隋堤上、曾见几番，拂水飘绵送行色。登临望故国。谁识。京华倦客。长亭路，年去岁来，应折柔条过千尺。　闲寻旧踪迹。又酒趁哀弦，灯照离席。梨花榆火催寒食。愁一箭风快，半篙波暖，回头迢递便数驿。望人在天北。　凄恻。恨堆积。渐别浦萦回，津堠岑寂。

斜阳冉冉春无极。念月榭携手，露桥闻笛。沉思前事，似梦里，泪暗滴。

李后主的词“林花谢了春红，太匆匆。无奈朝来寒雨晚来风”，一开始就把你打动，把你抓住了，你马上就会被它感动。而现在周邦彦这首词它说些什么呢？它好像是说送一个朋友走，第一段似乎是写送行的人，第二段似乎是写远行的人，第三段还是写远行的人。它所要说的，真的就这么简单吗？我们现在可以做一个比较，周邦彦和苏东坡两个人都是曾经经过了新旧的党争。苏东坡被认为是旧党的，周邦彦被认为是新党的。周邦彦经过了党争的政海波澜之后怎么样了呢？他学聪明了，学乖了，不再卷到政治里边去了。这是聪明人明哲保身。苏东坡不然，新党在台上，我看到你的政治对老百姓有不好的地方，我就批评你的新政不好；等到新党下台司马光上台废除了新法，把新党的人都赶出去了，苏东坡就说这也不对，新党有坏的地方也有好的地方，新法的政治法令有错的地方也有对的地方。这是苏东坡。苏东坡之所以了不起，就是他超越了个人小我的一己的偏私，完全是为国家为人民百姓。你新党做得不对，我要批评你；你旧党上台做得不对，我同样要批评你。所以他以前论政与王安石不合，现在论政又与司马光不合。苏东坡曾经给朋友写过一封信，说从前王安石在台上的时候，大臣们是“唯荆是师”，把王荆公当老师，王荆公什么都对；现在司马光上台了，所有的人又是“唯温是随”，司马温公怎么说他们就跟着做。苏东坡说我跟王荆公、司马温公在私底下都是好朋友，但是我在政治上不盲从他们。这是苏东坡。苏东坡有理想，有品格，所以他的词写出来才会有深厚的意境。

那么周邦彦写什么呢？我们来看他这首《兰陵王》的开头：“柳阴直。烟里丝丝弄碧。”我们还是需要比较一下，我拿李后主来比较。李后主的感情很直接，他总是一开口就把大家都带到他的感情里边来了。李后主也写过一首关于柳树的诗：

> 风情渐老见春羞，到处芳魂感旧游。多谢长条似相识，强垂烟穗拂人头。

他说我本来也是个风流浪漫很有风情的人，但我现在年岁大了，如果是年轻时看见春天来了，那将会有多少寻芳斗草的风流艳事，可是现在我看见春天来了，我就觉得很不好意思。他说我无论走到哪里，哪里都是花红柳绿，草木有知，草木多情，我看到的那些花草都使我感动，使我想到当年我年轻的时候的情景。我现在老了，游春赏花是年轻人的天下了，没有人再认识我了，但是好像柳树还认得我，柳树垂下来柔软的长条，那么努力地把它那缭绕着烟霭的快要开花的那个柳穗低拂在我的头上。它对我竟是如此的多情，所以我非常感动。这是李后主。李后主是纯情的诗人，所以他看万物都是有情的。现在周邦彦也写柳树，这“柳阴直”却是非常科学的。“直”是怎么个直法呢？有人以为日正当中，太阳照下来，太阳影子是直的。可是现在周邦彦所写的“柳阴直”不是竖的“直”而是横的“直”。北宋的首都是开封，也叫汴京，汴京城外就是汴河，沿河两岸的河堤上都种的是杨柳。一眼望去，这一排都是笔直的。“烟里丝丝弄碧”的“弄”，是摆动的样子，所谓“云破月来花弄影”，是要舞弄出一个姿态的。他说这个柔软的柳条，在烟霭迷茫之中，一丝一丝在那里舞弄它的绿色。“隋堤上、曾见几番，拂水飘绵送行色”，这个汴河，原来是隋朝时候隋炀帝开凿的，所以这里叫隋堤。每年都有春天来，每年都有柳树绿，每年柳树都会飘下来迷蒙的柳絮——“绵”是柳绵，就是柳絮。因为汴河是水路交通的要道，所以在汴河边上，你常常看到许多人坐着船离开首都走了，许多人坐着船回到首都来了。

那么，“登临望故国”——你找一个高处登上去，你回头看看，再望一眼汴京的京城。“故国”，在这里指的是一个国家的首都。“谁识京华倦客”？还有谁认识我吗？我是已经在宦海波澜的生活中感到疲倦的一个人。“长亭路，年去岁来，应折柔条过千尺”，每一年春天人们都在汴河边上送别，送别的时候每个人都折一枝柳条，“年去岁来”，折下来多少柳条呢？把那些折下来的柳条连接起来一定比千尺还多了。那现在我们来看，他讲的是送行的人还是远行的人？过去讲这首词的人，有人说是送行，有人说是远行。但是我以为，周邦彦这首词的妙处就在于他不确指。他写的是年年的送别，不是指一年，也不是指一个人。这汴河边的河堤上，既有送行的人，也有远行的人，而且年年都是如此。他这意思从哪里表现出来的呢？是从他所用的词语中表现出来的。因为他说是“曾见几番”，说是“年去岁来”，这都表示不止一次。“闲寻旧踪迹”，我在这里被人送走过，我在这里也把人送走过，这里的柳条的拂水飘绵，这里的送别的宴席，这都是我熟悉的旧踪迹。而现在呢？“又酒趁哀弦，灯照离席”，又一次送别的场面来到了。你看，他说“几番”，说“年去岁来”，说“旧踪迹”，说“又酒趁哀弦，灯照离席”，处处表现的都不只是一次。“趁”是陪伴着，离别的酒筵陪伴着悲哀的离别之曲。这正是“梨花榆火催寒食”的季节。梨树开花的季节，榆木可以取火的时候，那是什么时候？清明节的前后。清明又叫寒食，大家都知道，《左传》上说晋文公重耳年轻的时候逃亡，离开晋国，几乎死在路上，有一个跟随他的大臣叫介之推，当重耳没饭吃快要饿死的时候，割了腿上的一块肉煮了给他吃。等到重耳回到晋国做了国君，每个有功的人都得到犒赏了，但是割肉给他的介之推“不言禄”，他不跟人家说你应该给我什么报答，所以“禄亦弗及”，晋文公就把他给忘了，就没有给他任何的官位。然后介之推就怎么样呢？就带着他的母亲跑到绵山里边隐居了。后来有人提醒了晋文公，晋文公忽然想起来了，他说是啊，这个人应该好好地犒赏他的，他怎么跑到山里边去了？于是有人给晋文公出了个馊主意，说你一放火烧山，他就逃下来了。晋文公就真的放火烧了山，可人家介之推宁可烧死也不出来，结果就被烧死在山上了。晋文公很悲伤，很后悔，说我烧山，结果把对我最有恩德的一个人给烧死了，所以每年的这个时候大家都不许生火，于是就有了寒食节。那么古代的时候呢？不像我们现在有什么电炉啊、煤气啊，一拧开关就着了。古代的火种要保留，还得用火种来生火。寒食节三天都不生火，火种就没了，火种没了怎么办？古人的办法是钻木取火。什么树木最容易取火呢？榆木。所以他说“梨花榆火催寒食”，说是又到了寒食过后用榆木取火的季节了。而就在这样的季节，有人坐着船离开汴京了。古代是帆船，把帆张起来，一阵风一吹，这船就像一支箭一样地射出去，所以是“一箭风快”。那如果你本来是靠了岸了，在浅水里怎样开动你的船呢？你只要拿一个竹竿子在水底一撑，这个船就离开岸，就到了水面上。“半篙”，这个春水就淹没了这个竹竿的一半。风这么快，一阵风过去再回头看一看，“回头迢递便数驿”，你已经走得很远了，已经走过好多码头了。“驿”就是驿站，车的车站，船的码头。那么送行的人在哪儿呢？在北方遥远的那一头。

“凄恻，恨堆积。”这个人就走了，他说我满怀着悲戚的心情，心里边的别恨离愁堆积得越来越深厚了。我离开首都了，我走在路上，“渐别浦萦回”。“浦”是沙滩，这水路很曲折的，要绕过一个沙滩再绕过一个沙滩，所以说“别浦萦回”。“津堠岑寂”的“津”就是码头，“堠”是码头上的一个岗位，是在码头上专管船只来往的。一般来说，有船来的时候码头上万头攒动，等船走了，或者不是在有船来的时间，码头上就没有一个人，就静悄悄的了，所以说“津堠岑寂”。那我现在在船上看到什么？“斜阳冉冉春无极”，看到落日从水面上从两岸桃红柳绿的无边春色里，冉冉地慢慢地沉下去了。“念月榭携手，露桥闻笛”，那时我就回想：当年在首都繁华的都城，在一个有明月的台榭——“榭”是在水上的高台——我曾经跟我所爱的一个女子携手并肩；我还记得在一个露天的桥——古代桥上有一个顶棚叫廊桥，没有顶棚的就是露桥——或者也可以是晚间滴了露水的桥上，我跟我所爱的女子静听着远远传来的笛声。“沉思前事”，我回想从前我在首都所经历的繁华、欢乐、富贵、爱情，现在都跟一场梦一样过去了，所以我就暗暗流下泪来，“似梦里，泪暗滴”，大家注意到没有？它们的声音是“仄仄仄，仄仄仄”，六个字都是仄声，这和诗的习惯是不一样的。

周邦彦这首词，他完全是用一个叙述的曲折的口吻，而不是用像李后主那样的直接打动你的口吻。这是什么写法呢？这就是铺叙跟勾勒的手法。它不直接地表现作者的感动。这样的写法，我把它叫作以赋笔为词。那么诗、词、赋三者有什么不同呢？诗跟词当然形式上不同，另外诗比较注重直接的感发；词呢，王国维说“词之为体，要眇宜修”，是要引起你很多的言外之联想的。而赋是什么？赋用思致而不用直感，它都是旁敲侧击，都是经过了用思想来安排的，常常通过铺叙、勾勒等方法来描写。这样的做法为什么？就是为了不让它像骏马蓦坡那样跑得太快，得把它留住，留给读者慢慢去体会。这样的作法就叫作以赋笔为词，用写赋的方法来写词。

赋用思致而不用直感，它都是旁敲侧击，都是经过了用思想来安排的，常常通过铺叙、勾勒等方法来描写。

我们现在就要下结论了，“歌辞之词”之所以有要眇幽微的特色，一个原因是有的时候它有双重性别的作用，像温庭筠《菩萨蛮》的“懒起画蛾眉”；另一个原因是有的时候它有双重语境的作用，像韦庄《菩萨蛮》的“珍重主人心，酒深情亦深”、“此度见花枝，白头誓不归”，像南唐中主的“菡萏香销翠叶残”。所以歌辞之词的小令，这么短小的作品能够给你要眇幽微的很深远的意思，就是因为它有双重性别或是双重语境的作用。那这“双重性别”“双重语境”，我们又是从哪里看出来的呢？“双重性别”，是通过作者带给我们的“语码”，像“蛾眉”“画蛾眉”“懒起画蛾眉”之类表现出来的。而且我们要知道，并不是任何一个词语都可以成为语码，是要带着有文化传统的才是语码。那天有一个朋友写来一封信，他感慨地说，广东戏或者昆曲甚至于后来的京戏，戏里的人物一举手、一投足都有它的意思，甚至戏里边官员戴的乌纱帽，他的头一动，这个帽翅上下动还是前后动都有象征的意思。那一定是有长久文化传统的艺术，才有这样的作用。他说现在的京戏要找有名的电影导演、话剧导演来导，可是这些导演，对传统的文化模式习惯都不熟悉，不知道戏曲是用动作来表示的，每一个手势动作都很重要。你怎样一个动作就关上门了，怎样一个动作就出了门了，每一个动作都有很丰富的意思在里边。它完全是一种程序，而这个程序就是一种传统。那么现在你要用话剧或者电影的导演给传统的戏曲做导演，他们并不懂得这一套程序，所以程序就失去了作用，这真是无可奈何的一件事情。词的语码，和这个也有相似之处。

“歌辞之词”之所以有要眇幽微的特色，一个原因是有的时候它有双重性别的作用。

关于“双重语境”，我讲过南唐中主的《摊破浣溪沙》“菡萏香销翠叶残，西风愁起绿波间”，王国维从中看出了更深的意思，他是根据什么看出来的呢？我说那是根据一种显微的结构。“荷花凋零荷叶残”跟“菡萏香销翠叶残”意思是一样的，可是“荷花凋零荷叶残”就变成白话了，白话就没有这些微妙的作用了。你说“菡萏”就会有一种高贵之物的联想；“香销”是那美好的东西都失去了，这两个字的声音都是“x”的声母，有一种慢慢消逝的感觉；你说“翠叶残”，不但有颜色，而且“翠”字也代表珍贵美好。那么“菡萏”是美好的，“香”是美好的，“翠”也是珍贵美好的，但只用两个动词，一个是“销”，一个是“残”，就集中地表现所有的美好都消逝了，众芳芜秽了。这些显微结构或者是语码的微妙的作用，就也造成了歌辞之词的小令有这么丰富的内涵。

那么到了诗化之词，诗化之词是最不容易写得好的，因为诗是比较直接的，诗应该是直接的感发。而这种作风最早的就是李后主，这就是王国维说的，说李后主“变伶工之词为士大夫之词”。士大夫之词就是诗化之词。他们不再把词当作一个“空中语”的歌辞，而是直接地用来表达自己的思想感情了，因此李后主的词带着直接的感发，它的作用是近于诗的。但李后主的改变是无心的，他没有要改变的意思，只是因为他国破家亡，自然而然地就这样把自己的悲哀写到词里边了。而苏东坡的诗化是有心的改变。苏东坡觉得柳永写的那些美女跟爱情太庸俗了，太淫靡了，我们应该写自己的士大夫的思想跟感情。苏东坡，还有辛弃疾，他们是把直接的感发跟曲折幽隐的情思结合起来，外表写得非常直接，是直接的感发，但是里边的情思是非常曲折幽隐的。我们举了苏东坡的《八声甘州》为例。这首词他说得非常直接，但里边的情思却非常缠绵曲折。而且这曲折幽隐的情思不是造作出来的，是出于苏东坡他本身的遭遇、本身的修养、本身的志意

李后主的改变是无心的，而苏东坡的诗化是有心的改变。

和理想。是他本身有这样一种忠义奋发的理想，可是这理想遭遇到多少次新党旧党的挫折压抑，所以他能写出很多这么好的词来。辛稼轩更是如此的。稼轩必须铺开来讲，我们现在没有时间，所以这次不讲稼轩。那么像周邦彦这个人谈不上什么理想，只是明哲保身，年轻的时候追求名利，上一篇赋马上就由太学生变成太学正了，但等到他被贬谪，看到政海波澜，他再回来就不再讲话了，就再没有政治上的理想和抱负了。他不是为国家，也不是为人民，只是为他自己。以前上赋是为自己的功名利禄，现在不再讲话是为自己的明哲保身。这是周邦彦。周邦彦自己本身的情意不够曲折深厚，所以他就在笔法上追求，尽量地追求和使用那些曲折幽隐的笔法。

> 诗人对宇宙人生，须入乎其内，又须出乎其外。入乎其内，故能写之；出乎其外，故能观之。入乎其内，故有生气；出乎其外，故有高致。美成能入而不能出，白石以降，于此二事皆未梦见。
>
> ——《人间词话》上卷第六〇则

现在我们要看我们讲义的最后一部分了，我们讲义的最后一段是关于词学的反思。古人认为词老是写美女和爱情这种内容实在不大好。所以黄庭坚说“空中语耳”——这是假的，我就是给美女写一段歌辞嘛。因此，古人对词只有零碎的记载，没有词学的理论。认为词不能够和诗文处在同等地位的这种观念，一直没有改变。一直到什么时候呢？一直到明朝的时候也还认为词是没有价值、没有思想的。其实到了明朝，中国传统的思想有了一些变化。什么变化呢？这得从八股文说起。唐朝考科举写文章也写诗，考试考八股文是从明朝开始的。明朝的八股文他给你规定一共要写八段，每一段写什么都有要求，他给你定出来写作的方法还不说，而且规定考题都要从四书里面出题目。四书有不同版本怎么办？就规定都用朱熹的批注。这当然最初也有他的道理，为的是统一思想，大家都讲圣贤之道，让大家好好去读《论语》《孟子》等四书。本来用意也还不错，可是人性一般都是犹如水之就下，时间久了，大家都不认为这是让我们每个人都读四书，让我们学习圣人的品德修养，而是把它当成了一个可以利用的工具。我并不想按照《论语》里孔子说的道德标准来做，我把它背熟了，把朱注背熟了，不就是为了科举考试吗？所以后来的人也不再正式读《论语》《孟子》，就只读那些试帖，就是别人的考试卷子，学习人家怎么说怎么说。而一旦考上了，追求的就是利禄和升官发财。所以人心就堕落了、败坏了。在这个时候，出来一个思想家，就是王阳明。王守仁先生就说，大家都把《论语》《孟子》作为追求名利禄位的工具了，这是伪学呀！人应该追求你本身的心性，心性的真诚才是好的，你满口的仁义道德，满腹的贪赃枉法，那是伪善。这些话针对时弊，当然也不错。可是凡事有一利都会有一弊，王守仁一讲学，门下弟子什么人都有，这些人就把他的学说给简化了，说只要“真”就是好的，只要你心性之真就是好的。那么，王守仁说在人的天性中“恻隐之心，人皆有之；羞恶之心，人皆有之；是非之心，人皆有之”，我们的本性是有善的这一面，这当然不错，可是人心的本性也有动物化的一面啊。于是他们就说，人的私心，也就是说没有教化没有修养没有道德的动物本能的那一面，那也是真的，而只要是真的就是好的。所以你看“三言”“二拍”、《金瓶梅》，那都是明朝的小说，从那些小说里你可以看出明朝的社会风气。不过话要说回来，妇女在这种思潮之中却曾经受益。受的什么益呢？既然说人的心性本身的真实就是好的，那么男子也是人，女子也是人，男子有心性之真，女子不是也有心性之真吗？所以女子也可以写自己的感情啊。以前的社会总是说“女子无才便是德”，所以北宋的良家妇女除了李清照跟朱淑真这么大胆地写了很多词，大多数良家妇女是不敢写词的，她们是要到死生之际，痛苦到了极端，才用自己的生命写一首词。

像陆放翁的妻子写过《钗头凤》，还有戴石屏的妻子写过《祝英台近》的绝命词，写完了她就投水自杀了。但到了明朝的时候，女子可以写词了。北美有人研究妇女文学，统计出明清两代竟然多达好几千个女诗人，只是我们大家都没有注意罢了。他说的一点都不错，妇女写作在明朝已成为风气。受王守仁影响的李贽李卓吾，以及李卓吾影响之下的“公安派”的作者、“竟陵派”的作者，他们都认为女子是可以有才的。于是男子的观念改变了，男子说女子除了有色以外，也可以有才，所以这些名门闺秀大家都可以写诗词了。只不过，男子除了要求女子要有色、有才之外，更重要的还要有德。这本来也无大错,但公平来讲无论是男是女都应该有德啊。可是明代的男子把自己的道德尺寸放得非常宽，对女子却是非常严格的。女子虽然说可以有才，但是更要有德。怎么样有德？我最近写明朝的女性词，像最有名的叶家母女，叶绍袁的妻子和女儿，他的妻子十几岁嫁到他们家，他母亲是寡母，只有这么一个儿子，儿子要考试，所以不许儿子到妻子房里边同住，怕影响他读书。这个妻子是个才女，但他的母亲不喜欢她写诗，常常叫丫鬟到房里去侦察，如果这个新媳妇写诗了，那不得了，婆婆就过来骂了。到后来她的儿女都很大了，婆婆发脾气，她就得长跪在地上听。当时的妇女处境就是如此的。而明朝的男子什么都敢写，写小说可以写《金瓶梅》，写戏曲可以写《牡丹亭》，可以写杜丽娘和柳梦梅在梦中幽会。男子写词也是放开笔什么都敢写，因为那时候对词还没有一种高远深刻的要求，词就是小道，是配合曲子唱的，曲子里可以说“碧纱窗外静无人，跪在床前忙要亲。骂了个负心回转身。虽是我话儿嗔，一半儿推辞一半儿肯”，词里也同样热衷于写这种男女风情的作品。

词是在什么时候才被人慢慢地认识到它的意义和价值？我们现在就要对词学进行一个反思了。像王国维所说的“要眇宜修”和“能言诗之所不能言”之类的词的特质，是什么时候才被发现的呢？当然，天下任何的事物，除非你本来没有，只要你本来有这个东西，早晚会被人认出来的。我们说“锥处囊中，脱颖而出”，如果你本来是一块木头，你放在哪儿也不会出来，但如果你是个针，把你放在一个口袋里，你的锋芒就会透过口袋而出来。那么词的特质怎么样被人发现？我们现在就要来看我们的讲义中的词学反思的部分了。

其实，词的特质早在北宋就开始被人慢慢地发现了。我们第一个先来看北宋李之仪《跋吴思道小词》是怎么说的：

> 长短句于遣词中最为难工……语尽而意不尽，意尽而情不尽。

吴思道是李之仪的一个朋友，他填写了一些小词，李之仪就说，“长短句于遣词中最为难工”，长短句就是词了，长短句在写作、修辞的时候是最不容易写得好的。为什么？因为它要“语尽而意不尽，意尽而情不尽”。这就是王国维说的“词之为体，要眇宜修”啊！词本身有着一种非常微妙的作用，好的词引起读者很丰富的联想。可见，在北宋当时已经有人体会到好的词有很多言外的意思。可是，这种说法并没有被大家重视，因为李之仪是给他朋友的词写一个跋文，写跋文你能说人家的坏话吗？当然不能了，给朋友写序跋都是说好话。所以大家不重视，认为这并不是一个客观的批评。那么黄昇在《唐宋诸贤绝妙词选》中就说了：

> 语简而意深，所以为奇作也。

词的话虽然很简单，但意思很深，所以才是不平凡的作品。然后南宋时候的刘克庄在《题刘叔安感秋八词》中说：

借花卉以发骚人墨客之豪，托闺怨以寓放臣逐子之感。

他说小词有很多言外的意思，它表面写的是花草，里边表现的却是骚人墨客的豪情；他表面上写的是女子的相思怨别，里边表现的却是一个不被重用的臣子的悲怨。所以你看，从很早就有人看到小词里有一些微妙作用。可是这些说法都不成气候，没有人把这种感受上升到词学理论的高度提出来。

到了清朝初年，经历了一次国破家亡的变乱，于是陈维崧出现了。你要知道，经过变乱之后，人就容易认识到诗化之词的好处，李后主经历了亡国破家后才写下了“自是人生长恨水长东”“故国不堪回首月明中”这样的词；南宋是经过变乱才有辛弃疾这样的词。明朝末年中国又经过了一次大的变乱，所以陈维崧在他的《词选序》中就说了：

要之，穴幽出险以厉其思，海涵地负以博其气，穷神知化以观其变，竭才渺虑以会其通，为经为史，曰诗曰词，闭门造车，谅无异辙也。

他这是把词和诗打成一片了：你随便怎么样写，经学史学都可以用进去。但是，这样做又失去了词的特色，诗跟词就都一样了啊。所以就又有人说了，这是朱彝尊给《红盐词》写的序说：

词虽小技，昔之通儒巨公，往往为之。盖有诗所难言者，委曲倚之于声，其辞愈微，而其旨益远。善言词者，假闺房儿女子之言，通之于《离骚》变雅之义，此尤不得志于时者所宜寄情焉耳。

他从男女之情看到很深刻的意思，说这里边有和《离骚》、变雅相合之处，所以词这种体裁特别适合于不得志于时者抒发自己的感情。这事本来大家都已经慢慢体会、感觉到了，但是都不成理论，大家都不重视。像朱彝尊这几句话，也是给朋友写的序言，序言当然也是一味说好话了，不能太认真的。那么这种情况持续下去，一直到谁出现了？一直到张惠言和他的常州词派的出现。

张惠言，就是王国维说“固哉，皋文之为词也”的那个张皋文，他是一个很重要的词学家。我现在要说的是张惠言词论里边的好处跟坏处。张惠言在《词选序》中说：

> 传曰："意内而言外谓之词。"其缘情造端，兴于微言，以相感动，极命风谣里巷男女哀乐，以道贤人君子幽约怨悱不能自言之情，低徊要眇，以喻其致。盖《诗》之比兴，变风之义，骚人之歌，则近之矣。

“意内而言外谓之词。”这句话是从哪儿来的呢？是从《说文解字》这本书里来的，但《说文解字》里所说的这个“词”是语词之词，不是文体的歌辞之词。所以“意内而言外谓之词”这句话是牵强附会。你看，从这第一句话张惠言就是牵强附会的，所以会引起大家反对。张惠言他没有一个透彻的理论，所以要引证古书。但是古代秦汉时候没有词这种文学体式，更没有词的理论，于是他牵强附会拉来《说文解字》做根据，这当然是错的。可是他后边说得很有意思：“其缘情造端，兴于微言，以相感动”，他说词这种文学体式最早是“缘情”，是依附在感情上来表现的。“造端”，就是开始。但是“缘情造端”之后呢，就“兴于微言”。“微言”，就是一些小的不重要的话。从那些不重要、细微的话，可以引起我们的一种感动和兴发，引起我们的联想。然后就怎样呢？就“极命风谣里巷男女哀乐，以道贤人君子幽约怨悱不能自言之情”——大街小巷少男少女相思怨别的恋爱的歌辞，却诉说了“贤人君子”，那些有理想、有道德、有学问的人，内心最幽深隐约、最哀怨、最悱恻的一种感情。而且你要注意他还不只如此，他不只是“幽约怨悱”，而且还是“不能自言之情”，是一种不能自己说出来的感情。这就是我为什么在开始的第一堂课就给你们讲了一首陈曾寿《浣溪沙》的原因。“修到南屏数晚钟。目成朝暮一雷峰。缥黄深浅画难工。　千古苍凉天水碧，一生缱绻夕阳红。为谁粉碎到虚空？”这真是一种“贤人君子幽约怨悱不能自言之情”。陈曾寿的感情，对于亡国的清朝的这一份感情，是没有道理可说的，而且它不合乎民族大义。陈曾寿有这么一种感情，因为从他的祖辈开始就在清朝仕宦，而且他自己又是溥仪皇后的老师。他没有办法。他也许知道他的感情可能是不对的，可能是不合乎民族大义的，可是他有这个感情，他无法摆脱它。这个话很难说出来，是一种让你难以诉说出来的感情。而且陈曾寿他表达的时候是直说的吗？他说我有很多不得已我现在摆脱不掉吗？不能这样说啊，他不是这样说的。他说的时候是低回婉转，要眇幽微。而且你还要注意张惠言怎么说的，他说“低徊要眇，以言其意”了吗？他说“低徊要眇，以言其情”了吗？没有，张惠言都不是这么说的，他说你要用“低徊要眇”的这种笔法来“以喻其致”——来喻说一种情致。“致”，是一种活动的姿态。就是说，小词可以表现一种幽约怨悱不能自言之情，而且是“低徊要眇，以喻其致”。这真是很妙。张惠言他用了这么一大段话来说明小词的这个作用，那么小词里边的这种作用到底叫作什么？这就是从词体产生以来古人一直都没有解决的问题了。在张惠言以前是人们

王国维对张惠言解词有很多不满，但是他们对词的美感特质的体识，非常接近。张惠言说词的艺术美在“低徊要眇，以喻其致”，王国维则说“词之为体，要眇宜修”。

根本就没有清楚地认识到；张惠言有了认识，可是说不出来，所以他从一开始解释这个“词”，就用《说文解字》来牵强附会。现在接下来他又在牵强附会了，他说这种说不出来的感情的活动是什么？“盖《诗》之比兴，变风之义，骚人之歌，则近之矣”——大概那就是《诗经》里边所说的“比兴”，就是《诗经》里边“变风”的意思，就是屈原《离骚》的意思吧？这个是张惠言说的，因为他实在不知道怎么样才可以把他已经认识到的那个东西说清楚。小词里边这种作用究竟是什么？我们都感觉到、体会到小词里边有这么一种作用，但它到底是什么？谁也找不到一个合适的、现成的词语来说明。因为我们传统上过去就没有词这种文学体式。从先秦就有诗，有文，而词是后来很晚才兴起来的，所以张惠言现在不得不假借诗论里边的言语来评论词。诗里边有比兴，我以前讲过。所谓“比”，像《硕鼠》用一个大老鼠来比喻剥削者；所谓“兴”，像《关雎》希望得到淑女与幸福和美的婚姻生活。比兴就是有这么一个作用：“言在此而意在彼。”你说的是一个大老鼠，可是你的意思比的是剥削者，你说的是一对雎鸠鸟，但是你向往的是婚姻的美好。那么小词，它的言外有很丰富的意思，大概就跟诗的比兴差不多了吧？大家都知道《诗经》里边有国风，但什么是“变风”呢？变风，就是当一个国家丧乱的时候人们所写的那些哀怨的歌诗。张惠言认为，小词所写的就是那种哀怨的作品。那什么是“骚人之歌”呢？《离骚》写了很多美人——“众女嫉余之蛾眉兮，谣诼谓余以善淫”；《离骚》也写了很多芳草——“余既滋兰之九畹兮，又树蕙之百亩”；《离骚》还写了很多美丽的衣服和装饰——“制芰荷以为衣兮，集芙蓉以为裳”。《离骚》里的美人芳草都是言在此而意在彼的，都是喻托。话虽如此，但是你要知道，一说比兴，一说《离骚》，你就掉在一个陷阱里了。因为从汉代的儒家开始，一提到比兴就一定指政治。汉儒说，“比”是看到坏的政治，你用一个什么东西来比它；“兴”是看到一个好的政治，你也用一个什么东西比它。这就把“比兴”跟政治牵扯到一起了。可是小词本不见得与政治有很多的关系啊。所以张惠言说温庭筠的《菩萨蛮》有《离骚》“初服”之意，说韦庄的《菩萨蛮》是入蜀以后思念故国的作品，王国维就不服了：你凭什么就给它增加这么多政治上的意思，真是“固哉，皋文之为词也”！张惠言的话不能令人信服，就是因为他没有说得很清楚。那么王国维既然不满意张惠言，那他在《人间词话》里所提出的“境界”又说的是什么呢？从一开始大家就问我这个问题，现在我要赶快把大家这个问题解决了。

固哉，皋文之为词也。飞卿《菩萨蛮》、永叔《蝶恋花》、子瞻《卜算子》，皆兴到之作，有何命意？皆被皋文深文罗织。

——《人间词话》下卷第二十五则

王国维所说的“境界”很混乱，有时候指的是诗，有时候指的是词。比如说，词里边可以“有我”“无我”，诗里边也可以“有我”“无我”啊，词可以有境界，诗也可以有境界啊，而且“境界”两个字太笼统了，太混淆了。“境界”就是作品里面的世界，每个作品里都有一个世界，就叫境界。用“境界”来指代历代词学家在词里边所体会到的那种词的特质，也同样很难把问题讲明白。所以中国的词学以前是没人重视，到后来是有了体会，但是理论不清楚，找不到一个词语来说明词的特质到底是什么东西。那么我不是说我看了西方的那些文学理论吗，西方的接受美学家沃夫岗·伊塞尔说，从作者到读者的中间是作品，这作品里边有很多语言的符号，在这个符号之中就可以传达很多信息。那么我们对作品的体会从哪里来？当然是从作品的符号所传达的那些信息而来。至于作品的符号怎样传达的这些个信息？都是一些什么样的信息？那就要引另外一个我常常

词以境界为最上。有境界，则自成高格，自有名句。

——《人间词话》上卷第一则

引的女学者 Julia Kristeva（朱莉亚 · 克里斯特娃）的看法了。她说，凡是一切的文字都是由符号组成的，符号的作用有两种，一种是 symbolic function，是“象喻”的作用；还有一种是 semiotic function，是“符示”的作用。什么叫作“象喻”呢？比如我们说“枫叶”是代表加拿大的，十字架是代表耶稣基督之救赎的，竹子是代表一种贞洁的品格的，这就是“象喻”。象喻是一种约定俗成的比喻，它的喻义是比较固定的。什么叫作“符示”呢？符示的作用是没有规定的，它就在符号的活动变化的作用之中显示出来很丰富的意思。张惠言一定要说小词有比兴的作用，他的错误是把很多的符示的作用都用象喻来解释了。像《离骚》的“美人芳草”以喻君子，那就是一种象喻的作用，美女就代表一种贤德的、有才能的人，美女没有人欣赏就代表有贤德、有才能的人没有被重用。但小词不是这样，小词的作者不一定有屈原那样的意思。王国维说南唐中主词“‘菡萏香销翠叶残，西风愁起绿波间’，大有众芳芜秽，美人迟暮之感”，“菡萏香销”不是一个 symbol，不是一个约定俗成的东西，它的作用都是从符示的作用表现出来的，详细内容我在分析这首词时已经都讲过了。那么，不管是张惠言的象喻的解说也好，不管是王国维的符示的解说也好，总而言之，好的词一定是在它的文本中能够表现出很丰富的作用。

沃夫岗 · 伊塞尔也说过，他说在语言文字的符号之中藏有一种 potential effect 的作用。那么 potential effect 这个词，应该怎么用中文来表达呢？我试着把它翻译为“潜能”。我认为好的小词之中有一种“潜能”，这种潜能可以通过 symbolic function（象征的作用）或 semiotic function（符示的作用）来体会，也可以通过语码的联想或通过语言的结构来体会。但是不管你用什么方法来体会，总而言之，小词是以具有这种丰富的潜能为美的。凡是缺乏这种潜能的词，就一定不是好词。

（陆有富整理）

附录一

对传统词学与王国维词论在西方理论之观照中的反思

前　言

近几年来，我因为曾多次回国讲学及从事科研活动，常与国内青年同学们有所接触。从他们与我的谈话中，我深深地感受到目前青年们的趋势，乃是对于求新的热衷和对于传统的冷漠。作为一个多年来从事古典诗歌之研读与教学的工作者，我对他们的这种态度，可以说是一则以忧，一则以喜。忧的是古典诗歌的传承，在此一代青年中已形成了一种很大的危机；而喜的则是他们的态度也正好提醒了我们对古典的教学和研读都不应该再因循故步，而面临了一个不求新不足以自存的转折点。而这其实也可以说正是一个新生的转机。因为现在毕竟已进入到一个一切研究都需要有世界性之宏观的信息的时代，我们自然也应该把我们的古典诗歌的传统放在世界文化的大坐标中去找寻一个正确的位置。只是这种位置的寻觅，却既需要对中国传统有深刻的了解，也需要对西方理论有清楚的认识。我个人自惭学识浅薄，无力对中国古典文化在世界文化中的位置作出全面正确的比较和衡量。只是近年来我因偶然的机缘，既曾撰写了一系列有关唐宋名家词的专论，又撰写了一系列试用西方文论来探讨王国维词论的随笔。在写作过程中对于中国词学与王国维的词论颇有一点小小的心得，以为中国传统词学及王国维对词的评赏方式，都与西方近代的文论有某些暗合之处。只是我在撰写那些专论时既曾为体例所限，在撰写那些随笔时又曾为篇幅所限，都未能对自己的想法畅所欲言，因此才又撰写了这一篇文稿，希望能通过西方理论的观照，对中国词学传统与王国维的词论作出一种反思，以确定其在世界性文化的大坐标中的地位究竟何在。不过，本文的题目既原是一个截搭题，因此为行文方便计，遂将之分为了三个探讨的层次。第一部分为“从中国词学传统看词之特质”，第二部分为“王国维对词之特质的体认——我对其境界说的一点新理解”，第三部分为“从西方文论看中国词学”。本来，以上三个层次，每一层次都可写为一篇专论来加以探讨；只是本文之主旨既在作宏观的反思，而且其中某些个别的问题，我在近年所撰写的文稿中也已有相当的讨论，因此本文乃但以扼要之综述为主，其间有些我已在其他文稿中探讨过的问题，就只标举了已发表过的文题和书目，请读者自己去参看，而未再加以详述，这是要请读者加以谅解的。至于我这种观照和反思的方式之是否可行，以及我所推衍出来的结论之是否切当，自然更有待于读者们的批评和指正。我只不过是把个人的一点想法试写下来，提供给和我一样从事古典诗歌之研读和教学的朋友们作为参考而已，因写此前言如上。

一　从中国词学之传统看词之特质

词，作为中国文学中之一种文类，具有一种极为特殊的性质。它是突破了中国诗之言志的传统与文之载道的传统，而在歌筵酒席间伴随着乐曲而成长起来的一种作品。因此要想对词学有所了解，我们就不得不先对词学与诗学之不同先有一点基本的认识。一般说来，中国诗歌之传统主要乃是以言志及抒情为主的。早在今文《尚书·尧典》中，就曾有“诗言志”之说；《毛诗大序》中亦曾有“诗者，志之所之”及“情动于中，而形于言”之说。本来关于这些“言志”与“抒情”之说，历来的学者已曾对之做过不少讨论,朱自清先生的《诗言志辨》就是其中一种考辨极详的重要著作,因此本文并不想再对此多加探讨。我们现在所要从事的，只是想要从诗学的“言志”与“抒情”之传统，提出诗学与词学的一点重要区别而已。私意以为在中国诗学中，无论是“言志”或“抒情”之说，就创作之主体诗人而言,盖并皆指其内心情志的一种显意识之活动。郑玄对《尧典》中“诗言志”一句，即曾注云:“诗所以言人之志意也。”孔颖达对《毛诗大序》中“诗者，志之所之也”一句，亦曾疏云:“诗者，人志意之所之适也。”又对“情动于中，而形于言”一句，亦曾疏云:“情谓哀乐之情，中谓中心，言哀乐之情动于心志之中，出口而形见于言。”据此看来，可见诗学之传统乃是认为诗歌之创作乃是由于作者先有一种志意或感情的活动存在于意识之中，然后才写之为诗的。这是我们对中国诗学之传统所应具有的第一点认识。其次则是中国诗学对于诗中所言之“志”与所写之“情”，又常含有一种伦理道德和政教之观念。先就“言志”来看,中国一般所谓“志”本来就大多意指与政教有关的一些理想及怀抱而言。即如《论语·公冶长》篇即曾记载孔子与弟子言志的一段话。另外在《论语·先进》篇也曾记载有“子路、曾皙、冉有、公西华侍坐”，孔子令他们各谈自己的理想怀抱的一段话，而结尾处孔子却说是“亦各言其志也”。这些记述自然都足可证明中国传统中“言志”之观念，乃是专指与政教有关之理想怀抱为主的。在《诗经》中明白谈到作诗之志意的,据朱自清先生《诗言志辨》之统计共有十二处。如“家父作诵，以究王讻”及“作此好歌，以极反侧”之类，其诗中所言之志莫不有政教讽颂之意更是明白可见的。至于就抒情而言，则《论语·为政》也曾记有孔子论诗的“诗三百,一言以蔽之,曰:‘思无邪’”之言。《毛诗大序》更曾有“发乎情,止乎礼义”之言。《礼记·经解》篇论及诗教，也曾有“温柔敦厚”之言。这些记述自然也足可证明纵然是“抒情”之作，在中国诗学传统中，也仍是含有一种伦理教化之观念的。然而词之兴起，却是对这种诗学之传统的一种绝大的突破。下面我们就将对词之特质与词学之传统略加论述。

所谓“词”者，原本只是隋唐间所兴起的一种伴随着当时流行之乐曲以供歌唱的歌辞。因此当士大夫们开始着手为这些流行的曲调填写歌辞时，在其意识中原来并没有要藉之以抒写自己之情志的用心。这对于诗学传统而言，当然已经是一种重大的突破。而且根据《花间集·序》的记载，这些所谓“诗客曲子词”，原只是一些“绮筵公子”在“叶叶花笺”上写下来，交给那些“绣幌佳人”们“举纤纤之玉手、拍按香檀”去演唱的歌辞而已。因此其内容所写乃大多以美女与爱情为主，可以说是完全脱除了伦理政教之约束的一种作品。这对于诗学传统而言，当然更是另一种重大的突破。然而值得注意的则是，这些本无言志抒情之用意，也并无伦理政教之观念的歌辞，一般而言，虽不免浅俗淫靡之病，但其佳者则往往能具有一种诗所不能及的深情和远韵。而且在其发展中，更使某些作品形成了一种既可以显示作者心灵中深隐之本质，且足以引发读者意识中丰富之联想的微妙的作用。这可以说是五代及北宋初期之小词的一种最值得注意的特质（请参看拙撰《唐宋词名家论稿》中论温、韦、李、大晏、欧阳诸家词之文稿）。这种特质之形成，我以为大约有以下几点原因：其一是由于词在形式方面本来就有一种伴随音乐节奏而变化的长短错综的特美，因此遂特别宜于表达一种深隐幽微的情思；其二则是由于词在内容方面既以叙写美女及爱情为主，因此遂自然形成了一种婉约纤柔的女性化的品质；其三则是由于在中国文学中本来就有一种以美女及爱情为托喻的悠久的传统，因此凡是叙写美女及爱情的辞语，遂往往易于引起读者一种意蕴深微的托喻的联想；其四则是由于词之写作既已落入了士大夫的手中，因此他们在以游戏笔墨填写歌辞时，当其遣词用字之际，遂于无意中也流露了自己的性情学养所融聚的一种心灵之本质。以上所言，可以说是歌辞之词在流入诗人文士手中以后之第一阶段的一种特美。不过这些诗人文士们既早已经习惯了诗学传统中的言志抒情的写作方式，于是他们对词之写作遂也逐渐由游戏笔墨的歌辞而转入了言志抒情的诗化的阶段。苏轼自然是使得词之写作“一洗绮罗香泽之态”，脱离了歌筵酒席之艳曲的性质，而进入了诗化之高峰的一位重要的作者。只是苏氏的诗化之演进，在当时却并未被一般其他作者所接受，而一直要等到南宋时张孝祥、陆游、辛弃疾、刘克庄、刘过等人的出现，这种“一洗绮罗香泽之态”“于翦红刻翠之外，屹然别立一宗”的超迈豪健的抒写怀抱志意的作品才开始增多起来。不过值得注意的则是，这一派作品实在又可分为成功与失败两种类型。关于此一类词的递变之迹象，及其成功与失败之因素，我在《论苏轼词》《论陆游词》及《论辛弃疾词》诸文稿中，也都已曾分别有所论述（均见《唐宋词名家论稿》）。约而言之，则此一派中凡属成功之作大多须在超迈豪健之中仍具一种曲折含蕴之美。因此近人夏敬观评苏词，即曾云：“东坡词如春花散空，不着迹象，使柳枝歌之，正如天风海涛之曲，中多幽咽怨断之音，此其上乘也。”陈廷焯论辛词，亦曾云：“辛稼轩，词中之龙也，气魄极雄大，意境却极沉郁。”凡在内容本质及表现手法上都能达到此种虽在超迈豪健中也仍有曲折含蕴之致的，自然是此一派中的成功之作。我在《论苏轼词》中所举的《八声甘州》（有情风万里卷潮来），在《论辛弃疾词》中所举的《水龙吟》（举头西北浮云）及《沁园春》（叠嶂西驰），这些作品自然都可作为此一类成功之词的例证。至于属于失败一类的作品，则大多正由于缺少此一种曲折含蕴之美而伤于粗浅率直。因此谢章铤在其《赌棋山庄词话》中就曾说：“学稼轩要于豪迈中见精致。近人学稼轩只学得莽字、粗字，无怪阑入打油恶道。”可见词虽在诗化以后，纵使已发展出苏、辛一派超迈豪健之作，而其佳者也仍贵在有一种曲折含蕴之美，这正是词在第二阶段诗化以后而仍然保有的一种属于词之特质的美。其后又有周邦彦之出现，乃开始使用赋笔为词，以铺陈勾勒的思力安排取胜，遂使词进入了发展的第三阶段，而对南宋之词产生了重大的影响。当时的一些重要词人，如史达祖、姜夔、吴文英、周密、王沂孙、张炎诸作者，可以说无一不在周氏影响的笼罩之下。这一派作品不仅与前二阶段的风格有了极大的不同，而且更对中国诗歌之传统造成了另一种极大的突破。如果说第一阶段的歌辞之词是对诗学传统中言志抒情之内容及伦理教化之观念等意识方面的突破，那么此第三阶段的赋化之词，则可以说主要是对于诗学传统中表达及写作之方式的一种突破。早在《论周邦彦词》一文中，我对于这一种突破也已曾有过相当详细的讨论（见《唐宋词名家论稿》），约而言之，则中国诗歌之传统原是以自然直接的感发之力量为诗歌中之主要质素的。刘勰《文心雕龙·明诗》就曾明白提出说："人禀七情，应物斯感，感物吟志，莫非自然。"钟嵘《诗品序》也曾明白提出说："观古今胜语，多非补假，皆由直寻。"可见无论就创作时情意之引发或创作时表达之方式言，中国传统乃是一向都以具含一种直接的感发力量为主要质素的。其后至唐五代歌辞之词的出现，在内容观念上虽然突破了诗歌之言志抒情与伦理教化之传统，然而在写作方式上则反而正因其仅为歌酒筵席间即兴而为的游戏笔墨，因此遂更有了一种不须刻意而为的自然之致。而也就正因其不须刻意的缘故，遂于无意中反而表露了作者心灵中一种最真诚之本质，而且充满了直接的感发的力量。然而周邦彦所写的以赋笔为之的长调，却突破了这种直接感发的传统，而开拓出了另一种重视以思力来安排勾勒的写作方式，而这也就正是何以有一些习惯于从直接感发的传统来欣赏诗词的读者们，对这一类词一直不大能欣赏的主要缘故。而且这一类赋化的词也正如第二类诗化的词一样，在发展中也形成了成功与失败的两种类型。其失败者大多堆砌隔膜，而且内容空洞，自然绝非佳作。至其成功者则往往可以在思力安排之中蕴涵一种深隐之情意。只要读者能觅得欣赏此一类词的途径，不从直接感发入手，而从思力入手去追寻作者所安排的蹊径，则自然也可以获致其曲蕴于内的一种深思隐意。这可以说是词之发展在进入第三阶段赋化以后而仍然保留的一种属于词之曲折含蕴的特美。我在《论周邦彦词》一文中所举出的《兰陵王》（柳阴直）、《渡江云》（晴岚低楚甸），及在《论吴文英词》和《谈梦窗词之现代观》二文中所举出的《齐天乐》（三千年事）、《八声甘州》（渺空烟）、《宴清都》（绣幄鸳鸯柱），以及在《论王沂孙咏物词》和《碧山词析论》二文中所举出的《天香》（孤峤蟠烟）、《齐天乐》（一襟余恨宫魂断）诸词（请参看《迦陵论词丛稿》及《唐宋词名家论稿》），可以说就都是属于这一派以思力安排为之的赋化之词中的成功之作。而在以上所述及的由歌辞之词变而为诗化之词，再变而为赋化之词的演进中，有一位我们尚未曾述及的重要作者，那就是与以上三类词都有着渊源影响之关系而正处于演变之枢纽的人物——柳永。柳词就其性质言，固应仍是属于交付乐工歌女去演唱的歌辞之词，这自然是柳词与第一类词的渊源之所在，只不过柳词在表达之内容与表现之手法两方面,却与第一类词已经有了很大的不同。先就内容看，柳词之一部分羁旅行役之作，就已经改变了唐五代词以闺阁中女性口吻为主所写的春女善怀之情意，而代之以出于游子之口吻的秋士易感的情意。并且在写相思羁旅之情中，表现了一份登山临水的极富于兴发感动之力量的高远的气象。这可以说是柳词在内容方面的主要开拓。再就表现之手法而言，则柳词既开始大量使用长调的慢词，因此在叙写时自然就不得不重视一种次第安排的铺陈的手法。王灼《碧鸡漫志》即曾称柳词“序事闲暇，有首有尾”，周济《介存斋论词杂著》亦曾称柳词“铺叙委婉”，这种重视安排铺叙的写作方式，自然可以说是柳词在表现手法方面的一种重要开拓。而这两方面的开拓，遂影响了苏轼与周邦彦这两位在词之演进中开创了两派新风气的重要作者。关于此种影响及演变,我在《论柳永词》《论苏轼词》《论周邦彦词》诸文稿中，也都已曾有所讨论（均见《唐宋词名家论稿》）。约而言之，则苏轼乃是汲取了柳词中“不减唐人高处”之富于感发之力的高远的兴象，而去除了柳词的浅俗柔靡的一面，遂带领词之演进走向了超旷高远而富于感发之途，使之达到了诗化之高峰。至于周邦彦则是汲取了柳词之安排铺叙的手法，但改变了柳词之委婉平直的叙写，而增加了种种细致的勾勒和错综的跳接，遂使词走向了重视思力之安排，以勾勒铺陈为美的赋化之途，并且对南宋一些词人产生了极大之影响。

以上我们既然对唐五代及两宋词在发展演进中所形成的几种重要词风，都已作了简单的介绍，现在我们就可以把此数种不同词风的作品结合词学评论之传统略加归纳了。约而言之，第一类歌辞之词，其下者固不免有浅俗柔靡之病，而其佳者则往往能在写闺阁儿女之词中具含一种深情远韵，且时时能引起读者丰富之感发与联想；第二类诗化之词，其下者固在不免有浮率叫嚣之病，而其佳者则往往能在天风海涛之曲中，蕴涵有幽咽怨断之音，且能于豪迈中见沉郁，是以虽属豪放之词，而仍能具有曲折含蕴之美；至于第三类赋化之词，则其下者固在不免有堆砌晦涩而内容空乏之病，而其佳者则往往能于勾勒中见浑厚，隐曲中见深思，别有幽微耐人寻味之意致。以上三类不同之词风，其得失利弊虽彼此迥然相异，然而若综合观之，则我们却不难发现它们原有一个共同的特点，那就是三类词之佳者莫不以具含一种深远曲折耐人寻绎之意蕴为美。这种特美，历代词评家自然也早就对之有所体认。只可惜却都未能将此三类词综合其异同作出理论性的通说，因而便只能提出一些片段的抽象而模糊的概念。即如李之仪在其《跋吴思道小词》（见《姑溪居士文集》卷四〇）一文中，就已曾提出说：“长短句于遣词中，最为难工，自有一种风格。”又赞美北宋初期大晏、欧阳诸人之词，谓其“语尽而意不尽，意尽而情不尽，岂平平可得仿佛哉”。此外如黄昇在其《唐宋诸贤绝妙词选》（卷一）于所选唐人词之前有一短序，亦曾赞美唐人之小词，谓其“语简而意深，所以为奇作也”。从这些话读者自不难看出，他们对词之特美都已经有了相当的体认，只不过他们的体认仍只是一种模糊的概念，而且所称美者也只限于唐五代及北宋初期一些短小的令词之特色而已，而并未及于长调之慢词。此盖因慢词在篇幅方面既有所拓展，乃不得不重视铺叙之安排，于是前一类短小之令词的语简意深含蕴不尽的特美，遂难以继续保存。因此以长调写为豪放之词者，在难于含蕴的情况下，其失败者乃不免流入于粗率质直；而以长调写为婉约之词者，在难于含蕴的情况下，其失败者乃不免流入于平浅柔靡。一般人既看到了豪放一派之末流的粗率质直之弊，于是遂以为词本不宜于豪放，即如王炎在其《双溪诗余·自叙》中，就曾经提出说：“夫古律诗且不以豪壮语为贵，长短句命名曰曲，取其曲尽人情，唯婉转妩媚为善，豪壮语何贵焉。”又有人看到了婉约一派之末流的浅俗柔靡之失，于是遂欲在写作方式上追求典雅深蕴之安排以为挽救。这正是何以周邦彦以思力安排为之的一类词乃在南宋形成了极深远之影响的缘故。因此张炎之《词源》及沈义父之《乐府指迷》两家词论，遂并皆注重写作之安排的技巧，即如二家之论起结与过片之关系、论字面之锻炼、论句法之安排、论咏物之用事，凡此种种，盖莫不属于安排之技巧。而且二家论词都对柳永之俗词及苏、辛之末流的豪气词表现了不满。于是张炎乃推重姜夔而倡言“清空”，沈义父则取法吴文英而倡用“代字”。推究其立论之本旨，私意以为二家之说盖亦皆有见于词之佳者应具有一种含蕴深远耐人寻绎之特美。故张氏言“清空”，盖取其有超妙之远韵；沈氏倡“代字”，盖取其有深曲之意致。唯是二人之立论皆过于偏重表现之技巧，而对情意之本质则未能予以适当之重视。因此张氏甚至对辛弃疾的“豪气词”也予以贬低，以为是“戏弄笔墨为长短句之诗耳”，谓其“非雅词也”，而殊不知苏、辛词之佳者，原来也都在其能于超旷豪放中，而仍具有一种含蕴深远耐人寻绎的属于词之特美。只不过由于苏、辛二人之达致此种特美之境界，主要乃在其情意之本质，而不重在安排之技巧而已。

关于苏、辛二家词之佳处所在，我于《论苏轼词》及《论辛弃疾词》二文中，都已曾论述及之（见《唐宋词名家论稿》）。简言之，则苏词之所以能含蕴深远者，乃由于苏氏在本质中原来就具有儒家忠义之天性及道家超旷之襟怀的两种质素。因此苏词之佳者才能在天风海涛之曲中蕴涵有幽咽怨断之音。至于辛词之所以能具含曲折深蕴之美者，则由于辛氏内心中一直有两种力量的盘旋激荡，一方面是源于他自己的带着家国之恨而欲有所作为的奋发的动力，另一方面则是来自外界的摈斥谗毁的强大的压力，因此辛词才能在豪壮中见沉郁。像这种从本质中表现出来的曲折深蕴耐人寻绎的作品，可以说是诗化之词中的一种特美，而这种美自然不是只在技巧上讲求就可以达致的。所以谢章铤《赌棋山庄词话》乃谓“读苏、辛词，知词中有人，词中有品”，刘熙载《艺概·词概》亦曾谓“苏、辛皆至情至性人，故其词潇洒卓荦，悉出于温柔敦厚”。张炎及沈义父二家之词论则是只见到了学苏、辛之末流的粗率之病，而未能见到此一派词之佳作其真正的特美之所在，所以对苏、辛之个别词句虽亦有所赞美，但在立论中乃但知重视以安排之技巧来避免淫靡浅率之失，反而对词中最重要的情意之本质方面不免忽略了。而另外与南宋时代相当的北方之金元，则盛行受苏轼影响之豪放词，其中最重要的作者元好问即曾极力推崇苏词，其论词亦重视本质而轻视技巧。即如其在《新轩乐府引》中，便曾提出说：“自东坡一出，情性之外，不知有文字，真有‘一洗万古凡马空’气象。”至元氏之所自作，则亦能于“疏放之中，自饶深婉”（刘熙载《艺概》卷四《词曲概》）。此盖亦由于其个人之才性及身世之遭遇使然，因而乃将“神州陆沉之痛，铜驼荆棘之伤，往往寄托于词”（况周颐《蕙风词话》卷三）。是亦正如苏、辛二家能在本质中含有一种合乎词之特质的曲折深蕴之美者。只是就其词论而言，则是竟将词与诗等量齐观，是则对词之特质，便未免缺乏深切之体认矣。其后至于明代，则不仅在创作方面呈现了衰退现象，就是在词论方面也并没有什么杰出的见解。如陈霆的《渚山堂词话》、杨慎的《词品》、王世贞的《弇州山人词评》等著作，除去对个别词之评说偶有不同之见解外，一般而言，其论词之见则大多推重婉约之作。即如王世贞对苏、辛二家虽亦颇知欣赏，却终以其为次等之变调。王氏曾综论词之特质，谓“词须宛转绵丽，浅至儇俏……至于慷慨磊落，纵横豪爽，抑亦其次”，又云“长公丽而壮，幼安辨而奇，又其次也，词之变体也”。像这些词论，其所称美的婉约之作，自然是具有词之曲折深蕴之特质的作品，然而若只知赞美外表上婉约的作品，而不能从根本上认识词之所以形成委婉曲折之美的多种质素之所在，且不能从词之演进中通观其不同之特色与渊源,则其所论自然就不免有失于浅薄偏狭之处矣。至于清代，则一向被人目为词之复兴的时代，不仅作者辈出，蔚然称盛，即以词论言，亦颇能探隐抉微，各有专诣。本文为篇幅限制，不能作普遍周详之讨论，兹仅就其最重要者言之。

一般论者大多将清词分为浙西、阳羡及常州三派：浙西标举姜、张之骚雅，以朱彝尊为领袖；阳羡则崇尚苏、辛之豪放，以陈维崧为领袖；常州则倡言比兴寄托，以张惠言为领袖。在此三派中，阳羡一派之创作成就虽亦颇有可观，但未曾在理论方面有所建树，姑置不论；至于浙西及常州二派则不仅皆在理论方面有所建树，而且在相异之论点中，也颇可以觇见其渊源影响之迹。约而言之，则浙西一派之词论主要盖继承南宋张炎之余绪，以清空骚雅为宗旨而推尊姜、张。关于张炎词论之得失，我们在前面已曾论述及之，自不须更为重复。而值得注意的则是浙西一派在继承南宋词论之余，自己又衍生出来的几点见解：其一是朱彝尊在主张“词以雅为尚”（《乐府雅词跋》）之余，又曾提出了“假闺房儿女子之言，通之于《离骚》变雅之义，此尤不得志于时者所宜寄情焉耳”（《红盐词序》）之说；其次是浙派继起的厉鹗则在倡言雅正之时，更结合了尊体之说，谓“词源于乐府，乐府源于诗，四诗大小雅之材合百有五，材之雅者，风之所由美，颂之所由成。由诗而乐府而词，必企夫雅之一言而可以卓然自命为作者。……词之为体委曲啴缓，非纬之以雅，鲜有不与波俱靡而失其正者矣”（《群雅词集序》）。这些说法自有许多不甚周全之处，本文现在对此不暇详论，兹仅就其对词之特质之体认，及其在词学发展中之作用言之。本来如我们在前文论述唐五代词之特质时，已曾言及词之易于引发读者的托喻之想；只不过早期的作者及评者都未曾在显意识中标举过此种托喻之用心。其后南宋之刘克庄在其《题刘叔安感秋八词》一文中，虽曾提出了“藉花卉以发骚人墨客之豪，托闺怨以写放臣逐子之感”之说，然而也不过只是对刘叔安个别作品的一种看法而已，并未曾标举之为论词之标准。而且终有宋之一代，这种以喻托说词的观念并未曾正式成立，这正是何以南宋后期之张炎及沈义父二人虽分别写了论词之专著，然而并未曾有一语及于托喻的缘故，此盖亦由于词在当时仍是可以合乐而歌的一种歌曲，所以张、沈之论词乃多偏重于其乐歌之性质及写作之技巧，而并未曾标举出什么比兴寄托之说。至于清代，则词既失去了可以歌唱的背景，而成为了一种单纯的案头之文学，于是乃由南宋词论的雅正之说，及身经南宋败亡的一些作者如王沂孙诸人的寄托之作，而推演出托喻及尊体之观念，这自然是词学在演进之中的一种极可注意的现象。因而其后遂有常州派词论之兴起。常州派词论一方面虽然对浙西词派末流的浮薄空疏之弊颇有微词，而另一方面则其比兴寄托之说，实在也未尝不受有浙西派的某些启发和影响。只不过浙西词论主要仍以追求雅正为主，其偶然发为托喻及尊体之言，实在只是想要为其雅正之说找到更多一点依据而已。这正是何以浙西词派之末流在一意追求雅正之余，终不免流入于浮薄空疏之弊的缘故，以至于常州词派则竟以比兴寄托作为评词的主要标准。关于常州派词论的得失利弊，我在多年前所写的《常州词派比兴寄托之说的新检讨》一文中，对之已曾有相当详细的论述。现在我们就将把此一派词论，也放在本文所讨论的词学之传统中来再做一次观察。张惠言对词之为义所提出的“意内而言外谓之词”及“诗之比兴，变风之义，骚人之歌”的说法，就词之本为歌辞的性质而言，自然乃是一种牵强比附之说；然而若就词之贵在有一种曲折含蕴之美，而且足以引起读者的联想及寻味的特质来看，则张氏所说便也未尝不是对词之此种特质的一种有见之言，只可惜张氏所说过于牵强比附而全无理论的逻辑，因此乃存在不少引人讥议之处。不过正因其所说既未始无见而又不够完美，因此才引起了后人不少的思索和反省，于是常州派继起的周济和谭献两家，才提出了不少更为精辟的词论。最值得注意的,我以为乃是周济所提出的“有无”及“出入”之说，周氏在《介存斋论词杂著》中曾提出说：“初学词求有寄托，有寄托，则表里相宣，斐然成章。既成格调，求无寄托，无寄托，则指事类情，仁者见仁，知者见知。”周氏又在《宋四家词选·目录序论》中曾提出说：“夫词，非寄托不入，专寄托不出。一物一事，引而伸之，触类多通。驱心若游丝之罥飞英，含毫如郢斤之斫蝇翼，以无厚入有间。既习已，意感偶生，假类毕达，阅载千百，謦欬弗违，斯入矣。赋情独深，逐境必寤，酝酿日久，冥发妄中。虽铺叙平淡，摹缋浅近，而万感横集，五中无主。读其篇者，临渊窥鱼，意为鲂鲤。中宵惊电，罔识东西。赤子随母笑啼，乡人缘剧喜怒，抑可谓能出矣。”关于这两段话，我在多年前所写的《常州词派》一文中，已曾就作者与读者两方面对之作过分析和说明（见《迦陵论词丛稿》）。总之，依周氏之说，则作者在写词之际既可以由其“入”与“有”之说而避免了浮靡空率之病；又可以由其“出”与“无”之说而不致过分被狭隘的寄托之说所拘限，这自然较之张惠言的死于句下的说法要活泼和高明得多了。而就读者而言，则更可以因其“临渊窥鱼，意为鲂鲤。中宵惊电，罔识东西”的感发和联想，而对作品作出“仁者见仁，知者见知”的各种不同的解说，这自然就更为后来之以比兴寄托说词者，开启了一个广大的法门。于是谭献在《复堂词录序》中，就曾推衍周氏之说而更提出了“甚且作者之用心未必然，而读者之用心何必不然”的说法。如此则说词者之联想遂得享有绝大之自由，而不致再有牵强比附之讥，这自然是常州派词论的一大拓展。只不过周、谭二氏毕竟未能脱除张惠言的影响，因此其联想乃莫不以比兴为依归，这就未免仍有其局限之处了。除去周济、谭献二家之说以外，其他时代较晚的清代词评家，大多也曾受有常州派词论之影响，本文在此不暇详说，现在只能对各家词论简述其要旨：即如丁绍仪在其《听秋声馆词话》中，曾提出过“语馨旨远”之说，江顺诒在其《词品二十首》中，曾提出过“诗尚讽谕，词贵含蓄”之说，谢章铤在其《赌棋山庄词话》中，曾提出过“即近知远，即微知著”之说，刘熙载在其《艺概·词概》中，曾提出过“空中荡漾，最是词家妙诀”之说，蒋敦复在其《芬陀利室词话》中，曾提出过“以有厚入无间”之说，陈廷焯在其《白雨斋词话》中，曾提出过“沉郁顿挫”之说，沈祥龙在其《论词随笔》中，曾提出过“词贵意藏于内，而迷离其言以出也”之说，况周颐在其《蕙风词话》中，曾提出过“重、拙、大”之说，陈洵在其《海绡说词》中，曾提出过“词笔莫妙于留”之说。归纳以上各家之论，私意以为首先我们应该分别从两个方面来看，其一是自其同者而视之，则我们就会发现他们对于词之曲折深蕴之特美，都有一份共同的体认；其次再就其异者而视之，则我们又会发现他们对词之所以形成此种特美之质素，却各有不同的看法。关于这方面的差别，我以为大概可以分为三类：一类是尊仰张惠言及周济之说，对词之曲折深蕴之美常以比兴寄托为之解释者，刘熙载、蒋敦复、陈廷焯、沈祥龙、陈洵诸家属之；再一类是虽亦推重常州之词论，却反对其拘执，因之各有不同之见者，丁绍仪、江顺诒、谢章铤诸家属之；更有一类则是虽曾自常州词论得到启发，而其立说乃完全不为常州之论所局限者，况周颐属之（本文为篇幅所限，但能略述其概要如此，他日有暇，当再分别详论）。以上所述，乃是我们对于自两宋以迄晚清之词学的一个极简单的介绍，有了此种认识，我们就既可以在下一节中把王国维的词论放在这个历史的演进结构中，对其得失长短之所在，作出更为正确的衡量，也可以在下一节中在西方理论的观照中，对中国词学作出更为正确的反思了。

二　王国维对词之特质的体认
——我对其境界说的一点新理解

从上一节对中国词学之简单的介绍中，我们已可以约略看到词学之发展中的一些重要迹象。其一是词学家们对于词之曲折深蕴耐人寻绎的特质，越来越有了明白的反省和认识；其二则是对于词中之此种特质应如何加以发掘和诠释的问题，也越来越有了更为深入的思索。而更值得注意的则是，词学发展到了此一阶段的晚清时代，中国的固有文化又受到了西方文化的一次重大的冲击。而王国维的《人间词话》就正是在此种历史背景中所写成的一册极值得注意的论词专著。因此在王氏之《词话》中，我们遂可以发现其既有对传统词学的继承和突破，也有对西方理论的接受和融会。关于王氏之文学批评中此种旧修养与新观念的结合，我在多年前所写的《王国维及其文学批评》一书中，已曾有过相当详细的论述。当时我既曾自其早期之杂文中，为之归纳出了有关文学批评的几点重要概念；又曾自其《人间词话》中，为之归纳出了一套简单的理论体系；而且在讨论其《词话》时，还曾将之分为了批评之理论与批评之实践两大部分。约而言之，则我以为其《词话》中之第一则至第九则，乃是王氏对其评词之标准的一种理论性的标示：第一则提出“境界”一词为评词之基准。第二则就境界之内容所取材料之不同，提出了“造境”与“写境”之说。第三则就“我”与“物”之间的关系之不同，分别为“有我之境”与“无我之境”。第四则说明“有我”与“无我”两种境界其所产生之美感有“优美”与“宏壮”之不同，是对于第三则的一种补充。第五则论写作之材料可以或取之自然或出于虚构，又为第二则“造境”与“写境”之补充。第六则论“境界”非但指景物而言，亦兼指内心之感情而言，又为对第一则“境界”之说的补充。第七则举词句为实例，以说明如何使作品中之境界得到鲜明之表现。第八则论境界之不以大小分优劣。第九则为境界之说的总结，以为“境界”之说较之前人之“兴趣”“神韵”诸说为探其本。关于此数则词话所标举的几项重要论点，我当时都曾就中国固有之传统及外来理论之影响两方面对之作过相当的论析。因此本文对以上诸点遂不拟再作重复的讨论。我现在所要提出来一谈的，乃是我近来对王氏词论的一点新的认识和理解。

首先我要提出来一谈的乃是我对王国维所标举的“境界”一词的一点新的理解。本来早在多年前当我撰写《王国维及其文学批评》一书时，在《对“境界”一词之义界的探讨》一节中，我就已曾说明王氏在使用“境界”一词时，往往在不同之情况中有不同之含义。盖“境界”一词并非王氏所首创，一般人在评论文学艺术之时亦曾往往用之，是以王氏在《人间词话》中使用此一批评术语时，乃产生了两种情况：其一是将“境界”一词作为评词之标准而赋予一种特殊之含义者，如《人间词话》开端所提出的“词以境界为最上。有境界，则自成高格，自有名句”，其所提出之境界便具有一种特殊之含义。其二则在《人间词话》其他各处使用此词时亦往往具有一般人使用此词时的多种含义。当时我对此一问题曾做过较详细的探讨，先就其特殊含义而言，当时我曾引用佛典中的“境界”

之说，指出“所谓‘境界’实在乃是专以感觉经验之特质为主的”。如《俱舍论颂疏》即曾云：“功能所托，名为境界，如眼能见色，识能了色，唤色为境界。”是则境界之存在乃全在吾人感受功能之所及，因此外在世界在未经过吾人感受之功能而予以再现时，并不得称之为“境界”。王氏在引用此“境界”一词作为评词之标准时，其取义与佛典自然并不完全相同，然而其着重于“感受”之特质的一点则是相同的。当时我也曾尝试对王氏所标举的评词之标准的“境界”一词之含义略作说明，我以为“《人间词话》中所标举的‘境界’，其含义应该乃是说凡作者能把自己所感知之‘境界’，在作品中作鲜明真切的表现，使读者也可得到同样鲜明真切之感受者，如此才是‘有境界’的作品。所以欲求作品之‘有境界’，则作者自己必须先对其所写之对象有鲜明真切之感受。至于此一对象则既可以为外在之景物，也可以为内在之感情；既可为耳目所闻见之真实之境界，亦可以为浮现于意识中之虚构之境界。但无论如何却都必须作者自己对之有真切之感受，始得称之为‘有境界’”。这是当时我对王氏所标举的“境界”一词作为评词标准之特殊含义的一点理解。再就王氏将“境界”一词作为一般使用时之多种含义而言，则大约分别有以下几种情况：第一是用以指作品内容所表现的一种抽象之界域而言，如《人间词话》第十六则所云“境界有二：有诗人之境界，有常人之境界”，便应为此种取义；第二是用以指修养造诣的各种不同之阶段而言，如《人间词话》第二十六则所云“古今之成大事业、大学问者，必经过三种之境界”，便应为此种取义；第三是用以指作品中所叙写的一种景物而言，如《人间词话》第五十一则所云“‘明月照积雪’，‘大江流日夜’，‘中天悬明月’，‘黄河落日圆’，此种境界，可谓千古壮观”，便应为此种取义。

以上所言，是我多年前对王氏词论中“境界”之说的一点理解。现在回顾所言，我以为基本上也仍是正确的。只是近来我却逐渐发现，事实上这种理解原来却存在有一点极明显的不足之处。那就是凡以上所言者，都不仅可以作为论词之标准，同时也可以作为论诗之标准。而王氏在《人间词话》开端标举“境界”之说时，他所提出的最重要的一句话，却原来乃是“词以境界为最上”，可见在王氏之意念中，词固应原有不同于诗的一种特质，而“境界”一词就正代表了王氏对此种特质的一点体认。而且从《人间词话》的全部来看，王氏原来乃是对这种特质具有极深切之体认的一位评词人；只可惜王氏在他自己将《人间词话》编订而发表于《国粹学报》之时，在前九则较具系统的词话中，未曾将某些有关这方面的词话列入其内，这当然原是中国旧日缺乏理论体系的诗话及词话等著作的一般通病，于是遂使得一些极精辟的见解都成为了零星琐屑的谈话。因此也就使得后来讨论《人间词话》的人，都将注意力集中于对“境界”一词之一般性的义界，及对于“造境”“写境”“有我”“无我”与“优美”“宏壮”等问题的探讨，如此所得的结论遂往往只是对文学及美学方面的一些一般性的观点，而对于王氏标举“境界”来作为评词之术语，其所意指的对于词之特质的一种体认反而忽略了。而如果要想了解王国维对词之特质的体认，及其所提出的“境界”一词与词之特质的关系，我们就不得不先对王氏所提出的另外几则词话也略加探论：

一、词之为体，要眇宜修。能言诗之所不能言，而不能尽言诗之所能言。诗之境阔，词之言长。

二、词之雅郑，在神不在貌。永叔、少游虽作艳语，终有品格。

三、南唐中主词“菡萏香消（按：当作“销”）翠叶残，西风愁起绿波间”，大有众芳芜秽，美人迟暮之感。乃古今独赏其“细雨梦回鸡塞远，小楼吹彻玉笙寒”，故知解人正不易得。

四、古今之成大事业、大学问者，必经过三种之境界：“昨夜西风凋碧树，独上高楼，望尽天涯路。”此第一境也。“衣带渐宽终不悔，为伊消得人憔悴。”此第二境也。“众里寻他千百度，回头蓦见（按：当作“蓦然回首”），那人正（按：当作“却”）在，灯火阑珊处。”此第三境也。此等语皆非大词人不能道。然遽以此意解释诸词，恐为晏、欧诸公所不许也。

五、“我瞻四方，蹙蹙靡所骋”，诗人之忧生也。“昨夜西风凋碧树，独上高楼，望尽天涯路”似之。“终日驰车走，不见所问津”，诗人之忧世也。“百草千花寒食路，香车系在谁家树”似之。

先看第一则词话。我以为此一则词话乃是王氏对其所体认的词之特质的一段极为简要的说明。当然对词之此种特质之体认也并不自王氏始，早在清代的词评家们就已曾用“要眇”二字来形容词之特质了。即如张惠言在其《词选序》中，就曾谓词可以“道贤人君子幽约怨悱不能自言之情，低徊要眇，以喻其致”。其后，沈祥龙沿承张氏之说，在其《论词随笔》中也曾提出说“盖心中幽约怨悱，不能直言，必低徊要眇以出之，而后可以感人”。从他们所标举的这些“低徊要眇”及“要眇宜修”等评词之术语的相近似来看，可见他们对于词之特质原是具有一种共同之体认的。至于此种所谓“要眇”之特质究竟何指，我在不久前所写的《要眇宜修之美与在神不在貌》一篇文稿中，也已曾有所论述。约言之，则所谓“要眇”者盖专指一种精微细致的富于女性之锐感的特美。此种特美既最适于表达人类心灵中一种深隐幽微之品质，而且也最易于引起读者心灵中一种深隐幽微之感发与联想。只不过这种特质在词之不断的演进中，又曾逐渐形成了几种不同的情况：在五代宋初的歌辞之词的阶段，作者填写歌辞时，在意识中既往往并没有言志抒情之用心，故其表现于词中的此种特美，遂亦往往只是作者心灵中一种深隐幽微之品质的自然流露。因此这一类词遂亦往往可以给读者一种最为自由也最为丰美的感发与联想。这可以说是属于词之第一类的“要眇”之美。至于在苏、辛诸人的诗化之词中，则作者虽然在意识中已有了言志抒情的用心，然而由于作者本身之修养、性格、志意和遭遇的种种因素，因而遂形成了一种曲折深蕴的品质，而且在抒写和表达时，其艺术形式也足以与其内容之曲折含蕴之品质相配合。所以虽在超旷和豪迈中，便也仍能具有一种深隐幽微之意致（请参看《唐宋词名家论稿》中对苏、辛词之论析）。这可以说是属于词之第二类的“要眇”之美。至于周、姜、史、吴、王诸家的赋化之词，则往往是以有心用意的思索和安排，来造成一种深隐幽微的含蕴和托喻，这可以说是属于第三类的“要眇”之美。当我们对以上三类不同性质的“要眇”之美已有了分别之认知以后，再回头来看张惠言与王国维二家对词之特质所作的相近似的论述，我们就会发现他们二人在相似之中实在存在有一点绝大的不同，那就是张惠言之以比兴说词乃是先肯定了作者一定有一种贤人君子幽约怨悱之情，不过只是用低徊要眇的方式来传达而已。这种说词的方式，就前面所举的第三类词的“要眇”之美而言，原是可行的；而张氏之错误则是想要用此第三类的“要眇”之美，来概括和说明前两类的“要眇”之美。然而前两类的“要眇”之美的性质既与此第三类迥然不同，因此张氏之说自然就不免有牵强比附之讥了。至于王国维此一则词话之所说，则可以算是对此种“要眇”之美的一种通说，足可以将此三类不同性质的“要眇”之美都概括于其中。这自然是王氏之说较张氏之说更为周全也更为灵活之处。只是王氏在此一则综合的论述中，其所言虽似乎可以概括此三种不同性质的“要眇”之美，然而若就王氏《人间词话》之整体而言，则我们就会发现王氏在批评之实践中，对属于第三类的“要眇”之美的作品，却始终未能真正了解和欣赏。这自然是王氏词论中之一项重大的缺憾。至于对第二类的“要眇”之美，则王氏虽然论述不多，但像他在评苏、辛词时所提出来的一些论点。如“东坡之词旷，稼轩之词豪。无二人之胸襟而学其词，犹东施之效捧心也”及“读东坡、稼轩词，须观其雅量高致，有伯夷、柳下惠之风”诸言，则都颇能掌握评赏此类词之重点所在。盖以诗化之词的作者，既已经具有了与写诗相近似的言志抒情之意识，因此其最易产生的一项流弊就是流于直抒胸臆，而失去了词所独具的“要眇”之特美。所以此类词之佳者，其作者乃更须在本质上先具有一种“要眇”的品质，然后才能在其作品中存有此种“要眇”之特美。王氏对苏、辛词之评赏，每自其作者之品质为说，此自不失为一种有见之言，只是王氏之所说似只为一种直觉之感受，而并无理论性之反思。而且早在清代词评家之论苏、辛词时，已从其修养品格方面为说了，我们在前一节所曾举引过的谢章铤《赌棋山庄词话》中对苏、辛词的一些评论便足以为证。是则王氏对第二类词的“要眇”之美虽亦能有所认知，却与前人之说甚为相近，而并未能树立起真正属于自己的精义和创见。经过如此的比较和观察，我们就会发现王氏论词的最大之成就，实乃在于他对第一类词之“要眇”之美的体认和评说。盖以第一类的歌辞之词，其特色乃在于作者写作时并无显意识的言志抒情之用心，然而其作品所传达之效果，却往往能以其“要眇”之美而触引起读者许多丰美的感发和联想。此种感发和联想既难以用作者显意识之情志来加以实指，因此也就很难用传统的评诗的眼光和标准来加以衡量，私意以为这才是王国维之所以不得不选用了“境界”这一概念极模糊的词语，来作为评词之标准的主要缘故。只是王氏在当时虽对此一类词的“要眇”之特美已有了相当的体认，却并未能形成一种义界严明的理论体系。因此当他在《人间词话》中使用“境界”一词时，才产生了如我们在前文所述及的多种解说之模棱性。而我以前在《王国维及其文学批评》一书中所提出的对“境界”一词之理解，以为当其被用为一种具有特殊含义之批评术语时，乃是指“凡作者能把自己所感知之‘境界’，在作品中作鲜明真切的表现，使读者也可得到同样鲜明真切之感受者，如此才是‘有境界’的作品”的说法，原来应该只是王氏标举“境界”一词作为文学批评术语的第一层含义。此一层含义是既可以用以评词，也可以用以评诗的，可是当他在词话开端特别提出“词以境界为最上”的说法时，此“境界”一词便实在还应具有专指词之特质的另一层的含义。而这一层更为深入的含义，我以为才正是王氏词论中最重要的一点精华之所在。因此王氏遂又在这一则词话中提出了词“要眇宜修”之特质。而且还曾对此一特质加以申述说：“能言诗之所不能言，而不能尽言诗之所能言。诗之境阔，词之言长。”那就因为若将此一类歌辞之词与诗相比较，则诗之作者既在显意识中多存有言志抒情之用心，而且可以写为五、七言长古之各种体式，可以说理，可以叙事，可以言情，此种广阔之内容，自非小词之所能有。然而小词的“要眇”之美所传达的一种深微幽隐的心灵之本质，其所能给予读者的完全不受显意识所拘限的更为丰美也更为自由的感发与联想，则也决非诗之所能有。所以在我们前面所举引的第二则词话中，王氏乃又曾提出说“词之雅郑，在神不在貌”。其所谓“貌”，应该就是指词中所叙写的表面之情事，而其所谓“神”则应是指其“要眇”之特质所能给予读者的一种触引和感发的力量。因为如果只以“貌”而言，则五代宋初之小词表面所叙写的情事，原来都只不过是一些儿女相思伤春怨别的内容而已。若以评诗之标准论之，则此种内容之诗歌固应皆属于郑卫淫靡之作，并无深远之意义与价值可言；然而若以评词之标准论之，则虽然外表同是写儿女之情的作品，可是其中却有一些作品除去外表所写的情事以外，还特别具有一种足以引起读者之深远而丰美的感发与联想的力量，而这一类小词自然就正是王氏所谓“在神不在貌”的不能再以郑卫之音目之的作品了。像这种不被内容所写之情事所拘限，而能触引读者极自由之感发与联想的一种艺术效果，一般而言自然并非只以写显意识中之情事为主的诗之所能有。因此我以为这才是王氏之所以提出“词以境界为最上。有境界，则自成高格，自有名句”之说来作为评词之标准的更深一层的意旨之所在。只可惜王氏对于这一类词的“要眇”之特质，虽有相当深切的体认，然而却并未能作出更有系统的理论化的说明，因此我们便只能从他在评词实践的一些其他诸则词话中，来求取印证了。所以下面我们便将对前面所举引的第三至第五则词话略加讨论。

这三则词话，我以为恰好可以代表王氏之不被作品所叙写的外表情事所拘限，而以感发及联想来评词和说词的几种不同的方式。先看第三则词话，在这则词话中，王氏所举引的南唐中主李璟的《山花子》一词，就其外表所写的情事而言，原来乃是一般歌辞之词所常写的伤离怨别的思妇之情，然而王氏却以为其开端之“菡萏香销”二句“大有众芳芜秽，美人迟暮之感”，这当然可以作为王氏之“遗貌取神”，不从作品所写之外表情事立说，而从作品之感发作用所予读者之联想来立说的一则例证。再看第四则词话，在这则词话中，王氏所举引的晏、欧诸人的小词，就其外表所写的情事而言，原来也是一般歌辞之词所常写的伤离怨别的儿女之情，然而王氏却居然以为其所写之内容，足以代表“成大事业大学问者”的“三种境界”，这当然也可以作为王氏之“遗貌取神”，不从作品所写之外表情事立说，而从作品之感发作用所予读者之联想来立说的又一则例证。至于第五则词话，则王氏乃竟然以晏殊及冯延巳所写的歌辞之词中的伤离怨别的词句，来与《诗经·小雅·节南山》及陶渊明《饮酒》诗中的一些忧生忧世的诗句相比拟，其“遗貌取神”，能超越于作品所写的外表情事以外，而独重读者感发之所得的一贯的读词和说词的态度，也是明白可见的。而且王氏在第四则词话中，既曾把晏殊《蝶恋花》词中的“昨夜西风”数句，比拟为“成大事业、大学问者”的“第一种境界”，而在第五则词话中，又把此三句词与《小雅·节南山》中的“我瞻四方，蹙蹙靡所骋”数句相比拟，以为其与“诗人忧生”之情意有相似之处，则王氏之以联想说词时的自由和不受拘限的情况，自亦可概见一斑。

从以上这些批评实践中的个例，已足可证明我在前面所提出来的说法，那就是王氏评词之最大的成就，乃在于他对第一类歌辞之词的“要眇”之美的体认和评说。这种评说之特色就正在于评者能够从那些本无言志抒情之用心的歌辞之词的要眇之特质中，体会出许多超越于作品外表所写之情事以外的极丰美也极自由的感发和联想。这种感发和联想与诗中经由作者显意识之言志抒情的用心而写出来的内容情意，当然有很大的不同。我想这可能才正是王氏之所以不得不提出“境界”这一义界极模棱的批评术语，来作为评词之标准的更深一层的含义之所在。因此“境界”一词也含有泛指诗歌中兴发感动之作用的普遍含义，却并不能径直地便指认为作者显意识中的自我言志抒情之内容，而是作品本身所呈现的一种富于兴发感动之作用的作品中之世界。而如果小词中若不能具含有这种“境界”，则在唐五代之艳词中，固原有不少浅薄淫亵的鄙俗之作，而这些作品当然是王国维所不取的，因此私意以为这才是王氏何以要提出“词以境界为最上。有境界，则自成高格，自有名句”来作为评词之标准的主旨所在。而且在这一则词话的最后，王氏还曾提出了另一句极值得注意的话，说“五代、北宋之词所以独绝者在此”。则王氏之“境界”说其重点乃专指这一类歌辞之词的引人感发与联想的要眇之特质，岂不显然可见？

以上我们虽然曾就中国词学之传统及王国维之词论，把词之“要眇”的特质归纳为“歌辞之词”“诗化之词”与“赋化之词”三种不同的类型，并曾提出说张惠言的比兴寄托之说特别适用于第三类赋化之词之有心安排托意的一些作品，而王国维的境界说则特别适用于第一类歌辞之词之富于感发作用的作品。然而这种归纳实在不过只是一种极为简单的说明而已。关于张、王二家词说之优劣长短及其理论之依据何在，还都有待于更深一层的探讨。而传统词说既缺乏周密的理论分析，因此下一节我们便将借用一些西方的理论来对之略加检讨。

三　从西方文论看中国词学

在前两节的讨论中，我们已曾就中国词学之传统，对词之特质作了扼要的探讨，以为词与诗之主要差别，乃在于词更具有一种深微幽隐引人向言外去寻绎的“要眇”之特质。而且还曾就词之发展过程，将此种“要眇”之特质分做了“歌辞之词”“诗化之词”及“赋化之词”三种不同的类型。并曾指出张惠言之以比兴寄托说词的方式，较适用于第三类的“赋化之词”；王国维之以感发联想说词的方式，较适用于第一类的“歌辞之词”；至于第二类的“诗化之词”，则是虽然也以具有深微幽隐的“要眇”之特质者为佳，然而并不须以比兴及联想向作品本身之外去寻绎，而是在作品本身所写的情事之中，就已经具含了“要眇”之特质了。以上我所作的这些探讨和归纳，可以说主要都是以中国传统词说为依据的。只可惜中国文学批评一向缺少逻辑严明的理论分析，因此虽有一些极精微的体会，却都只形成了一些模糊影响的概念，而不能对其所以然的道理作出详细的说明。而近来我却发现这些传统词学，与西方现代的一些文论颇有暗合之处，因此下面我便将借用一些西方文论来对中国这些传统的词说略作反思和探讨。不过，在引用西方理论之前，我却要首先作一个简单的声明，那就是本文既不想对西方理论作系统性的介绍，也不想把中国词学完全套入西方的理论模式之中，我只不过是想要借用西方理论中的某些概念，来对中国词学传统中的一些评说方式，略作理论化的分析和说明而已。

首先我要提出来一谈的是西方的阐释学 (hermeneutics)，此一词之语源盖出于希腊罗马神话中赫尔默斯 (Hermes) 一词，赫尔默斯为大神宙斯 (Zeus) 与美亚 (Maia) 所生之子，是一位为神传达信息的使者。因此西方遂将诠释《圣经》中神的语言的学问，称为 hermeneutics，本义原是解经之学。而另外自亚里士多德开始，欧洲也原有一个对古典加以阐释的传统。其后经德国的神学家与哲学家施莱尔马赫 (F. Schleiermacher) 及狄尔泰 (W. Dilthey) 等人把二者加以发扬和融会，于是原来的解经之学，遂脱离了教条的束缚，而发展成为一种可以普遍适用于哲学与文学之解释的总体的阐释学。本文因主题及篇幅所限，对此自无法作详细之介绍。我现在只想把中国传统词学与西方阐释学的一些暗合之处，略加叙述。第一点我要提出来一谈的是西方对《圣经》的阐释，往往至少有两层意义，因为经文中常有一种喻言的性质，因此说经之人对于经文遂至少要作出两层解释，第一层是对于经文之语法及词意等字面之解释，第二层是对其精神内含的寓意的解释 (圣奥古斯丁在其《基督教教义》一书中，甚至曾将之分为“字面的”“寓言的”“道德的”及“神秘的”四重含义，因过于繁复，兹不具论)。如果以这一点特色与中国词学传统相比较，则如我在前一节之所论述，中国词与诗的差别，就在于词更具有一种幽微要眇引人向更为深远之意蕴去追寻的特质，这正是张惠言之所以提出了“意内言外”的比兴寄托之说，王国维之所以提出了“在神不在貌”的境界之说的缘故。可见对于词的欣赏和评说都更贵在能透过其表面的情意而体会出一种更深远的意蕴。像这种对于两层意蕴的追寻和探索，我以为这正是中国词学与西方阐释学的第一点暗合之处。第二点我要提出来一谈的，则是阐释学中的多种解释的可能性。西方的阐释学，其最初之本意原是要推寻出经文中神的旨意，或古代作品中的作者之本意，可是在实践的发展中，他们却发现自己面临了一个重大的困难，那就是每一个诠释人都有其时代与个人之背景的种种限制，因此当他们对不同时间不同空间不同之作者的作品作出诠释时，自然就免不了会产生种种偏差，于是从作品中所体会出来的，遂往往不一定是作品的本义 (meaning)，而只是诠释者自作品中所获得的一种衍义 (significance)。而且不仅不同的诠释人可以自作品中获得不同的“衍义”，甚至同一位诠释人在不同的时空背景下阅读同一篇作品，也可以因不同背景而获得不同的衍义。如果以阐释学中这种衍义之说与中国传统词学相比较，则如张惠言之评温庭筠的《菩萨蛮》词，谓其“照花前后镜”四句有“《离骚》初服之意”，王国维说李璟的《山花子》词，谓其“菡萏香销翠叶残”二句有“众芳芜秽，美人迟暮之感”，像这种解说，依阐释学言之，自然就都可以被视为一种衍义。而这种衍义的评说，既可以因诠释人的时空背景之不同而作出种种不同的解说，因此常州词派之周济和谭献二人，遂又提出了“仁者见仁，知者见知”与“作者之用心未必然，而读者之用心何必不然”之说。于是晏殊之《蝶恋花》词之“昨夜西风凋碧树”三句，遂既可以被王国维评说为“成大事业、大学问者”的“第一种境界”，又可以被王国维评说为有“诗人忧生”之意。像这种衍义的评说，我以为也正可以用西方阐释学来加以说明。这是中国传统词学与西方阐释学的第二点暗合之处。第三点我要提出来一谈的，则是阐释学中阐释之依据的问题，而一切阐释的依据当然都在所阐释的“文本”(text，一译为“本文”)，是“文本”为阐释者提供了材料，且提供了各种阐释的可能性。如果以此一点与传统词学相比较，则如张惠言之评温庭筠的《菩萨蛮》词，就曾提出说：“‘照花’四句，《离骚》初服之意。”可见“照花”四句便是张惠言之评说所依据的“文本”。王国维之评李璟的《山花子》词,也曾提出说:“‘菡萏香销’二句,大有众芳芜秽,美人迟暮之感。”可见“菡萏香销”二句也就是王国维之评说所依据的“文本”。这自然可以说是传统词学与西方阐释学的第三点暗合之处。只是我们虽然承认了张惠言与王国维之评说各有其所依据的文本，然而这些文本何以竟会引发了他们所诠释的那些“衍义”，则还是一个应该探讨的问题。因此下面我们便将再征引一些其他的西方理论，来对这方面的问题也略加论述。

所谓“文本”，其组成的因素自然是文本中所使用的语言，而语言则是传达信息的一种符号。因此我们现在就将对西方的符号学(semiotics)也略加介绍。本来早在我所写的《从符号与信息之关系谈诗歌的衍义之诠释的依据》一文中，我对符号学已作过简单的介绍，而且曾引用符号学的一些理论，对张惠言之以比兴寄托说词的依据也作过简单的分析(见《迦陵随笔》之七)。约言之，则根据瑞士符号学之先驱者结构语言学家索绪尔之说，作为表意符号的语言，其作用主要可以归纳为两条轴线，一条是语序轴，另一条是联想轴。语序轴指语法结构的次序而言，当然是构成语言之表意作用的一种重要因素。但索氏认为语言之表意作用除了在语言中实在出现的语序轴以外，还要考虑到每一语汇所可能引起的联想的作用。一些有联想关系的语汇可以构成一种系谱(paradigm)。如果以中国文学为例证，则如我们要叙写一个美丽的女子，则我们便可以联想到“美人”“佳人”“红粉”“蛾眉”等一系列的语谱。而语谱中的每一个语汇都可以提供给说话人一种选择，当我们选择此一语汇而不选择彼一语汇时，其间就已经有了一种表意的作用了。而且当这些语汇依语法次序排列成一个语串之时，则此一语串除去依语序轴之次序所表明的语意以外，便还可以由联想轴之作用而隐含有另一组潜伏的语串。索氏的此一理论，实在为以后的学者提供了不少可提供发挥的基础。至于把符号学用之于对于诗歌的研讨，则以雅各布森和洛特曼二人之说最为值得注意。雅各布森原为国际上著名的语言学家，并曾结合语言学与符号学来探讨诗学。他曾以索绪尔的二轴说为基础，而发展出一种语言六面六功能的理论(此说过繁，此处不暇介绍，从略)，其中之一就是所谓诗的功能(poetic function)，这种功能之形成，主要就是由于把属于选择性的联想轴的作用加在了属于组合性的语序轴之上，于是就使得诗歌具有了一种整体的、象征的、复合的、多义的性质，这自然就使得我们对于诗歌的内涵和作用，有了更为丰富也更为深入的认识和了解。不过，雅氏也曾对语言的交流提出了一项重要的条件，那就是说话人和受话人双方必须具有相当一致的语言的符码。其后另一位俄国的符号学家洛特曼则更把符号学从旧日的形式主义及结构主义中解放出来，使之与历史文化相结合，并且接受了信息交流的理论，而提出了更进一步的说法。洛氏认为人类不仅用符号来交流信息，同时也被符号所控制，符号的系统也就是一个规范系统。而且此中规范系统还可以分为两个层次：我们日常普通所使用的语言，是第一层的规范系统；而当我们把文学、艺术及各种风俗、习惯加之其上，于是就形成了第二层的规范系统。因此当我们研析一篇文学作品时，就不应只注意其第一层的规范系统，还应注意其外在时空的历史文化背景所形成的第二层的规范系统。同时洛氏还曾把符号分成了理性的认知与感官的印象两种不同的性质。前者多属于已经系统化了的符号，后者则多属于未经系统化的符号。前者可以给人知性的乐趣，后者则可以给人感性的乐趣。通常一般人读诗都只注意诗篇之语汇在语序轴上所构成的表面的信息与意义，而依洛氏之说，则无论是语序轴或联想轴所可能传达的信息，无论是知性符号或感性符号，甚至诗篇外的历史文化背景，都可视作诗歌的一个环节。因此洛氏的理论遂把诗篇所能传达的信息的容量大幅度地扩展了。

以上我们既然征引了一些西方符号学之说，说明了在语言符码中之联想轴的重要性，也说明了这些符码系统与历史文化背景有着密切的关系，现在我们就可以借用这些理论来对张惠言说词之依据略加说明了。即如我们在前文所举出的张惠言对于温庭筠《菩萨蛮》（小山重叠）一词中“照花”四句的评说，此四句词原文本是“照花前后镜，花面交相映。新贴绣罗襦，双双金鹧鸪”。如果只从语序轴表面的叙写来看，则此四句词原不过只是写一个女子的簪花照镜及其衣饰之精美而已。可是张惠言却从其中看出了“《离骚》初服之意”，那便因为就中国历史文化之传统而言，则《离骚》中既多以“美人”喻为“君子”，而且常以美人之修容自饰来比喻君子之高洁好修。《离骚》中“初服”一句，原文就是：“进不入以离尤兮，退将复修吾初服。”据王逸注即曾云：“退，去也，言己诚欲遂进竭其忠诚，君不肯纳，恐重遇祸，将复去修吾初始清洁之服。”而其所喻示的则是贤人君子之不遇者的一种高洁美好的品德，所以紧接着“初服”一句，《离骚》就写了一大段“芰荷为衣”“芙蓉为裳”“缤纷繁饰”“芳菲弥章”的衣服容饰之美。可见张惠言之说温词以为其有屈子《离骚》之意，他所依据的原是由于文本中一些语码所提示的带有历史文化背景的联想轴的作用（温氏此一词中的语言符号，如其“画眉”“照镜”等叙写皆可以有引人联想之符码作用。请参看《迦陵随笔》之八）。而像张惠言的这种说词方式，实在可以说是中国词学以比兴寄托说词的一个传统方式，即如鲖阳居士之说苏轼《卜算子》（缺月挂疏桐）一词（见张惠言《词选》所引）谓其“‘缺月’刺明微也，‘漏断’暗时也……”云云，端木埰之说王沂孙《齐天乐》（一襟余恨宫魂断）一词谓其“‘宫魂’句点出命意，‘乍咽’‘还移’慨播迁也”云云（见四印斋刻《花外集》王鹏运跋文），他们所采用的就都是以文本中某些语码来比附某种托意的方式。这种解说方式，从表面看来虽然似乎也是一种可以使词之诠释更为丰富的衍义，但实际上反而给词之诠释更加上了一层拘执比附的限制。关于这种诠释的缺点，西方符号学家也已曾注意及之。即如艾柯在其《读者的角色》(*The Role of the Reader*) 一书之《诗学与开放性作品》（“The Poetics of the Openwork”）一节中，就曾认为西方阐释学中像这种以道德性 (moral)、喻托性 (allegorical) 及神秘性 (anagogical) 来作解释的中古时期的说诗方式，是一种被严格限制了的僵化的解说，事实上已经背离了诗歌之自由开放的多义之特质。在中国词学中，张惠言这一派比兴与寄托的常州词论之所以往往受到后人的讥评，就也正是由于这种缘故（请参看《迦陵随笔》之九）。因此王国维遂批评张氏之说词为“深文罗织”，而王氏自己遂发展为一种更重视读者之联想的更富于自由性的说词方式。下面我们便将对王氏说词之方式，也借用西方之文论来略加论述。

如果以王氏说词之方式与张氏说词之方式一加比较，我们就会发现其间实在有两点极大之差别。其一是张氏之说词其所依据的主要是一种在历史文化中已经有了定位的语码，这一类语码在文本中是比较明白可见的；而王氏之说词则并不以其中已有定位的语码作为依据，此其差别之一。其次则张氏之说词乃是将自己之所说直指为作品之本意与作者之用心；而王氏则承认此但为读者之一想，此其差别之二。从以上两点差别，我们已可清楚地见到，张、王二氏不仅是在说词方式上有着明显的不同，而且在批评的重点方面，也已经有了极大的转移。张氏的批评主要仍是以追求和诠释作者之用心与作品之原义为评说之重点；而王氏则已经转移到以文本所具含之感发的力量，及读者由此种感发所引起的联想为评说之重点了。为了要对王氏说词的方式也略加理论化的分析，因此我们就不得不对另一些西方文论也略加介绍。首先我要提出来一谈的，就是西方的接受美学（德文为 rezeptions asthetik，英译为 aesthetic of reception)，此一学派源起于联邦德国的康茨坦斯大学 (University of Konstangin Southern Germany)。当时该大学有一批学者经常聚会，如尧斯 (Hans Robert Jauss) 及伊塞尔诸人皆在其中。他们曾把一些共同讨论的主题，写为论文发表在一本名为《诗学与诠释学》的杂志 (*Poetik und Hermeneutik*) 中，所谓“诗学”与“诠释学”虽然研究的重点不同，前者重在对于诗之性质及其内在结构的分析，而后者则重在对于意义的解说，但经由诗学的分析实在可以产生出对于诠释的重大影响，因此二者间自然有一种密切的关系。而所谓“接受美学”就是综合了诗学与诠释学而发展出来的一种新兴的文学批评理论。而且在发展的过程中还曾结合了结构主义与现象学的一些影响，因此牵涉的问题颇为广泛，本文对此不暇详述。我现在只想对此一派文学理论所提出的读者之重要性略加介绍。约言之，盖早自捷克的结构主义学者莫卡洛夫斯基就已曾提出了艺术品有待读者或欣赏者来加以完成的说法，他认为一切艺术品在未经读者或欣赏者的再创造以前，都只不过是一种艺术成品而已，一定要经过读者或欣赏者的再创造来加以完成，然后此一艺术品才成为一种美学的客体（见莫氏所著《结构、符号与功能》［*Structure*，*Sign and Function*］）。而波兰的现象学哲学家英伽登则认为作品本身只能提供一个具含很多层次的架构，其中留有许多未明白确定之处，要等读者去阅读时，才能将之加以具体化的呈现。而且一切作品都必须经由读者或欣赏者以多种不同之方式加以完成，才能产生一种美感经验，否则此一艺术品便将毫无生趣（见英氏所著《文艺作品的认知》［*The Cognition of the Literary work of Art*］及《文艺作品的本体性、逻辑性及理论性探讨》［*The Literary Work of Art: An Investigation on the Borderline of Ontology, Logic and Theory of Literature*］）。而接受美学的学者伊塞尔在其《阅读过程——一个现象学的探讨》一文中，遂明白地提出了文学作品的两极之说。他认为文学作品具有两个极点，一方面是艺术的（artistic），一方面是美学的（aesthetic）。前者指的是作者所创作的文本，后者则指的是阅读此一文本的读者。因此我们对文学的研讨，就不应该只把重点放在作者的文本上面，而应该对于读者的反应也同样加以重视。伊氏又曾主张，读者对作品的反应不能被严格地固定在一点之上，而阅读的快乐也就正在其不被固定的活动性和创造性。而另一位接受美学家尧斯，在其《关于接受美学》（*Toward An Aesthetic of Reception*）一书中，则更提出了一种主张，以为一篇诗歌的内涵可以在读者多次重复的阅读中呈现出多层含义，而且读者的理解并不一定要作为对作品本文之意义的解释和回答。此外还有一位意大利的接受美学的学者墨尔加利在其《论文学接受》一文中，则曾把读者分为若干类：第一类是普通的读者，他们只看作品表面的意思；第二类是超一层的读者，他们在阅读时对于作品带有一种分析和评说的意图；第三类的读者，他们都只把作品当成一个出发点，从而透过自己的想象可以对之作出一种新的创造性的诠释。墨氏称此类读者对其所阅读的文本造成了一种创造性的背离。（墨氏此文见于法文之《比较文学杂志》[*Revue de Litterature Comparee*] 1980 年第 2 期，134—149 页。）

当我们对以上这些理论有了简单的认识以后，我们就会发现王国维说词之方式与这些理论确实有不少暗合之处。其一，接受美学主张一切艺术作品都有待于读者来完成，如果不然，则此一作品便只是一件艺术成品而毫无生趣。王氏之以“众芳芜秽，美人迟暮之感”来说李璟的《山花子》词，又以“三种境界”来说晏、欧诸人的小词，主要就是透过读者的感发，而给作品赋予了一种新鲜的生趣。这可以说是与此一派理论的第一点暗合之处。其二，接受美学以为一篇作品可以对读者呈现出多层含意，而且读者的理解和诠释并不一定要作为对作品本文之意义的解释和回答。因此王氏对晏、欧诸人之小词，遂可以既将之评说为“成大事业、大学问者”的一种境界，又可以将之评说为有诗人“忧生”“忧世”之心。这可以说是与此一派理论的第二点暗合之处。其三，接受美学既曾提出读者对于文本之诠释可以透过自己之想象而形成一种创造性的背离。因此王氏在以三种境界说晏、欧诸人之小词时，遂也曾提出说“遽以此意解释诸词，恐晏、欧诸公所不许也”。可见王氏对自己的解说之背离了作品的原义，也原是有所认知的。这可以说是王氏词说与此一派理论的第三点暗合之处。如果只从以上几点来看，则读者对作品之接受与诠释，乃似乎可以享有绝大之自由了。但事实上却也并非全然如此。因此接受美学还有一则极重要的理论，那就是一切诠释都必须以文本中所蕴涵的可能性为依据。关于这一方面，伊塞尔在其《阅读活动—— 一个美学反应的理论》(*The Act of Reading: A Theory of Aesthetic Response*) 一书之序文中，就曾提出他对于文本与读者之关系的看法，认为文本提供了一种可能的潜力，而这种潜力是在读者阅读的过程中加以完成的。因此美感的反应乃是在文本与读者的交互作用中所产生的一种辩证的关系。如此看来，则旧日之只重视作者与作品而忽略了读者之美感反应的文学批评，固然是一种偏差；而如果只重视读者的反应而忽略了作品之文本的根据，则其所作出的诠释势必也将形成为荒谬妄诞而泛滥无归，则是另外一种偏差。因此我们在承认了王国维之以一己感发之联想来说词的方式以后，就还应该更对其在文本方面的依据也略加探讨。

说到文本中的依据，当然就要以实践的批评为例证，而西方的著作则往往偏重理论的成分多，而实践的例证少。即使有一些例证，如伊塞尔对于班彦 (John Bunyan) 和司考特 (Walter Scott) 等人著作的分析，乃大多以小说为主，而缺乏讨论诗歌的范例。至于尧斯则虽然曾经讨论过法国波德莱尔 (Charles Baudelaire) 的一首诗歌，然而东西方的文化背景和语言特质既都有很大的不同，因此我们也不能生硬地便把西方的个例来作为我们的典范。如此则我们在探讨王国维说词方式在文本中的依据之时，便不得不再对中国古典诗歌之特质一加回顾。本来关于此一问题，我在《王国维及其文学批评》一书中于论及《境界说与中国传统诗说之关系》一节内，已曾对中国古典诗歌之传统及特质作过简单的论述。另外我在《中国古典诗歌中形象与情意之关系例说》一篇文稿内 (见《迦陵论诗丛稿》)，也曾把中国诗论与西方诗论之差别作过一番比较。约言之，则西方的创作与批评都重视有心的设计与安排，而中国的创作与批评则较重视自然的感动和兴发，这正是何以在中国诗论中特别重视“兴”的作用，而在英文的批评术语中乃竟然找不到一个与之相当的语汇的缘故。现在我们如果要把西方的接受美学与读者反应论引用到对中国古典诗歌的评说中来，我们自然也就不能不重视中国传统中之所谓“兴”的作用。而且中国诗论中之所谓“兴”原来乃是可以兼指作者与读者而言的。就作者而言，所谓“兴”者，自然是指作者“见物起兴”所引起的一种感发；而就读者而言，所谓“兴”者，则是指读者在阅读时由“诗可以兴”而引起的一种感发。“诗可以兴”最早见于《论语》，本是孔子论诗的一句话。关于孔门说诗之重视读者读诗时之“兴”的感发作用，我在《“比兴”之说与“诗可以兴”》一篇文稿中已曾有所讨论，兹不再赘（见《迦陵随笔》之十）。总之，孔门说诗所着重的，乃是读者要能从诗歌中引起一种感发和联想。这种读诗和说诗的方式，与西方的接受美学及读者反应论虽然也有可以相通之处，然而基本上并不完全相同。这自然因为就阅读现象而言，无论古今中外的读者在接受作品中所传达的信息时，都必然会引起某种反应，这原是人类认知过程中之一种共性，所以基本上有可以相通之处。但对于如何接受和反应，以及如何对之作出诠释，则因为古今中外之文化历史背景不同，自然也会因此而产生极大之差别。我以为王国维的说词方式，可以说就是在理论上，虽与西方文论有可以相通的暗合之处，而在实践中则实在是带有中国传统的“诗可以兴”的深远之影响的一种重视诗歌之感发作用的说词方式。因此当我们要为王氏说词方式之个例找出其文本中之依据的时候，我们自然就不得不对其文本中所蕴涵的感发之潜能加以重视。所谓感发之潜能是与文本中每一个符号所呈现出来的形式和作用都有着密切之关系的，这种鉴别需要一种极细致的感受和体察，当然不似张惠言一派说词所依据的在文化历史已有定位的语码之明白可见。因此要想说明王氏说词之方式在文本中的依据，我们就要对其所依据的文本作一番深细的观察和探讨。

关于王氏说词方式在文本中之依据，我在《感发之联想与作品之主题》及《三种境界与接受美学》两篇文稿中，本已曾论述及之（见《迦陵随笔》之十二及十三）。约言之，则李璟《山花子》一词之所以引起了王氏的“众芳芜秽，美人迟暮”之慨，乃是因为在“菡萏香销翠叶残，西风愁起绿波间”二句文本中，原来就蕴涵了足以引起王氏此种感发的一种潜能。首先是“菡萏”一词在此一文本中的作用和效果。原来“菡萏”乃是荷花之别名，见于《尔雅·释草》。不过，每个不同的语汇都各有其不同的品质，也各自带有其不同的作用。即以“菡萏”与“荷花”而言，它们所指向的名称虽然相同，然而其所传达的品质方面的感受则有所不同。“荷花”一词予人之感受较为通俗，也因此而显得更为写实；而“菡萏”一词则因其较为古雅，因此乃别有一种高贵而疏远的感觉。于是此一词汇乃因其推远了现实之距离，而似乎具含了一种象喻的意味。再看“翠叶”二字，所谓“翠叶”者，自然是指绿色的荷叶，如果说“绿叶”，自亦未尝不可；可是如果以“绿叶”与“翠叶”相比较，我们就会感到“绿叶”似较为浅薄而庸俗，而把“绿”字换成了“翠”，则不仅把绿色表现得更为鲜明具体，而且还可以由“翠”字所引起的“翡翠”“翠玉”等联想而表现出对于珍贵美好之品质的一种喻示，因此“翠叶”二字在与开端之“菡萏”一词的相呼应之间，遂造成了一种珍贵美好之品质的重叠出现，于是遂使得此种品质形成为此一句文本中足以引起读者象喻之联想的重点。何况与此“菡萏”及“翠叶”二者相映衬的，还有中间的一个“香”字。此一“香”字所提示的，也同样是一种芬芳美好的品质，因此也就更增强了此一句中的象喻的意味。同时更可注意的则是夹在这种珍贵美好之名称的叙写之中，诗人所用的两个述语，一个是“销”字，一个是“残”字。这两个动词的重叠出现，遂同样也因其质量的增强，而使得其所叙写的消毁和残破的现象，也同样具含了一种象喻的意味，如此则“菡萏香销翠叶残”七个字一口气读下来时，遂自然就使得读者产生了一种恍如见到无数珍贵美好的事物都同时走向了销毁和残破的感受。至于次句的“西风愁起绿波间”，则“西风”一词本身就带有一种萧瑟和摧残的暗示，而且西风吹起的所在，所谓“绿波间”，实在也就是前一句中之“菡萏”的美好之生命的托身之所，所以此一句的叙写，也就更加强了首句所喻示的一切珍贵美好之生命都已走向销毁残败之无可遁逃的整个场景之悲剧感。是则仅就此二句文本中所蕴涵的足以引起读者感发的潜能而言，固已足可说明王氏对此二句词之评说的依据了。而如果我们若更结合了中国的历史文化背景来看，则秋日草木之萧瑟凋零，本来也早就有一种悠久的象喻的传统。早在《诗经·小雅·四月》中，就曾有过“秋日萋萋，百卉俱腓。乱离瘼矣，奚其适归”的句子，表现了由秋日之百卉凋伤所引发和象喻的在乱离中无所遁逃的哀感。另外在《离骚》中也曾有过“惟草木之零落兮，恐美人之迟暮”的句子，则是把芬芳美好的植物与象喻着贤人君子的美人相结合，藉草木之零落而喻示了才人志士之生命落空的悲慨。其后宋玉之《九辩》则更写有“悲哉秋之为气也，萧瑟兮草木摇落而变衰”的句子，于是“悲秋”在中国文学传统中，遂形成为一个经常出现的“母题”，所以唐代的杜甫乃写下了“摇落深知宋玉悲”的句子。可见草木之摇落一直是引起诗人感发的因素，而诗歌中对草木摇落的叙写，也就一直成为一个使读者引起感发的重要因素了。因此王国维遂谓李璟之“菡萏香销”二句“大有众芳芜秽，美人迟暮之感”，这其间便不仅是有文本之依据，而且也是有历史文化背景为之依据的了。只不过王氏所依据的乃是文本中所蕴涵的一种感发的潜能，而并不只是语言中的符码而已。像王氏的这种说词方式，当然需要对文本中语言符号的每个成分的功能都要有精微细致的感受和辨别的能力，然后才能对文本中的潜能作出正确的发挥；而不致流入于荒谬的妄说。关于语言符号中这种精微细致的质素之重要性，艾柯在其《符号学的一种理论》

一书中，曾经特别提出过所谓“显微结构”一词，来与所谓“符码”一词相对举。他以为“符码”所传达者乃是一种已经定型的意义(established meaning)；而“显微结构”所传达的则不仅是表面的意义，而且是符号本体中所具含的一种质素(elements)，而也正是这种质素给用以表达的语言符号提供了一个更为基本的表达形式。所以从表面看来，张惠言从语言符号之带有文化定位的语码所作出的阐释，虽然似乎更有可信的依据，但事实上则王国维对词之评说，有时却似乎反而更能掌握住文本所传达的某些基本的质素。我在《感发之联想与作品之主题》一文中，在讨论李璟这一首《山花子》时，就曾提出说：“此词显意识之所写，固原为闺中思妇之情，这种情事自表面看来与‘美人迟暮’之喻托虽然似乎是截然不同之二事，但自《古诗十九首》之写思妇之情，就曾写过‘思君令人老，岁月忽已晚’的话。李璟此词在‘菡萏香销’二句之后，便也曾写了‘还与韶光共憔悴’的话。是则思妇之恐惧于韶华流逝容颜衰老之情，在本质上与‘众芳芜秽，美人迟暮’的悲慨之情，固也原有其可以相通之处。……而王国维之所说乃正为一种‘在神不在貌’的直探其感发之本质之评说。”并且我还曾自此推论说：“就作者李璟所处身的南唐之时代背景而言，其国家朝廷在当日固正处于北方后周的不断侵逼之下，因此这首词之‘菡萏香销’二句所表现的一切都在摧伤之中的凄凉衰败的景象，也许反而才正是作者李璟在隐意识中的一份幽隐的感情之本质。而王国维却独能以其锐感探触及之，这实在正是王国维说词的最大的一点长处与特色之所在。”而且艾柯在其《符号学的一种理论》一书中，于论及符号学的主体(subject)之时，也曾提出过一种看法，以为符号的主体（也就是使用符号的人——作者）是可以经由符号的活动来加以界定的。因此王氏乃透过“菡萏”二句语言符号的某些特殊质素，从而引起了一种与主体意识之本质相暗合的感发，这当然就不仅是个人之锐感，而且也是在符号学中足以为之找到理论之依据的了。

经过上面的论述，我们已可清楚地见到王国维之以感发说词的方式，从表面看来虽然似乎只是一己读词时偶发之联想，但实际上则是既可以为之找到西方理论的依据，而且同时也是有中国传统之重视感发的深厚之根基的。本来我们对王国维说词之方式的讨论，原可到此即告一结束；只是我们在前文中，既然还举有其他两则王氏说词的例证，当然我们就应该对此也略作交代。只是为篇幅所限，我们不能再对之作详尽的分析，现在只简单说明如下：第一点我们要加以说明的，当然是王氏以“三种境界”来评说晏殊诸人之小词之一则词话的文本之依据，关于此点，我在《文本之依据与感发之本质》一篇文稿中，已曾有所论述(见《迦陵随笔》之十四)，兹不再赘。第二点我们要加以说明的，则是王氏以“诗人之忧生”及“诗人之忧世”来评说晏殊及冯延巳二人之词的一则词话。在这则词话中，实在包含了两个例证。前一个例证是说“‘我瞻四方，蹙蹙靡所骋’，诗人之忧生也。‘昨夜西风凋碧树，独上高楼，望尽天涯路’似之”；后一个例证是说“‘终日驰车走，不见所问津’，诗人之忧世也。‘百草千花寒食路，香车系在谁家树’似之”。现在我们先看前一个例证，在这个例证中王氏所举引的“我瞻四方”二句，原出于《诗经·小雅·节南山》之第七章。这一篇诗是《诗经》中少数有主名的作品之一。作者在此诗之末一章，曾明白地写有“家父作诵，以究王讻”的诗句，清楚地表现了此诗之有讽刺之意。只不过历代说诗人对其所刺之对象，则颇有不同的说法，或以为是刺幽王，或以为是刺师尹。总之无论其所刺者为何人，我们从这首诗中所叙写的“天方荐瘥，丧乱弘多”“昊天不佣，降此鞠讻”“不吊昊天，乱靡有定”等诗句看来，这首诗乃是一首忧危念乱之诗，殆无可疑。至于“我瞻四方，蹙蹙靡所骋”二句，则据《毛传》郑笺云：“蹙蹙，缩小之貌。我视四方土地日见侵削于夷狄，蹙蹙然虽欲驰骋无所之也。”

是其所喻言者，自然乃是诗人对自己生于乱世不得顺遂其志意的一种慨叹，也就是王氏所云“忧生”之意。而晏殊的“昨夜西风”几句词，则就其表现所写之情事来看，其所写者固原为伤离怨别的对远人怀念之词，与所谓“忧生”之意实在本不相干，不过若自其语言符号中所蕴涵的更深一层的基本质素言之，则“昨夜西风”一句所表现的寒劲之“西风”对于“碧树”的摧残，固正有如诗人所遭受到的外界危乱之苦厄，而“独上高楼”二句所表现的登高望远之情意，便也似乎与诗人之意欲有高远之追寻而无法实践的悲慨大有可以相通之处。而这很可能也就是王氏之所以认为此数句词与《节南山》一诗之“我瞻四方”二句一样，同是有“忧生”之意的缘故了。而另一方面则此种登高望远的追寻向往之情，当然与“成大事业、大学问者”的“第一种境界”，在本质上也有相通之处，因此王氏在另一则词话中，遂又曾以“第一种境界”说之。从表面看来，其所说的意思虽有不同，但同样有文本中所传达的一些基本的质素为依据。我在前文介绍西方接受美学之时，曾经提到所谓文本中的“潜能”，也就是文本中本来就蕴涵有多种解说的可能性。另外我在《三种境界与接受美学》一文中，也曾提出说“按照西方接受美学中作者与读者之关系而言，则作者之功能乃在于赋予作品之文本以一种足资读者去发掘的潜能，而读者的功能则正在使这种潜能得到发挥的实践”。所以王国维在“三种境界”一则词话中，乃又曾提出说“此等语皆非大词人不能道”，那便因为只有最为优秀的诗人才能对其所使用的文本赋予如此多层次的潜能，也惟有最优秀的读者才能从所阅读的文本中，发掘出如此多层次的潜能。若就此点而言，则王国维无疑乃是一位最优秀的读者和说词人。他对晏殊之“昨夜西风”几句词所作的两种不同的评说，就是一个最好的证明。其次，我们再看这一则词话中的第二个例证，在这则词话中王氏所举的“终日驰车走，不见所问津”二句，原是陶渊明《饮酒》诗末一首中之诗句。关于陶氏《饮酒》诗之托意深远，当然已早为世人之所共同认知。尤其末一首既为此一组二十首诗之总结，故其感慨乃尤为深至。若从此诗前半所写之“羲农去我久，举世少复真。汲汲鲁中叟，弥缝使其淳”及“如何绝世下，六籍无一亲”诸句来看，则此诗之有“忧世”之意，殆无可疑。黄文焕《陶诗析义》（卷三）说此二句诗，即曾云：“怅怅迷途，不知以六籍为津梁。”又云：“既不亲六籍，终日奔走世俗，夫复何为？”是则此二句盖慨叹世人之劳劳奔走而未能得一正途之意。而冯延巳《鹊踏枝》词之“百草千花寒食路，香车系在谁家树”二句，就表面所写之情事言之，则本意盖原写游子在外之游荡不返，与所谓“忧世”之意本不相干。不过，如果不只看其表面之意义，而从其所蕴涵之更深一层的感发质素而言，则冯氏此二句词固原也表现有一种在百草千花之中游荡而茫然不知其止泊之所的迷惘和悲哀。而这很可能也就是王氏之所以认为冯氏此数句词与陶诗之“终日驰车走”二句一样，同是有“忧世”之意的缘故了。而当我们讨论过王氏这几则说词之例证以后，我们就会发现王氏之以衍义说词的方式，除去其所依据者多为文本中更为基本的一种感发之质素以外，还有一点值得注意之处。那就是他所说的衍义，无论是“众芳芜秽，美人迟暮”“成大事业、大学问”的“三种境界”或“忧生”与“忧世”之意，它们所指向的都是有关人生的一些基本的态度与哲理，而并不以个别的一人一事为拘限。凡此种种当然都是使得王氏之词说显得比张氏之词说既更能探触到一篇作品之本质，也显得更为开阔通达的缘故。只是王氏却也由此而养成了一种偏好，遂特别欣赏五代宋初之某些专以感发取胜的属于第一类歌辞之词的作品，而却对于以思索安排取胜的属于第三类赋化之词的作品有了成见，因此在其《人间词话》中乃对南宋的姜、史、吴、王诸家词大加贬抑，这就未免也有失于偏狭之弊了。

经过以上对于张惠言与王国维二家词说之讨论和分析，我们对他们以衍义来说词的方式，既有了理论的认知，也有了实例的考察。如果我们要在此为之下一结论的话，则我们自不难加以归纳说：张氏说词所依据者，大多为文本中已有文化定位的语码，而其诠释之重点则在于依据一些语码来指称作者与作品的原义之所在。像他这种以思考寻绎来比附的说法，自然可以说是属于一种“比”的方式。至于王氏说词所依据者，则大多为文本中感发之质素，而其诠释之重点则在于申述和发挥读者自文本中的某些质素所引生出来的感发与联想。像他这种纯以感发联想来发挥的说法，自然可以说是一种属于“兴”的方式。张氏之方式适用于对第三类有心以思索安排取胜的赋化之词的评说，而王氏之方式则适用于对第一类以自然感发取胜的歌辞之词的评说。至于属于第二类的诗化之词，则如我在《从中国词学之传统看词之特质》一节中之所言，这一类词乃是不需要在诗篇的本意之外更去推寻什么衍义的，因为其在本意的叙写中，就已经蕴涵了一种曲折深蕴的属于词之特美了。因此对这一类词的评说所采用的实在应该是一种属于“赋”的方式。而也就因为这个缘故，遂使人觉得对于如何欣赏这一类词反而更没有一种模式可以依循。我想这很可能也就是何以在中国词学传统中，对于这一类诗化之词一直认为是别调，而且也一直未能产生出一位有如张、王二家对其他两类词之评说的理论大师来的原因之所在吧。只是为了使本文对于中国词学之探讨更臻完整起见，我们在下面便将这一类诗化之词应该如何加以评说的方式，也略加理论的探讨和个例的说明。

一般而言，我以为对此一类诗化之词的评赏，似乎应注意以下的两个方面：第一，我们要认识的是此一类词既已经有了与“言志”之诗相近似的诗化之倾向，其所叙写之情志也已成为了作者显意识中的一种明白的概念，因此自然就不再容许读者以一己之联想对之作任意的比附和发挥。可是作为一种“词”的文学类型 (genre)，这一类诗化之词中的好的作品，就也仍需要具含一种属于词之特质的曲折含蕴之美，因此遂必然要求其在所表达的情志之本质中，就具含有此种特美，而读者在评说这一类词时，当然也就最贵在能对此种在内容本质中所具含的曲折含蕴之特美能有深入的掌握和探讨。第二，我们也要认识到，除去情志之本质方面所含蕴之美以外，这一类作品，作为“词”的文类而言，在表达形式方面便同样也需要具有一种曲折含蕴之美，如此写出的作品才能算是这一类诗化之词中的成功的作品。关于这一类词的评赏，我在《论辛弃疾词》一文中曾经做过一点尝试(见《唐宋词名家论稿》)。首先我曾对辛词情意方面之本质，提出了“万殊一本”之说，以为“辛词中感发之生命，原是由两种互相冲击的力量结合而成的。一种力量是来自他本身内心所凝聚的带着家国之恨的想要收复中原的奋发的冲力；另一种力量则是来自外在环境的，由于南人对北人之歧视以及主和与主战之不同，因而对辛弃疾所形成的一种谗毁摈斥的压力。这两种力量之相互冲击与消长，遂在辛词中表现出了一种盘旋激荡的多变姿态”。我以为这种在情意之本质方面的特色，乃是形成了辛词的曲折含蕴之美的一项重要原因。再则我对于辛词在表达方面的艺术特色，也曾作了一点分析和说明，我以为辛词之富于曲折含蕴之美，就其表达之艺术方面言之，约可归纳为以下几点特色：首先是在语言方面既常以古典之运用而造成一种艺术距离，又常以骈散之变化及句读之顿挫而造成一种委婉之姿态；其次则在形象方面既能以状语与述语传达出一种感发之作用，又能将静态之形象拟比为动态之形象而有生动之描述，更能将具体之形象拟比为抽象之概念而加深其意境，且能将自然景物之形象及历史事件之形象与所叙写之情事完全融会为一体，互相感发映衬而造成一种既丰厚深隐而又极直接强大的感人的力量，这自然是形成了辛词的曲折含蕴之美的又一项重要原因。

如果想对以上这种重视作品中情意之本质的评赏方式，也找一点西方文论来作为参考的话，则我以为近年来西方新兴起的所谓“意识批评”(criticism of consciousness)或有可参考之处。此一批评学派曾受有近代西方哲学中现象学之影响，而现象学所重视的原是主体意识与客体现象相接触时之带有意向性的意识活动(consciousness as intentional)，因此意识批评所重视的也就正是在文学作品中所呈现的这种意识活动，只不过有一点要说明的，就是意识批评所着重的并不是作者在创作时的现实之我的心理分析，他们所要探讨的乃是作品之中所表现的一种意识形态(patterns of consciousness，亦有人称之为动机的形态［patterns of impulse］，或经验的形态［patterns of experience］，或感知的形态［patterns of perception］)。而且他们以为很多伟大的作者，我们都可以从他们的一系列作品中，寻找出这一种潜藏的基本的形态。本来当这一种意识批评才开始兴起时，曾经颇受到以前所流行的所谓新批评一派的讥评，认为他们忽略了作品的独立性和作品的美学价值。其实我以为西方很多文论本来各有其探索之一得，也各有其长短之所在，原可以互相参考而并行不悖。因此所谓意识批评其所重视的虽是作品中之意识形态，然而其他各派批评的理论学说，也未尝不都可以藉为参考。即如我在论述辛稼轩词时，对其万殊一本的本质之探讨，虽有近于意识批评之处，然而当我对其艺术特色加以探讨时，则又似乎与新批评颇有相近之处了。而且我以为正是新批评的所谓细读的方式，才使我们能对作品的各方面作出精密的观察和分析，因此也才使我们能对作品中之意识形态得到更为正确和深入的体认。可是新批评一派所倡导的评诗方式，确有其值得重视之处。只是新批评把重点全放在对于作品的客观分析和研究，而竟将作者与读者完全抹杀不论，而且还曾提出所谓“意图谬误说”(intentional fallacy)及“感应谬误说”(affective fallacy)，把作者与读者在整个创作过程及审美过程中的重要作用加以全部否定，这就不免过于偏狭了。所以我虽然早在1950年代所写的说诗的文稿中，就已曾用细读的方式作为分析的依据，但对新批评之完全抹杀作者与读者，且不顾历史文化背景的狭隘的观点，一向未能接受。我一直认为西方各派的文论各有其优劣短长之所在，也正如中国各派的诗论词论，也各有其优劣短长之所在，而无论对任何一家一派之说，如果只知生硬死板地盲从都是偏颇而且狭隘的。本文的尝试就是想从一个较广也较新的角度，把中国传统的词学与西方近代的文论略加比照，希望能藉此为中国的词学与王国维的词论，在以历史为背景的世界文化的大坐标中，为之找到一个适当而正确的位置。不过，因为我自己学识的有限和写作之时间与篇幅的限制，虽然已写得如此冗长，却仍感到有许多偏狭不足之处，也只好等待广大的读者再加以补充和指正了。

1988 年 5 月 27 日

附录二

人间词话

（王国维）

上　卷

【一】词以境界为最上。有境界，则自成高格，自有名句。五代、北宋之词所以独绝者在此。

【二】有造境，有写境，此理想与写实二派之所由分。然二者颇难分别。因大诗人所造之境，必合乎自然，所写之境，亦必邻于理想故也。

【三】有有我之境，有无我之境。“泪眼问花花不语，乱红飞过秋千去”、“可堪孤馆闭春寒，杜鹃声里斜阳暮”，有我之境也。“采菊东篱下，悠然见南山”、“寒波澹澹起，白鸟悠悠下”，无我之境也。有我之境，以我观物，故物皆着我之色彩。无我之境，以物观物，故不知何者为我，何者为物。古人为词，写有我之境者为多，然未始不能写无我之境，此在豪杰之士能自树立耳。

【四】无我之境，人惟于静中得之。有我之境，于由动之静时得之。故一优美，一宏壮也。

【五】自然中之物，互相关系，互相限制。然其写之于文学及美术中也，必遗其关系、限制之处。故虽写实家，亦理想家也。又虽如何虚构之境，其材料必求之于自然，而其构造，亦必从自然之法则。故虽理想家，亦写实家也。

【六】境非独谓景物也。喜怒哀乐，亦人心中之一境界。故能写真景物、真感情者，谓之有境界，否则谓之无境界。

【七】“红杏枝头春意闹”，着一“闹”字，而境界全出。“云破月来花弄影”，着一“弄”字，而境界全出矣。

【八】境界有大小，不以是而分优劣。“细雨鱼儿出，微风燕子斜”，何遽不若“落日照大旗，马鸣风萧萧”。“宝帘闲挂小银钩”，何遽不若“雾失楼台，月迷津渡”也。

【九】严沧浪《诗话》谓：“盛唐诸公，唯在兴趣，羚羊挂角，无迹可求。故其妙处，透澈玲珑，不可凑拍，如空中之音、相中之色、水中之影、镜中之象，言有尽而意无穷。”余谓北宋以前之词亦复如是。然沧浪所谓“兴趣”，阮亭所谓“神韵”，犹不过道其面目，不若鄙人拈出“境界”二字为探其本也。

【一〇】太白纯以气象胜。“西风残照，汉家陵阙”，寥寥八字，遂关千古登临之口。后世唯范文正之《渔家傲》、夏英公之《喜迁莺》，差足继武，然气象已不逮矣。

【一一】张皋文谓飞卿之词“深美闳约”，余谓此四字唯冯正中足以当之。刘融斋谓“飞卿精艳绝人”，差近之耳。

【一二】“画屏金鹧鸪”，飞卿语也，其词品似之。“弦上黄莺语”，端已语也，其词品亦似之。正中词品，若欲于其词句中求之，则“和泪试严妆”殆近之欤？

【一三】南唐中主词“菡萏香销翠叶残，西风愁起绿波间”，大有众芳芜秽，美人迟暮之感。乃古今独赏其“细雨梦回鸡塞远，小楼吹彻玉笙寒”，故知解人正不易得。

【一四】温飞卿之词，句秀也。韦端已之词，骨秀也。李重光之词，神秀也。

【一五】词至李后主而眼界始大，感慨遂深，遂变伶工之词而为士大夫之词。周介存置诸温、韦之下，可谓颠倒黑白矣。“自是人生长恨水长东”，

"流水落花春去也，天上人间"，《金荃》《浣花》能有此气象耶！

【一六】词人者，不失其赤子之心者也。故生于深宫之中，长于妇人之手，是后主为人君所短处，亦即为词人所长处。

【一七】客观之诗人，不可不多阅世。阅世愈深，则材料愈丰富，愈变化，《水浒传》《红楼梦》之作者是也。主观之诗人，不必多阅世。阅世愈浅，则性情愈真，李后主是也。

【一八】尼采谓，"一切文学，余爱以血书者"。后主之词，真所谓以血书者也。宋道君皇帝《燕山亭》词亦略似之。然道君不过自道身世之戚，后主则俨有释迦、基督担荷人类罪恶之意，其大小固不同矣。

【一九】冯正中词虽不失五代风格，而堂庑特大，开北宋一代风气。与中、后二主词皆在《花间》范围之外，宜《花间集》中不登其只字也。

【二〇】正中词除《鹊踏枝》《菩萨蛮》十数阕最煊赫外，如《醉花间》之"高树鹊衔巢，斜月明寒草"，余谓韦苏州之"流萤渡高阁"、孟襄阳之"疏雨滴梧桐"不能过也。

【二一】欧九《浣溪沙》词"绿杨楼外出秋千"，晁补之谓只一"出"字，便后人所不能道。余谓此本于正中《上行杯》词"柳外秋千出画墙"，但欧语尤工耳。

【二二】梅圣俞《苏幕遮》词："落尽梨花春事了，满地斜阳，翠色和烟老。"刘融斋谓少游一生似专学此种。余谓冯正中《玉楼春》词"芳菲次第长相续，自是情多无处足。尊前百计得春归，莫为伤春眉黛蹙"，永叔一生似专学此种。

【二三】人知和靖《点绛唇》、圣俞《苏幕遮》、永叔《少年游》三阕为咏春草绝调，不知先有正中"细雨湿流光"五字，皆能摄春草之魂者也。

【二四】《诗·蒹葭》一篇最得风人深致。晏同叔之"昨夜西风凋碧树，独上高楼，望尽天涯路"，意颇近之。但一洒落，一悲壮耳。

【二五】“我瞻四方，蹙蹙靡所骋”，诗人之忧生也。“昨夜西风凋碧树，独上高楼，望尽天涯路”似之。“终日驰车走，不见所问津”，诗人之忧世也。“百草千花寒食路，香车系在谁家树”似之。

【二六】古今之成大事业、大学问者，必经过三种之境界：“昨夜西风凋碧树，独上高楼，望尽天涯路。”此第一境也。“衣带渐宽终不悔，为伊消得人憔悴。”此第二境也。“众里寻他千百度，回头蓦见，那人正在，灯火阑珊处。”此第三境也。此等语皆非大词人不能道。然遽以此意解释诸词，恐为晏、欧诸公所不许也。

【二七】永叔“人间自是有情痴，此恨不关风与月”，“直须看尽洛城花，始与东风容易别”，于豪放之中有沉着之致，所以尤高。

【二八】冯梦华《宋六十一家词选·序例》谓：“淮海、小山，古之伤心人也。其淡语皆有味，浅语皆有致。”余谓此唯淮海足以当之。小山矜贵有余，但可方驾子野、方回，未足抗衡淮海也。

【二九】少游词境最凄婉。至“可堪孤馆闭春寒，杜鹃声里斜阳暮”，则变而凄厉矣。东坡赏其后二语，犹为皮相。

【三〇】“风雨如晦，鸡鸣不已”，“山峻高以蔽日兮，下幽晦以多雨。霰雪纷其无垠兮，云霏霏而承宇”，“树树皆秋色，山山尽落晖”，“可堪孤馆闭春寒，杜鹃声里斜阳暮”，气象皆相似。

【三一】昭明太子称陶渊明诗“跌宕昭彰，独超众类，抑扬爽朗，莫之与京”。王无功称薛收赋“韵趣高奇，词义晦远。嵯峨萧瑟，真不可言”。词中惜少此二种气象，前者唯东坡，后者唯白石略得一二耳。

【三二】词之雅郑，在神不在貌。永叔、少游虽作艳语，终有品格。方之美成，便有淑女与倡伎之别。

【三三】美成深远之致不及欧、秦，唯言情体物，穷极工巧，故不失为一流之作者。但恨创调之才多，创意之才少耳。

【三四】词忌用替代字。美成《解语花》之“桂华流瓦”，境界极妙，惜以“桂华”二字代“月”耳。梦窗以下，则用代字更多。其所以然者，非意不足，则语不妙也。盖意足则不暇代，语妙则不必代。此少游之“小楼连苑”“绣毂雕鞍”所以为东坡所讥也。

【三五】沈伯时《乐府指迷》云：“说桃不可直说破‘桃’，须用‘红雨’‘刘郎’等字；说柳不可直说破‘柳’，须用‘章台’‘灞岸’等字。”若惟恐人不用代字者。果以是为工，则古今类书具在，又安用词为耶？宜其为《提要》所讥也。

【三六】美成《青玉案》词：“叶上初阳干宿雨。水面轻圆，一一风荷举。”此真能得荷之神理者。觉白石《念奴娇》《惜红衣》二词，犹有隔雾看花之恨。

【三七】东坡《水龙吟》咏杨花，和韵而似原唱；章质夫词，原唱而似和韵。才之不可强也如是。

【三八】咏物之词，自以东坡《水龙吟》为最工，邦卿《双双燕》次之。白石《暗香》《疏影》，格调虽高，然无一语道着，视古人“江边一树垂垂发”等句何如耶？

【三九】白石写景之作，如“二十四桥仍在，波心荡、冷月无声”，“数峰清苦，商略黄昏雨”，“高树晚蝉，说西风消息”，虽格韵高绝，然如雾里看花，终隔一层。梅溪、梦窗诸家写景之病，皆在一隔字。北宋风流，渡江遂绝，抑真有运会存乎其间耶？

【四〇】问“隔”与“不隔”之别。曰：陶谢之诗不隔，延年则稍隔矣；东坡之诗不隔，山谷则稍隔矣。“池塘生春草”，“空梁落燕泥”等二句，妙处唯在不隔。词亦如是。即以一人一词论，如欧阳公《少年游·咏春草》上半阙云：“阑干十二独凭春，晴碧远连云，二月三月，千里万里，行色苦愁人。”语语都在目前，便是不隔。至云“谢家池上，江淹浦畔”，则隔矣。白石《翠楼吟》:“此地宜有词仙，拥素云黄鹤，与君游戏。玉梯凝望久,叹芳草萋萋千里。”便是不隔。至“酒祓清愁,花消英气”,则隔矣。然南宋词虽不隔处，比之前人，自有浅深厚薄之别。

【四一】“生年不满百，常怀千岁忧。昼短苦夜长，何不秉烛游。”“服食求神仙，多为药所误。不如饮美酒，被服纨与素。”写情如此，方为不隔。“采菊东篱下，悠然见南山。山气日夕佳，飞鸟相与还。”“天似穹庐，笼盖四野。天苍苍，野茫茫，风吹草低见牛羊。”写景如此，方为不隔。

【四二】古今词人格调之高，无如白石。惜不于意境上用力，故觉无言外之味，弦外之响，终不能与于第一流之作者也。

【四三】南宋词人，白石有格而无情，剑南有气而乏韵，其堪与北宋人颉颃者，唯一幼安耳。近人祖南宋而祧北宋，以南宋之词可学，北宋不可学也。学南宋者，不祖白石，则祖梦窗，以白石、梦窗可学，幼安不可学也。学幼安者，率祖其粗犷滑稽，以其粗犷滑稽处可学，佳处不可学也。幼安之佳处，在有性情，有境界。即以气象论，亦有“横素波、干青云”之概，宁后世龌龊小生所可拟耶?

【四四】东坡之词旷，稼轩之词豪。无二人之胸襟而学其词，犹东施之效捧心也。

【四五】读东坡、稼轩词，须观其雅量高致，有伯夷、柳下惠之风。白石虽似蝉蜕尘埃，然终不免局促辕下。

【四六】苏、辛词中之狂，白石犹不失为狷，若梦窗、梅溪、玉田、草窗、中麓辈，面目不同，同归于乡愿而已。

【四七】稼轩中秋饮酒达旦，用《天问》体作《木兰花慢》以送月，曰:“可怜今夕月，向何处、去悠悠?是别有人间，那边才见，光景东头。”词人想象，直悟月轮绕地之理，与科学家密合，可谓神悟。

【四八】周介存谓“梅溪词中喜用‘偷’字,足以定其品格”,刘融斋谓

“周旨荡而史意贪”，此二语令人解颐。

【四九】介存谓梦窗词之佳者，如“水光云影，摇荡绿波，抚玩无极，追寻已远”。余览《梦窗甲乙丙丁稿》中，实无足当此者。有之，其“隔江人在雨声中，晚风菰叶生秋怨”二语乎？

【五〇】梦窗之词，余得取其词中之一语以评之，曰：“映梦窗，凌乱碧。”玉田之词，余得取其词中之一语以评之，曰：“玉老田荒。”

【五一】“明月照积雪”，“大江流日夜”，“中天悬明月”，“黄河落日圆”，此种境界，可谓千古壮观。求之于词，唯纳兰容若塞上之作，如《长相思》之“夜深千帐灯”、《如梦令》之“万帐穹庐人醉，星影摇摇欲坠”差近之。

【五二】纳兰容若以自然之眼观物，以自然之舌言情。此由初入中原，未染汉人风气，故能真切如此。北宋以来，一人而已。

【五三】陆放翁跋《花间集》，谓：“唐季五代，诗愈卑，而倚声辄简古可爱。能此不能彼，未可以理推也。”《提要》驳之，谓：“犹能举七十斤者，举百斤则蹶，举五十斤则运掉自如。”其言甚辨。然谓词必易于诗，余未敢信。善乎陈卧子之言曰：“宋人不知诗而强作诗，故终宋之世无诗。然其欢愉愁苦之致，动于中而不能抑者，类发于诗余，故其所造独工。”五代词之所以独胜，亦以此也。

【五四】四言敝而有《楚辞》，《楚辞》敝而有五言，五言敝而有七言，古诗敝而有律绝，律绝敝而有词。盖文体通行既久，染指遂多，自成习套。豪杰之士，亦难于其中自出新意，故遁而作他体，以自解脱。一切文体所以始盛终衰者，皆由于此。故谓文学后不如前，余未敢信。但就一体论，则此说固无以易也。

【五五】诗之《三百篇》《十九首》，词之五代、北宋，皆无题也。非无题也，诗词中之意，不能以题尽之也。自《花庵》《草堂》每调立题，并古人无题之词亦为之作题。如观一幅佳山水，而即曰此某山某河，可乎？诗有题而诗亡，词有题而词亡。然中材之士，鲜能知此而自振拔者矣。

【五六】大家之作，其言情也必沁人心脾，其写景也必豁人耳目，其辞脱口而出，无矫揉妆束之态。以其所见者真，所知者深也。诗词皆然。持此以衡古今之作者，可无大误矣。

【五七】人能于诗词中不为美刺投赠之篇，不使隶事之句，不用粉饰之字，则于此道已过半矣。

【五八】以《长恨歌》之壮采，而所隶之事，只“小玉双成”四字，才有余也。梅村歌行，则非隶事不办。白、吴优劣，即于此见。不独作诗为然，填词家亦不可不知也。

【五九】近体诗体制，以五七言绝句为最尊，律诗次之，排律最下。盖此体于寄兴言情，两无所当，殆有韵之骈体文耳。词中小令如绝句，长调似律诗，若长调之《百字令》《沁园春》等，则近于排律矣。

【六〇】诗人对宇宙人生，须入乎其内，又须出乎其外。入乎其内，故能写之；出乎其外，故能观之。入乎其内，故有生气；出乎其外，故有高致。美成能入而不能出。白石以降，于此二事皆未梦见。

【六一】诗人必有轻视外物之意，故能以奴仆命风月。又必有重视外物之意，故能与花鸟共忧乐。

【六二】“昔为倡家女，今为荡子妇。荡子行不归，空床难独守。”“何不策高足，先据要路津？无为久贫贱，轗轲长苦辛。”可谓淫鄙之尤。然无视为淫词、鄙词者，以其真也。五代、北宋之大词人亦然。非无淫词，读之者但觉其亲切动人；非无鄙词，但觉其精力弥满。可知淫词与鄙词之病，非淫与鄙之病，而游词之病也。“岂不尔思，室是远而。”而子曰：“未之思也，夫何远之有？”恶其游也。

【六三】“枯藤老树昏鸦。小桥流水平沙。古道西风瘦马。夕阳西下。

断肠人在天涯。”此元人马东篱《天净沙》小令也。寥寥数语，深得唐人绝句妙境。有元一代词家，皆不能办此也。

【六四】白仁甫《秋夜梧桐雨》剧，沉雄悲壮，为元曲冠冕。然所作《天籁词》，粗浅之甚，不足为稼轩奴隶。岂创者易工，而因者难巧欤？抑人各有能有不能也？读者观欧、秦之诗远不如词，足透此中消息。

下　卷

【一】白石之词，余所最爱者，亦仅二语，曰 ：“淮南皓月冷千山，冥冥归去无人管。”

【二】双声、叠韵之论，盛于六朝，唐人犹多用之。至宋以后则渐不讲，并不知二者为何物。乾嘉间，吾乡周松霭先生春著《杜诗双声叠韵谱括略》，正千余年之误，可谓有功文苑者矣。其言曰 ：“两字同母谓之双声，两字同韵谓之叠韵。”余按 ：用今日各国文法通用之语表之，则两字同一子音者谓之双声。如《南史 · 羊元保传》之“官家恨狭，更广八分”，“官”“家”“更”“广”四字，皆从 k 得声。《洛阳伽蓝记》之“狞奴慢骂”，“狞奴”两字，皆从 n 得声。“慢骂”二字，皆从 m 得声也。两字同一母音者，谓之叠韵。如梁武帝“后牖有朽柳”，“后牖有”三字，双声而兼叠韵。“有朽柳”三字，其母音皆为 u 。刘孝绰之“梁王长康强”，“梁”“长”“强”三字，其母音皆为 ian 也。自李淑《诗苑》伪造沈约之说，以双声叠韵为诗中八病之二，后世诗家多废而不讲，亦不复用之于词。余谓苟于词之荡漾处多用叠韵，促结处用双声，则其铿锵可诵，必有过于前人者。惜世之专讲音律者，尚未悟此也。

【三】世人但知双声之不拘四声，不知叠韵亦不拘平、上、去三声。凡字之同母者，虽平仄有殊，皆叠韵也。

【四】诗至唐中叶以后，殆为羔雁之具矣。故五代、北宋之诗，佳者绝少，而词则为其极盛时代。即诗词兼擅如永叔、少游者，词胜于诗远甚。以其写之于诗者，不若写之于词者之真也。至南宋以后，词亦为羔雁之具，而词亦替矣。此亦文学升降之一关键也。

【五】曾纯甫中秋应制，作《壶中天慢》词，自注云："是夜，西兴亦闻天乐。"谓宫中乐声，闻于隔岸也。毛子晋谓："天神亦不以人废言。"近冯梦华复辨其诬。不解"天乐"两字文义，殊笑人也。

【六】北宋名家以方回为最次。其词如历下、新城之诗，非不华瞻，惜少真味。

【七】散文易学而难工，韵文难学而易工。近体诗易学而难工，古体诗难学而易工。小令易学而难工，长调难学而易工。

【八】古诗云："谁能思不歌？谁能饥不食？"诗词者，物之不得其平而鸣者也。故欢愉之辞难工，愁苦之言易巧。

【九】社会上之习惯，杀许多之善人。文学上之习惯，杀许多之天才。

【十】昔人论诗词，有景语、情语之别。不知一切景语，皆情语也。

【十一】词家多以景寓情。其专作情语而绝妙者，如牛峤之"甘作一生拼，尽君今日欢"，顾夐之"换我心，为你心，始知相忆深"，欧阳修之"衣带渐宽终不悔，为伊消得人憔悴"，美成之"许多烦恼，只为当时，一饷留情"，此等词求之古今人词中，曾不多见。

【十二】词之为体，要眇宜修。能言诗之所不能言，而不能尽言诗之所能言。诗之境阔，词之言长。

【十三】言气质，言神韵，不如言境界。有境界，本也。气质、神韵，末也。有境界而二者随之矣。

【十四】"西风吹渭水，落日满长安。"美成以之入词，白仁甫以之入曲，此借古人之境界为我之境界者也。然非自有境界，古人亦不为我用。

【十五】长调自以周、柳、苏、辛为最工。美成《浪淘沙慢》二词，精壮顿挫，已开北曲之先声。若屯田之《八声甘州》，东坡之《水调歌头》，则伫兴之作，格高千古，不能以常词论也。

【十六】稼轩《贺新郎》词《送茂嘉十二弟》，章法绝妙。且语语有境界，此能品而几于神者。然非有意为之，故后人不能学也。

【十七】稼轩《贺新郎》词："柳暗凌波路。送春归、猛风暴雨，一番新绿。"又《定风波》词："从此酒酣明月夜。耳热。""绿""热"二字，皆作上去用。与韩玉《东浦词》《贺新郎》以"玉""曲"叶"注""女"，《卜算子》以"夜""谢"叶"食""月"，已开北曲四声通押之祖。

【十八】谭复堂《箧中词选》谓："蒋鹿潭《水云楼词》与成容若、项莲生，二百年间，分鼎三足。"然《水云楼词》，小令颇有境界，长调惟存气格。《忆云词》精实有余，超逸不足，皆不足与容若比。然视皋文、止庵辈，则倜乎远矣。

【十九】词家时代之说，盛于国初。竹垞谓：词至北宋而大，至南宋而深。后此词人，群奉其说。然其中亦非无具眼者。周保绪曰："南宋下不犯北宋拙率之病，高不到北宋浑涵之诣。"又曰："北宋词多就景叙情，故珠圆玉润，四照玲珑。至稼轩、白石，一变而为即事叙景，故深者反浅，曲者反直。"潘四农德舆曰："词滥觞于唐，畅于五代，而意格之闳深曲挚，则莫盛于北宋。词之有北宋，犹诗之有盛唐。至南宋则稍衰矣。"刘融斋熙载曰："北宋词用密亦疏、用隐亦亮、用沉亦快、用细亦阔、用精亦浑。南宋只是掉转过来。"可知此事自有公论。虽止庵词颇浅薄，潘、刘尤甚。然其推尊北宋，则与明季云间诸公同一卓识也。

【二十】唐五代北宋词，可谓生香真色。若云间诸公，则彩花耳。湘真且然，况其次也者乎？

【二一】《衍波词》之佳者，颇似贺方回。虽不及容若，要在浙中诸子之上。

【二二】近人词如《复堂词》之深婉,《彊村词》之隐秀,皆在半塘老人上。彊村学梦窗而情味较梦窗反胜。盖有临川、庐陵之高华，而济以白石之疏越者。学人之词，斯为极则。然古人自然神妙处，尚未梦及。

【二三】宋直方《蝶恋花》:“新样罗衣浑弃却，犹寻旧日春衫著。”谭复堂《蝶恋花》:“连理枝头侬与汝，千花百草从渠许。”可谓寄兴深微。

【二四】《半塘丁稿》中和冯正中《鹊踏枝》十阕，乃《鹜翁词》之最精者。“望远愁多休纵目”等阕,郁伊惝怳,令人不能为怀。《定稿》只存六阕,殊为未允也。

【二五】固哉，皋文之为词也！飞卿《菩萨蛮》、永叔《蝶恋花》、子瞻《卜算子》，皆兴到之作，有何命意？皆被皋文深文罗织。阮亭《花草蒙拾》谓 :“坡公命宫磨蝎，生前为王珪、舒亶辈所苦，身后又硬受此差排。”由今观之，受差排者，独一坡公已耶？

【二六】贺黄公谓 :“姜论史词，不称其‘软语商量’，而赏其‘柳暗花暝’，固知不免项羽学兵法之恨。”然“柳暗花暝”自是欧秦辈句法，前后有画工化工之殊。吾从白石，不能附和黄公矣。

【二七】“池塘春草谢家春，万古千秋五字新。传语闭门陈正字，可怜无补费精神。”此遗山《论诗绝句》也。梦窗、玉田辈，当不乐闻此语。

【二八】朱子《清邃阁论诗》谓 :“古人诗中有句，今人诗更无句，只是一直说将去。这般诗一日作百首也得。”余谓北宋之词有句，南宋以后便无句。玉田、草窗之词，所谓“一日作百首也得”者也。

【二九】朱子谓梅圣俞诗，“不是平淡，乃是枯槁”，余谓草窗、玉田之词亦然。

【三十】“自怜诗酒瘦，难应接、许多春色。”“能几番游，看花又是明年。”此等语亦算警句耶？乃值如许笔力！

【三一】文文山词，风骨甚高，亦有境界，远在圣与、叔夏、公谨诸公之上。亦如明初诚意伯词，非季迪、孟载诸人所敢望也。

【三二】和凝《长命女》词："天欲晓。宫漏穿花声缭绕，窗里星光少。　　冷霞寒侵帐额，残月光沉树杪。梦断锦闱空悄悄。强起愁眉小。"此词前半，不减夏英公《喜迁莺》也。

【三三】宋李希声《诗话》曰："唐人作诗，正以风调高古为主。虽意远语疏，皆为佳作。后人有切近的当、气格凡下者，终使人可憎。"余谓北宋词亦不妨疏远。若梅溪以降，正所谓切近的当、气格凡下者也。

【三四】自竹垞痛贬《草堂诗余》而推《绝妙好词》，后人群附和之。不知《草堂》虽有亵诨之作，然佳词恒得十之六七。《绝妙好词》则除张、范、辛、刘诸家外，十之八九皆极无聊赖之词。古人云：小好小惭，大好大惭。洵非虚语。

【三五】梅溪、梦窗、玉田、草窗、西麓诸家，词虽不同，然同失之肤浅。虽时代使然，亦其才分有限也。近人弃周鼎而宝康瓠，实难索解。

【三六】余友沈昕伯纮自巴黎寄余《蝶恋花》一阕云："帘外东风随燕到。春色东来，循我来时道。一霎围场生绿草，归迟却怨春来早。　　锦绣一城春水绕。庭院笙歌，行乐多年少。著意来开孤客抱，不知名字闲花鸟。"此词当在晏氏父子间，南宋人不能道也。

【三七】"君王枉把平陈业，换得雷塘数亩田。"政治家之言也。"长陵亦是闲丘垄，异日谁知与仲多？"诗人之言也。政治家之眼，域于一人一事。诗人之眼，则通古今而观之。词人观物，须用诗人之眼，不可用政治家之眼。故感事、怀古等作，当与寿词同为词家所禁也。

【三八】宋人小说，多不足信。如《雪舟脞语》谓：台州知府唐仲友眷官妓严蕊奴。朱晦庵系治之。及晦庵移去，提刑岳霖行部至台，蕊乞自便。岳问曰："去将安归？"蕊赋《卜算子》词云"住也如何住"云云。

案此词系仲友戚高宣教作，使蕊歌以侑觞者，见朱子《纠唐仲友奏牍》。则《齐东野语》所纪朱唐公案，恐亦未可信也。

【三九】《沧浪》《凤兮》二歌，已开楚辞体格。然楚词之最工者，推屈原、宋玉，而后此之王褒、刘向之词不与焉。五古之最工者，实推阮嗣宗、左太冲、郭景纯、陶渊明，而前此曹、刘，后此陈子昂、李太白不与焉。词之最工者，实推后主、正中、永叔、少游、美成，而后此南宋诸公不与焉。

【四十】唐五代之词，有句而无篇。南宋名家之词，有篇而无句。有篇有句，唯李后主降宋后之作，及永叔、子瞻、少游、美成、稼轩数人而已。

【四一】唐五代北宋之词家，倡优也。南宋后之词家，俗子也。二者其失相等。但词人之词，宁失之倡优，不失之俗子。以俗子之可厌，较倡优为甚故也。

【四二】《蝶恋花》“独倚危楼”一阕，见《六一词》，亦见《乐章集》。余谓屯田轻薄子，只能道“奶奶兰心蕙性”耳。

【四三】读《会真记》者，恶张生之薄幸，而恕其奸非。读《水浒传》者，恕宋江之横暴，而责其深险。此人人之所同也。故艳词可作，唯万不可作儇薄语。龚定庵诗云：“偶赋凌云偶倦飞，偶然闲慕遂初衣。偶逢锦瑟佳人问，便说寻春为汝归。”其人之凉薄无行，跃然纸墨间。余辈读耆卿、伯可词，亦有此感。视永叔、希文小词何如耶?

【四四】词人之忠实，不独对人事宜然。即对一草一木，亦须有忠实之意，否则所谓游词也。

【四五】读《花间》《尊前》集，令人回想徐陵《玉台新咏》。读《草堂诗余》，令人回想韦縠《才调集》。读朱竹垞《词综》，张皋文、董子远《词选》，令人回想沈德潜三朝诗别裁集。

【四六】明季国初诸老之论词，大似袁简斋之论诗，其失也，纤小而轻薄。竹垞以降之论词者，大似沈规愚，其失也，枯槁而庸陋。

【四七】东坡之旷在神，白石之旷在貌。白石如王衍口不言阿堵物，而暗中为营三窟之计，此其所以可鄙也。

【四八】“纷吾既有此内美兮，又重之已修能。”文学之事，于此二者，不能缺一。然词乃抒情之作，故尤重内美。无内美而但有修能，则白石耳。

【四九】诗人视一切外物，皆游戏之材料也。然其游戏，则以热心为之，故诙谐与严重二性质，亦不可缺一也。